Chemins étiolés

Terencia LOPEZ

Terencia LOPEZ

Chemins étiolés

Roman

En application de l'art. L.137-2.-I. du code de la propriété intellectuelle, toute reproduction et/ou divulgation de parties de l'œuvre dépassant le volume prévu par la loi est expressément interdite.

© Terencia Lopez, 2025

Édition : BoD · Books on Demand, 31 avenue Saint-Rémy, 57600 Forbach, bod@bod.fr
Impression : Libri Plureos GmbH, Friedensallee 273, 22763 Hamburg (Allemagne)

Impression à la demande
ISBN : 978-2-8106-2773-8
Dépôt légal : mai 2025

PREMIERE PARTIE

CHAPITRE 1

Il est à Torrecampo, *Calle Góngora*, sur les pavés bruns et brûlants où se reflètent les ombres molles des maisons à étage. Dans un français parfait de femmes nées en France et dont les prénoms ont toujours trahi les origines espagnoles, Juana et Carmen, les tantes de ma mère, m'ont appelée, ensemble, pour m'informer de la nouvelle. Depuis la veille, quelque chose a changé à Torrecampo, le village andalou de mes ancêtres. Une plaque dorée est désormais posée rue Góngora et indique l'entrée de la maison de mes arrière-grands-parents, Terencia et Rufo.

C'est un pavé *Stolpersteine*, l'ancrage dans le sol et dans les mémoires qu'un habitant de cette maison a fait partie de ces femmes et de ces hommes victimes de l'horreur nazie.

À trente et un ans, je ne connaissais pas toute la vérité sur ma famille. Mais dans les mots de Juana et Carmen, j'ai su que, dans les familles espagnoles, les morts ne meurent jamais vraiment. Ils restent aux côtés des vivants, errant dans les pensées de leurs êtres chers, et prenant place à table, dans les déjeuners du dimanche. Tant qu'il existe une âme pour se souvenir, on orne inlassablement leurs tombes.

Aucune délivrance n'est possible. Ainsi, certaines personnes ne nous quittent jamais véritablement, et leurs fautes comme leurs tourments ne peuvent pas s'en aller avec elles. Même si les traces ont fini par se brouiller, l'exil de mes arrière-grands-parents n'a pas effacé les choix du passé. De l'oubli tacite et de la douleur inexprimée est née l'appréhension. Des sous-entendus et des non-dits a grandi l'incompréhension. Chercher à savoir, c'était s'égratigner. Et à défaut de connaître, on n'a pas pu pardonner.

Très jeune, on m'avait raconté que mes bisaïeux avaient quitté Torrecampo, au Nord de Cordoue, et s'étaient installés à Bordeaux pour fuir la guerre civile espagnole et Franco. Plus tard, on m'avait expliqué que mon arrière-grand-père était résistant, en France, et qu'il avait été déporté, en Allemagne. Pour moi, notre histoire était rouge sang. Mais j'allais découvrir que ce n'était pas une histoire de guerre, c'était une histoire de famille.

De mon enfance pourtant heureuse à Bordeaux, je ne me rappelle que de bribes éparses, comme si la mémoire avait toujours été une faille. Fille unique, j'ai appris à jouer seule. Je me créais des histoires de toutes pièces que je ne partageais avec personne. Petite fille, j'inventais des personnages fantasques qui peuplaient les lieux de mon quotidien. Adolescente, j'imaginais des endroits irréels qu'habitaient les êtres de chair de mon entourage. Je confrontais la réalité et la fiction.

Une fois adulte, je me suis efforcée à chasser mes idées en empilant celle des autres dans ma tête, m'attelant à remplir ma vie pour éviter les instants solitaires, pour ne pas avoir à faire face à l'afflux de mes pensées aussi abondantes que déroutantes. Ma nouvelle vie parisienne ne me décevait pas en ce point, car aucun silence ne se prolongeait jamais, les bruits ne cessaient de se bousculer pour reprendre leurs droits sur les pauses factices.

Quand Juana et Carmen m'ont livré l'histoire inachevée de notre famille, j'étais moite de sueur, avec l'esprit engourdi par les songes, et presque empêtré dans une glu de souvenirs incertains. Cette sensation, depuis des années, m'était devenue étrangère. J'ai repensé à toutes les fois où je m'étais demandée pourquoi les faits réels avaient été oubliés. Ce récit ne pouvait pas avoir été inventé. Si naïvement, j'avais supposé que les mémoires s'étaient étiolées et que je devais les délivrer. Notre véritable histoire serait dans un livre. Il me faudrait faire ressurgir les protagonistes du passé et tenter de comprendre ceux que je n'ai pas connus. Je voulais fouler les chemins qu'ils avaient empruntés et franchir le mur sur lequel l'espérance venait depuis si longtemps se briser.

CHAPITRE 2

Rufo López Romero savait qu'il allait mourir, il ne savait juste pas quand. Pour lui, la vie d'un homme, c'était une vie de soldat. Avant son tout premier assaut dans la baie d'Al-Hoceima, le capitaine Alfaro de la Riva avait dit à ses soldats : « L'implacable vertu du soldat c'est de ne pas craindre de perdre ou de se tromper. Votre monde, c'est le champ de bataille, et ce n'est pas un monde d'hésitation, il n'y a aucune place pour la désertion ». Rufo avait vingt ans quand il avait quitté pour la première fois Torrecampo. Il venait de rejoindre les forces de l'armée espagnole au Maroc, dans ce pays qui, avec l'Espagne, embrassait le détroit de Gibraltar et où les terres méridionales étaient plus ardentes que le sol de l'Andalousie.

Douze mois plus tard, le jour où le jeune homme rentra de son service militaire, de nombreux villageois de Torrecampo attendaient impatiemment les soldats torrecampeños qui rentraient du Rif. Ce jour, Rufo imagina sa mère, ses deux sœurs et son père, émus et joyeux aux côtés des autres parents et voisins, attendre le retour sains et saufs de leurs fils, frères ou cousins. Lorsqu'il arriva sur la place de l'hôtel de ville, il découvrit une foule gaie et colorée, aux teintes chatoyantes des chasubles en tissu de brocart des moines et du curé du village. Les villageois formaient un arc de cercle qui donnait l'impression d'un cortège en liesse, comme un jour de feria.

Rufo était parti enfant et revenait homme. Sa peau était devenue de cuir. À son arrivée, ses camarades soldats et lui se pavanaient les torses bombés, les sourires confiants et les cœurs galvanisés. Certains célébraient de s'être défendus, d'avoir survécu, quand d'autres triomphaient d'avoir tué des soldats marocains dans le Rif. Ils marchaient, forts et fiers, à grandes enjambées bruyantes et martiales. Ils avaient goûté au sang, senti l'odeur de la poudre, vu les larmes et les corps inanimés. On leur avait dit qu'être un homme, c'était être insensible à la chair ravagée. On leur avait promis que leurs familles se réjouiraient de leurs exploits. Le capitaine avait déclaré à Rufo : « Tu verras, on sera fier de toi ». Pourtant, l'armée espagnole avait perdu contre l'armée rifaine de Mohamed Abdelkrim al-Khattabi et avait connu la défaite cuisante de la bataille d'Anoual. Mais Rufo avait combattu aux côtés des troupes françaises victorieuses.

Plaza Del Ayuntamiento, il retrouva ses parents et ses deux sœurs qui lui posèrent en canon des questions par dizaines. Francisca, sa mère, l'enlaça avec empressement, ne prêtant pas attention aux villageois autour d'eux. Elle lui demanda de lui décrire le Maroc alors que ses sœurs l'interrogèrent sur les beaux et grands soldats français. Quant à son père, il voulut tout savoir sur Abdelkrim. Gêné par leur curiosité, Rufo répondit à sa famille comme il le put. Il leur parla de généralités, poliment, en souriant. Il aurait aimé leur dire qu'il n'avait pas été envoyé dans le Rif pour y faire un voyage, qu'il n'avait pas eu le loisir d'explorer les paysages marocains de montagnes et de plaines, leur dire que les soldats français, beaux ou laids, grands ou petits, avaient été là-bas, comme lui, pour tuer et ne pas se faire tuer, leur dire qu'Abdelkrim, il ne l'avait pas vu sur le champ de bataille, mais que c'était à cause de lui qu'il ne serait plus jamais le même. Il avait été un fils et un frère. Il était un soldat désormais. La guerre était venue le percuter comme un cheval au galop. Mais tout ça, il ne leur dit pas.

Au Maroc, Rufo avait combattu pour la première fois au cœur de cette fournaise qui s'était ouverte comme une corolle infernale pour l'engloutir, ce ventre bouillonnant.

Au début, Rufo ressentait uniquement son exécration pour une guerre pour laquelle il n'avait pas choisi de lutter. Il avait détesté l'ordre irrévocable qui lui avait imposé de quitter son village et son Andalousie. Dès ses premiers pas dans le Rif, il avait craché sur ce sol sec, vierge de végétation, mais baigné des déroutes et désastres espagnols. Il avait maudit de devoir risquer sa vie pour défendre un monde colonial bientôt déchu. Il aimait son pays, mais pas cette guerre. Au commencement, il pensait que ce n'était pas son combat.

On l'avait affecté à Nador, près de Melilla. C'était dans la zone Nord du protectorat espagnol. De cette garnison, Rufo et son régiment devaient rejoindre les troupes qui allaient débarquer dans la baie d'Al-Hoceima. Les bombardements chimiques de l'aviation espagnole devaient décimer les zones rebelles civiles.

Lorsqu'il arriva à Nador, la guerre avait dévasté les édifices, de l'église aux usines de production de farine et d'électricité. Les obus et les balles avaient crevassé les façades des bâtiments. Ils avaient terrassé les corps des hommes. Parmi les décombres et au sommet des monts, le drapeau espagnol, quant à lui, flottait toujours, fier mais nostalgique, comme un monarque d'un autre temps.

Le lendemain, quand on lui donna son uniforme brun et son bonnet rond pour se protéger du soleil, Rufo resta indifférent. Lorsqu'on lui mit une mitraillette entre les mains, il ne comprit pas sur-le-champ. Portant l'arme dont le poids l'ennuyait, il regarda froidement autour de lui et perçut avec stupeur la fébrilité des autres soldats. Haletants, fanatiques, en transe, des hommes tenaient leurs armes comme on brandit un totem contre la mort. Quand Rufo regarda à nouveau sa mitraillette, une Hotchkiss de modèle 14, pesante et puissante, elle commença à l'intriguer. Dès lors, il pensa qu'elle lui donnerait l'ascendant sur celui qui l'affronterait. Il était un jeune homme turbulent et téméraire qui avait cru en cet instant que l'arme faisait la bataille. Il découvrirait bientôt que ses pulsions seraient ses seules véritables munitions au combat. Rufo ne le savait pas encore, mais dans le Rif, il allait comprendre qui il était vraiment.

Quelques mois d'entraînement plus tard, Rufo et sa troupe quittèrent la base de Nador pour rejoindre Mont-Arouit. Alors qu'il marchait, le jeune homme entendit ce cri à sa droite. Ce ne fut pas un cri comme les autres. Un hurlement venait de surgir des entrailles de la terre pour annoncer le trépas. Ce son précéda celui du corps qui s'affaissa dans un désert poussiéreux et sans sable, le corps d'un soldat espagnol. Rufo lut l'effroi dans ses yeux juste avant l'impact de la deuxième balle. Il saisit ce bref instant où l'homme n'eut la force de prétendre. La troisième balle l'acheva. Malgré lui, Rufo plongea pour le relever. Il resta à terre un temps qui lui parut court, puis tout s'enchaîna si vite. Autour de lui, tous les soldats dégainèrent leurs armes pour affronter le guet-apens. Des hommes apeurés se cachèrent les uns derrière les autres. Des hommes accablés se jetèrent au sol. Les rafales de balles fauchèrent les corps dans un vacarme effrayant, dans des jets insensés de sang, maculant de gerbes pourpres cette terre rocailleuse et ingrate.

En rasant le sol de mouvements furtifs, le capitaine Alfaro de la Riva vint à la rencontre de Rufo. Au regard gorgé de férocité qu'il lui adressa, le jeune soldat répliqua en haussant les épaules d'un air ahuri.

— Qu'est-ce que tu fais là ? Pourquoi tu te caches ?

Le capitaine fouilla ses yeux. Rufo ne répondit pas, ne saisissant pas ce qu'il avait voulu lui dire, parce qu'il ne se cachait pas. Puis il se rendit compte qu'il se trouvait derrière un muret de pierres, il n'y avait pas prêté attention dans le chaos de la bataille.

— Lâche ! Faible ! Je vais t'arracher les viscères à la baïonnette si tu ne sors pas tout de suite de ton trou !

Dans la colère du capitaine, il y eut quelque chose d'indicible que Rufo aima, un éclair, une fureur qui l'électrisa, une aversion commune de la faiblesse.

— À la guerre, on ne tue pas de sang-froid mon capitaine.

Alfaro de la Riva sourit à sa réplique, un rictus figé au coin des lèvres. Sa part de fierté certainement. Non, on ne tuait pas de sang-froid à la guerre. Lui, il en connaissait parfaitement les rouages. Il savait que le champ de bataille était un monde de vérité, où personne ne pouvait manipuler. Face à celui qui devenait l'ennemi, il n'y avait pas de flatteries ni de mensonges. C'était immédiat et pur.

Rufo comprit qu'il n'avait pas le contrôle de la situation. Déterminé, il voulut l'obtenir à tout prix et montrer au capitaine qu'il n'était pas un faible, et se le prouver à lui aussi. Le destin venait de le mettre au défi en lui jetant une œillade irrésistible.

Rufo regarda le corps du soldat mort à ses côtés et son instinct parla. L'excitation monta en lui telle une marée funeste. Ce fut si vertigineux qu'il ressentit ses entrailles se convulser et ses membres tressaillir. Un sentiment étrange grandit en lui, car il ne souhaita pas seulement se défendre, il voulut affronter, se venger, et infliger le châtiment mérité aux couards qui les avaient attaqués par surprise. Sous l'emprise d'un état de fièvre, il saisit sa mitraillette à deux mains, son doigt sur la gâchette, et sans même adresser un regard au capitaine, Rufo bondit. Il courut en criant vers le charnier qui l'appelait. Face à lui, une terre qui vomissait les cadavres.

CHAPITRE 3

Le silence était vil, se frayant un chemin à travers les vallées comme une espèce indigène. Sournois, il s'insinuait dans les vies. Il atteignait les troupeaux de brebis assoupies. Il résonnait dans les nefs des églises et sur les marbres des cimetières. Il infligeait une torpeur que seuls les mugissements des taureaux et les hennissements des chevaux osaient troubler.

La chaleur était sèche, frappant les femmes et les hommes aux champs comme une massue. Sévère, elle s'écrasait sur les nuques d'un coup net. Pourtant, les corps ne fléchissaient pas sous son poids. Ils enduraient. Les silhouettes se pliaient à peine au fil des récoltes tandis que les âmes cherchaient l'ombre dans les haciendas, à l'abri des patios.

Quand Rufo foulait le sol de l'immuable Torrecampo les mois d'été, le silence et la chaleur l'accablaient et la terre le renversaient au point qu'il se mettait à divaguer. Cette terre qu'il aimait tant, ne pardonnait pas, à personne. Âpre avec ceux qui courbaient l'échine pour subsister du fruit de leur labeur et hostile avec ceux qui vivaient de la sueur des travailleurs affamés. Cette terre se rassasiait de rancune à mesure qu'elle résistait aux rages humaines et aux batailles inhumaines. Les hommes enracinaient leur faste comme leur décadence en son sein, pour les siècles des siècles.

Rufo avait hérité son esprit belliqueux et son physique robuste de son père, Tomás López Herrero. Rufo naquit en 1905 à Torrecampo, un village peuplé aussi bien de notables que de journaliers et d'ouvriers faméliques. Torrecampo était le village des parents de Rufo, de ses grands-parents, et des générations avant, de sorte que Tomás López Herrero était accoutumé à dire que ses ancêtres s'y étaient installés à la période de la Reconquista. Tomás était boucher-charcutier au village et avait reçu pour surnom « Matavacas », tue-vaches. Selon le récit villageois, un jour où un troupeau de bovins s'était échappé de son enclos, il fut capable d'arrêter dans sa course un veau qui menaçait un enfant. De son père, Rufo avait acquis une légende familiale et un surnom épique : il était Matavacas Fils.

Si l'insoumission avait un goût, pour Rufo, ce serait celui de la ceinture en cuir de son père. Si l'insoumission avait une odeur, ce serait celle de son haleine avinée quand il lui murmura à l'oreille une phrase qu'il ne termina pas : « je vais t'apprendre à… ». Et déjà, les coups de Tomás pleuvaient sur son fils alors que les larmes de Francisca ruisselaient sur ses joues. Les vociférations inintelligibles de Matavacas Père se perdirent dans les claquements du morceau de peau de bête tannée sur la peau d'enfant nue. Tomas López Herrero était de ces hommes qui ne cognaient pas sans raison. Aussi digne que pieux, il ne voulait rien avoir à se reprocher devant son Dieu. Rufo vit dans le regard vide et dans la bouche tordue de son père qu'il ne frappait pas pour le plaisir de s'acharner sur plus faible que lui. Quand la foudre paternelle s'abattit, Rufo sut que c'était pour cette fois où il ne l'avait pas respecté, mais aussi pour toutes les autres où son père avait seulement donné un ordre ou élevé la voix. Rufo avait neuf ans, mais il ne pleura pas et ne cria pas, gardant ses sanglots et ses hurlements pour après. Pourtant, ses dents auraient pu se briser tant elles retenaient toute sa fierté et sa douleur. Son père portait les coups pour ne plus porter la honte, parce que son fils l'avait couvert d'opprobre.

Un peu plus tôt ce dimanche, après les Laudes, Don Sanlúcar Prieto interpella Tomas López Herrero parmi la foule. Il lui lança d'une voix claire et forte :

— Señor, je souhaitais vous faire savoir que, si votre fils Rufo ne sait se comporter que comme un animal, à Torrecampo, les animaux n'ont leur place qu'aux champs.

Le visage de Matavacas Père s'empourpra immédiatement, piqué par l'humiliation. Les regards d'indignation des villageois autour de lui le lacérèrent d'un affront plus blessant à chaque seconde. Honteux, Rufo baissa les yeux pour imiter sa mère dont l'embarras immense irradiait de tout son corps. Mais l'enfant ne regrettait rien et Enrique l'avait bien mérité.

Le fils de Don Sanlúcar Prieto était un garçon aussi frêle que vicieux. Son illustre sang l'avait gorgé de morgue et d'insolence autant qu'il l'avait dépourvu de vitalité et de bonté. Au cours de catéchisme, Enrique avait choisi d'imposer les outrages à plus faible que lui. Il avait jeté son dévolu sur sa proie, Gerardo, certainement à cause de la maigreur du garçon qui se dessinait sous ses vêtements élimés, sans doute également à cause de sa chevelure fauve qui ne cessait d'étonner dans ce village andalou. Sous les regards impuissants des autres enfants, Gerardo portait les affaires d'Enrique et lui ouvrait les portes pour qu'il pût passer. Personne ne disait rien, parce que derrière la bassesse d'Enrique, se cachait la grandeur de sa famille. Certains vivaient sur leurs terres, des pères travaillaient dans leurs usines et des mères cuisinaient dans leurs maisons.

Un jour, Enrique jeta par terre une peseta à Gerardo, comme à un mendiant. Alors qu'il le regarda avec mépris ramasser la pièce, les oreilles de Rufo se mirent à bourdonner, ses tempes cognèrent et sa gorge se serra. La détonation de la rage, de la haine, et le silence pourtant. Aucun mot ne sortit de sa bouche, mais son poing frappa de toute sa force. Les yeux d'Enrique s'embuèrent de larmes, son nez saigna et sa faiblesse s'évacua par tous les pores de sa peau. Enrique exhalait la peur, transi par la crainte du deuxième coup. Il ne vint pas. Il aurait été de trop. Mais Rufo venait de croquer dans une chair dont il n'oublierait jamais la saveur.

À vingt ans, pendant le dîner, Rufo annonça à ses parents son engagement dans l'armée espagnole et son départ pour le Rif. Ce soir-là, Francisca apporta un large poêlon fumant sur la table, et servit comme à son habitude, dans cet ordre, son époux, son fils, et ses deux filles. Les effluves de lapin au vin rouge, au laurier, au thym et aux amandes chargeaient l'air de la maison. Ces odeurs auraient dû mettre la maisonnée en appétit, mais une tension palpable se ressentait déjà avant la déclaration de Rufo.

— Je vais partir pour le front.

Le visage rond et franc de Francisca devint blanc d'hostie. D'une pâleur inouïe, il semblait grêlé par l'angoisse. Son regard profond implora.

— Tu vas vraiment partir au front ?

Sa voix monta dans les aigus si bien que son verre trembla. Rufo ne répondit pas. Quant à ses sœurs, elles restèrent muettes. Pendant que Matavacas Père tentait de briser le silence, bégayant ses mots comme s'il avait été ivre, les pensées de Francisca se figèrent. Elle songea à Nuestra Señora de las Veredas, cette vierge patronne du village à qui les soldats *torrecampeños* s'en remettaient depuis toujours pour gagner les batailles et conjurer le mauvais sort. Ce jour-là, Francisca se promit de prier chaque jour la Virgen de las Veredas, la protectrice des troupeaux et des armées de Torrecampo. Sur un ton fébrile, les yeux brillants de larmes, Francisca ignora ce que son époux disputait au silence et s'exclama :

— Si mon fils part, il reviendra vivant. ¡ *Ojalá* !

¡ *Ojalá* ! Ce mot si andalou et si enraciné dans une attente fiévreuse. Rufo aimait sa mère autant qu'il détestait sa superstition ancrée dans les croyances séculaires de Torrecampo. À cette époque, Rufo pensait que la superstition était pour ceux qui se raccrochaient au destin ou à Dieu pour leur dicter leur chemin. Pour lui, le hasard était aussi ingrat que la Providence était une garce.

CHAPITRE 4

Après le débarquement de la baie d'Al-Hoceima, le capitaine Alfaro de la Riva avait récompensé la bravoure de Rufo et l'avait affecté à la base de Nador pour y apprendre le métier de maitre armurier. Il était devenu forgeron dans le civil. Depuis son retour à Torrecampo, Rufo travaillait dans une forge au Nord-Ouest du village. Pour Rufo, le colossal atelier du champ de bataille installé au vent des plaines rifaines n'était plus qu'une manufacture terne dans un village endormi. Le marteau et l'enclume donnaient vie aux outils agricoles au lieu des instruments du combat, des accessoires de la lutte. C'était un espace sinistre, incandescent et bruyant, où Rufo étouffait autant qu'il feignait. C'était comme dans le tableau de Goya, mais en plus ardent, plus sale et plus morose. Il aimait travailler, mais l'ennui le rendait si féroce que, durant toute la journée, il se sentait être un lion en cage. Chaque jour qui passait, son tempérament fougueux était tellement brimé qu'il était orphelin du sentiment d'action qui faisait partie de lui et qui coulait dans ses veines.

Lorsqu'il n'était pas forgeron, Rufo était *un zahorí*, un sourcier. Souvent, Rufo était souvent demandé pour aller chercher des sources.

Après le travail à l'atelier, il quittait avec empressement son tablier de forgeron, se munissait de ses bâtons de mandarinier et rejoignait son terrain de jeu favori, les terres verdoyantes à la confluence du ruisseau Guadamora et de la rivière Guadelmez. Là-bas, les eaux calmes traversaient, au tempo andalou, la province de Cordoue, entre les vallées de Los Pedroches et d'Alcudia. Rufo foulait les herbes folles, arpentant vigoureusement les étendues de campagne, animé par son immensité, au milieu des verdoyants *olivos* et des sauvages *enebros de la miera*, au gré des villages aux couleurs d'ocre et des contreforts de la Sierra Morena Cordobesa. Il avait tant besoin de cette impression d'être libre et indompté qu'il se sentait plus vivifié rien qu'à entendre le bruit de ses pas qui froissaient les sols des champs.

C'est ainsi que le temps passa pour Rufo, entre la forge et les sources, et qu'il devint toujours plus différent de ses deux sœurs, dont il était l'ainé. Ana María et Dolores avaient de l'esprit, mais elles étaient des jeunes filles dévotes, calmes, presque immobiles au point qu'elles lui avaient toujours paru touchées par la paresse et la nonchalance de l'Andalousie. Elles économisaient leurs mouvements parce qu'il faisait chaud, parce que le soleil de Torrecampo était trop puissant, même en décembre, tandis que leurs boucles brunes et leurs traits fins étaient figés dans un marbre tiède. Deux uniques choses les inondaient d'une énergie capable de les sortir de leur atonie : les gâteaux arabo-andalous aux goûts de miel et d'amande, ainsi que l'ardent intérêt de se trouver des maris dignes de leurs charmes.

Souvent, Ana María disait à son frère qu'il lisait trop. Dolores, que l'on appelait Lola, pensait même que c'était à cause de la lecture qu'il n'avait pas le temps de trouver une femme. Rufo avait lu *Le Manifeste du Parti communiste*, *L'Opium du Peuple* et *Le Capital*. *Le Capital*, il ne l'avait pas juste lu, il l'avait bu, il l'avait ingurgité, l'incorporant comme un élixir fantastique. L'ouvrage de Marx lui avait été donné par un camarade soldat au Maroc après sa première bataille, ce qui renforça sa rencontre avec ce livre qui fut une vraie révélation et qui devint sa nourriture intellectuelle. Depuis son retour à Torrecampo, Rufo en notait des phrases, il les lisait et les relisait à voix haute jusqu'à s'en imprégner. Les mots de Marx l'avaient avalé tout cru, tels des affamés qui l'avaient dévoré goulûment.

Rufo ne souhaitait pas le désordre, l'instabilité, et le chaos. Il voulait œuvrer pour la liberté du peuple, mais aussi pour la justice, l'égalité et la dignité. Il n'aimait pas ranger les idées et les individus qui les portaient dans des cases et il détestait associer simplement une doctrine à un parti. Pour lui, c'était beaucoup plus grand et plus fort que de l'idéologie. En ces temps, partout en Espagne, c'étaient les prémices de la conscience ouvrière, le temps de la création des confédérations nationales de travailleurs et des rassemblements anarchistes, une époque où le parti communiste espagnol bénéficiait du prestige croissant de l'URSS. En observant les changements profonds autour de lui, Rufo fut happé par la puissance d'un pays qui tout à coup se réveillait.

Quand un jour de *cuaresma*, Ana María et Dolores questionnèrent leur frère pour savoir quel camp il rejoignait, Rufo fut si surpris qu'il considéra ses deux sœurs avec un air qui détonna de son habituelle détermination. Ses sœurs, qui ne l'avaient jamais interrogé avant cela, avaient choisi une période de réflexion et d'écoute de la parole de Dieu pour tenter de percer la portée de l'engagement de leur frère.

— Nous ne sommes plus des petites filles Rufo, on peut avoir des discussions d'adultes tout de même ! Alors ? Tu es anarchiste ? Tu es communiste ? Tu es quoi ?

En guise de réponse, le jeune homme, piqué par l'étonnement autant qu'exalté par sa ferveur, se lança dans des tirades comme un dément et chanta l'Internationale avec une intensité à laquelle Ana María et Dolores ne surent pas répliquer. Elles prirent leur frère pour un possédé, mais sans pressentir toutefois que sa fascination sans limite pour ces nouvelles idées le mènerait jusqu'aux luttes les plus ultimes.

Pour Rufo, tout avait vraiment commencé dans le Rif, mais huit années lui furent nécessaires pour devenir un tout autre combattant. En 1934, Rufo décida d'être un soldat de la révolution. Il chérissait sa terre autant qu'il exécrait l'esprit des hommes qui l'occupaient. Ainsi, il créa une cellule du parti communiste à Torrecampo, dans ce village habité d'une poignée d'âmes et où l'on comptait plus de têtes de bétail que d'électeurs. Il le choisit pour pouvoir confronter ses idées turbulentes avec les camarades communistes des villages voisins et pour allumer une étincelle de dissidence en Andalousie. Être sourcier dans un village pieux et superstitieux comme Torrecampo, c'était proche de la sorcellerie, mais être communiste, c'était un blasphème, une hérésie.

Sans en être surpris, son père désapprouva sa décision. Matavacas Père savait que son fils embrasserait une existence d'engagement. Pour Tomás López Herrero, il y avait une forme de rage que Rufo avait en lui depuis tout petit. Son service militaire n'avait fait que renforcer le caractère de son fils, il l'avait radicalisé. Déjà enfant, Rufo lui tenait tête. Souvent, il récusait l'autorité du père devant ses deux filles, ne supportant pas l'éducation que sa femme et lui avaient donnée à Ana María et Lola. Pour Rufo, ce qu'elles apprenaient à la messe et les codes de la société faisaient d'elles des futures femmes serviles alors qu'elles étaient intelligentes.

À vingt-neuf ans, il n'y avait aucun héroïsme chez Rufo. Mais son idéalisme poussa le jeune homme, habité par les avancées sociales en faveur du prolétariat, des soumis et des opprimés, à vouloir balayer le passé. À cause de lui, il ne pouvait construire au mieux que ce que ses parents avaient toujours fait. Il abhorrait son monde qui était une chanson funeste qui rejouait à l'infini le refrain de la puissance des riches et de l'asservissement des petits. Il refusait sa misère héréditaire et voulait changer tout ce qu'il pouvait. Cependant, Rufo ne pouvait pas changer ses parents. Il ne pouvait pas leur enlever leur ferveur catholique, ni contester leur position au village qui était le fruit de leur travail. Ils n'avaient pas d'origines bourgeoises ou nobles auxquelles Rufo pouvait s'opposer. Parfois passif sans jamais être naïf, Matavacas Père assista ainsi à la transformation de son fils en militant et osa un jour l'affronter :

— On verra bien si tu vas collectiviser les terres et brûler les titres de propriété quand tu hériteras d'un commerce, de terres et de bétail !

Aux paroles de Tomás López Herrero, un rire furieux et incontrôlable sortit de la gorge de Rufo qui cracha :

— Tu es un facha, un facha catho !

— Et toi, tu es un chevalier en croisade pour ton prophète russe et sa révolution ! Toi qui veux lutter contre la soumission, tu n'es que l'ouvrier de tout un système qui te dépasse !

La haine dans les mots de Tomás López Herrero prit son fils de court, renversant la position de force que Rufo pensait avoir face à son père. Rufo sentit surgir de lui une pulsion bestiale. Il reconnut cette sensation, ce moment où le sang battait ses tempes de plus en plus fort et où les idées percutaient les parois de son cerveau. Il aurait voulu bondir et crier. Mais il dissimula le tourbillon qui se produisait en lui et s'efforça de contrôler sa rage pour éviter des paroles et des gestes qu'il aurait pu regretter ensuite. En faisant signe à son père de marquer une trêve, il acheva :

— La prudence et l'obéissance de personnes comme toi ne nous mèneront nulle part.

Rufo remarqua une brutalité familière dans les yeux de son père, dans sa mâchoire serrée, soudée, dans ses mains tremblantes. Il soupçonna Matavacas Père de vouloir lui asséner un coup, lui qui haïssait les débats sans fin et qui ne supportait pas de ne pas avoir le dernier mot. Surtout, il détestait ce que son fils était devenu. À cet instant, Tomás López Herrero fut si imprégné de rancune, si pétri d'amertume, qu'il en frissonna. Mais il se rappela que depuis longtemps déjà, la désillusion l'avait frappé. Il était trop tard pour récupérer son fils.

Depuis la création de la cellule du parti communiste à Torrecampo, Rufo et les autres militants du canton de la vallée de Los Pedroches se réunissaient dans la grange des fermiers Cañas Alonzo, pour débattre, échanger leurs opinions politiques et commenter les polémiques. Le 14 avril 1934, ils célébrèrent que, trois ans plus tôt, la proclamation de la seconde république espagnole fut un événement synonyme de joie et d'avenir. Le départ d'Alphonse XIII et les élections de 1931 avaient permis l'instauration d'un régime démocratique et moderne.

Ce soir-là, l'assemblée s'exclama joyeusement, les discussions furent enflammées et l'agitation répandit une odeur âpre de sueur mêlée à celle du foin. Le groupe des ouvriers des mines de bismuth de Torrecampo applaudit bruyamment. Prenant tour à tour la parole, Rufo et ses camarades rappelèrent que la république était le choix des urnes, celui d'un peuple qui voulait des changements. Elle représentait la possibilité de choisir pour tous ceux qui n'étaient habitués qu'à obéir, la promesse d'horizons nouveaux, d'une place pour les femmes et les moins favorisés dans cette société espagnole sclérosée par des siècles de monarchie.

—¡ *Viva la República* !

Vive la république ! Certains crièrent en se serrant dans les bras. Juan Sanz Belmonte, un ouvrier agricole du village de Santa Eufemia, répéta « ¡ Viva ! » en levant le poing. Les époux Cañas Alonzo s'étreignirent. Encouragé par les applaudissements et les cris de liesse, Rufo s'adressa à l'assistance pour remercier Clara de Campoamor, cette femme politique dont la voix et le combat permirent l'inscription du droit de vote des femmes à la Constitution. Les citoyens, hommes et femmes, avaient désormais les mêmes droits politiques.

Mais alors que les cœurs et les âmes s'embrasèrent, Rafael Acevedo Morán, l'épicier de la commune de Cardeña, interrompit les exclamations d'un air énervé pour expliquer que, selon lui, il ne fallait pas voir que les avancées et les réussites. Partout en Espagne, la droite et la bourgeoisie commençaient à être terrorisées de l'organisation des ouvriers anarchistes en une confédération nationale armée. Rafael avait entendu des clients raconter que les riches propriétaires des exploitations se plaignaient et qu'ils protestaient, répétant que c'était « encore un coup des bolcheviks ». Tandis que les autres militants l'écoutaient attentivement, il suggéra que les propriétaires craignaient une révolution comme en Russie en 17 et qu'ils allaient finir par se regrouper eux aussi. Margarita, la femme de Juan, regarda Rafael avec un air d'incompréhension alors que le sourire sur le visage de son mari s'évanouit. Les clameurs laissèrent place à un silence lourd. Ceux qui, l'instant d'avant frappaient dans leurs mains, se tordirent les doigts nerveusement. Comme le trouble s'installait, Matavacas Fils intervint pour rappeler que les grands propriétaires craignaient surtout que leurs bénéfices soient menacés et qu'il leur fallait faire table rase du passé.

— Il n'y a pas de changement sans évolution ! Il faut cette révolution !

Eusebio, un des ouvriers des mines de Torrecampo, reprit le mot révolution et poursuivit en s'adressant à tous les partisans.

— N'oubliez pas que la Phalange prend de l'ampleur, et ces fascistes ne savent faire les choses que dans la cruauté. La Phalange a tout de même été créée par le fils d'un ancien dictateur ! Il est donc nécessaire pour les ouvriers de s'organiser et de se protéger !

Ce n'était pas la première fois que les membres du groupe s'étaient jurés de rester unis face à l'oppression capitaliste. À cette époque-là, il se disait avec cynisme que les opulents industriels avaient l'habitude de s'asseoir sur leurs terres et sur les têtes de leurs ouvriers. Les riches avaient raison de redouter cette révolution espagnole, car elle arrivait. Tandis que l'approbation générale sembla revenir, le visage de Rafael, figé d'emportement, s'assombrit.

— Camarades, je suis avec vous, mais sachez que la soumission ne s'abat pas dans la paix ! À Cardeña, on se met à prédire des destins obscurs à ceux qui se rangent du côté de la république, du côté d'un régime de plus en plus instable et tourmenté ! On se met à leur prédire des destins incertains parce qu'ils ne se rangent pas tout court !

Rafael venait de cracher ses mots d'une voix courroucée, postillonnant son angoisse. Eusebio ne put s'empêcher de le lui faire remarquer devant les autres camarades qui paraissaient profondément troublés. Rafael frémit, ses bras et ses poings crispés, mais il ne répliqua pas, se retenant d'exploser. Il préféra finalement le silence à l'expression de la fureur qui lui brûlait les lèvres. Dans cette atmosphère pesante, pour couper le malaise, Rufo voulut rassurer en évoquant la superstition de l'Espagne. En ces temps, même les plus catholiques croyaient encore aux présages, aux signes et aux incantations. Chacun tirait des conclusions hâtives de chaque argument politique de sorte que les actes de la Phalange ou les signes de la revendication ouvrière étaient vus comme autant d'événements qui entraînaient des répercussions, bonnes ou mauvaises, selon le bord auquel on appartenait.

— Ce ne sont pas des rumeurs et des prédictions qui vont nous empêcher d'avancer !

Ils savaient tous que la superstition amplifiait l'impression de chaos naissant. Personne, à ce moment-là, ne voulait croire aux avertissements et au mauvais œil. Les paroles de Rufo dissipèrent l'embarras accablant qui s'était diffusé parmi les militants. Les discussions ardentes et la gaité vaporeuse commencèrent à reprendre leur cours. Pourtant, la mise en garde de Rafael laissa en Rufo un poids étrange à la poitrine. Elle s'était contractée et ses membres lui paraissaient agités, aux aguets. Son corps tout entier se préparait à l'imprévu ou au pire.

Plusieurs mois plus tard, à l'automne, Rufo travaillait à la forge quand son père pénétra dans l'atelier. Avec une démarche renfrognée, il vint à sa rencontre près de l'établi. Lorsqu'il commença à parler, sa mine était aussi sombre que la pièce où ils étaient.

— Je veux te dire qu'au village, on parle beaucoup de toi, et ce n'est pas pour les sources que tu trouves, mais pour les ennuis que tu te cherches…

Le père et le fils s'isolèrent dehors pour discuter. Rufo resta un instant silencieux parce qu'il connaissait pertinemment les conséquences de son engagement politique. Il n'avait besoin de personne pour le lui rappeler, et encore moins de son père. En le regardant droit dans les yeux, Rufo rétorqua qu'il ne pouvait pas passer à côté de cette révolution. Les ouvriers s'organisaient dans tout le pays. Il lui fallait agir, car il voulait défendre le prolétariat. L'espoir et le changement qu'incarnait la république lui semblaient être une aubaine pour l'Espagne. Tomás López Herrero ne pouvait pas ignorer qu'il ne s'agissait pas d'idéologie cette fois, ni de simplement renforcer les syndicats ou de demander des augmentations de salaires aux patrons. Quelques semaines auparavant, le soulèvement des mineurs des Asturies avait été réprimé par la Légion étrangère espagnole. Ce massacre avait mis en mouvement Rufo et ses camarades : il leur était impossible de rester impuissants. Et ce jour-là, le père n'était pas là pour se mêler des affaires de son fils, de ses confédérations de travailleurs, de sa révolte ouvrière, de son marxisme, et de son utopie. Tomás ne voulait pas débattre, il ne venait pas pour parler politique. Ce qu'il voulait partager, c'était qu'il voyait des signes de très mauvais augure et qu'il était de son devoir de père d'avertir Rufo. Ainsi, il y eut quelque chose de différent dans cette discussion entre le père et le fils, ce n'était plus une question de fierté ou d'autorité paternelle. L'immense corps rectangle de Matavacas Père était recroquevillé, portant le poids de l'inquiétude. Tout son visage contracté n'était que tension. Il avait besoin de s'assurer que Rufo avait bien conscience de ce qu'il lui fallait faire et qu'il devait l'écouter cette fois.

— Tu deviens une menace pour ta mère, tes sœurs et moi !

Rufo baissa les yeux à ces derniers mots et se refusa d'expliquer à son père une énième fois que c'était justement pour eux tous qu'il se battait. L'égalité et la liberté pour le peuple étaient ses combats. Il fut agacé, mais aussi touché de voir son père lui faire la morale, lui qui le connaissait depuis toujours et qui le voyait se faire emporter par les vents tumultueux de la politique. Rufo ne put pas lui promettre qu'il serait raisonnable. Surtout qu'au fond, Matavacas Père était habitué à un fils qui n'obéissait pas. Tomás se retourna pour s'en aller, mais il marqua une pause. Quand il fit à nouveau face à son fils, un air songeur flotta dans son regard et il lança d'une voix étranglée :

— *¡ Suerte, hijo !*

Bonne chance fils ! Le père venait de jeter ces mots au destin. Il les avait proférés comme s'il avait cru que la chance déciderait de leur sort. Son visage se figea dans une moue anxieuse, puis il partit le pas pesant. Rufo aurait aimé répondre à son père que rien n'était une question de chance, tout était une question de choix.

CHAPITRE 5

Le destin le floua. Un matin de juin 1935 au Camino Real, Rufo déambulait au milieu des étals du marché. Les teintes vives des tomates, des poivrons et des piments flamboyaient sous ses yeux. Des effluves fruités vagabondaient au gré de la brise du printemps. Le jeune homme était bercé par les aboiements chantants des marchands d'oranges et de melons. De leurs voix tonitruantes et ensoleillées, ils s'exclamaient pour interpeller les passants et riaient à gorge déployée. Rufo remarqua à quelques pas de distance une jeune femme goûtant une cuillère de miel que lui avait tendue le vendeur. Elle leva ses yeux vers ceux du marchand et lui adressa un sourire discret, mais envoûtant. Fine et élancée, elle était âgée d'à peine plus de vingt ans. Ses pommettes étaient hautes et les traits réguliers de son visage à la peau claire étaient d'une élégance rare. Elle était différente des autres filles que Rufo avait rencontrées jusqu'alors, car au village, les jeunes beautés timides baissaient les yeux vertueusement en présence des hommes alors que les femmes laides avaient des allures effrontées. Cette jeune femme semblait si pure et si mystérieuse à la fois que Rufo en fut complètement dérouté. Captivé, il se sentit honteux de l'épier quand soudain, ses yeux noirs en amande se posèrent dans ceux de Rufo. Elle avait un regard que l'on ne croise que deux ou trois fois dans une vie. Et la manière dont elle venait de porter les yeux sur lui était aussi pénétrante qu'insondable. Pour ne pas laisser percevoir sa confusion, il se ressaisit. Mais lorsque la jeune femme partit dans la direction opposée à la sienne, Rufo eut le sentiment d'être submergé par une envie irrépressible de percer le mystère de cette inconnue. Il lui faudrait la retrouver.

Bien qu'il revînt au marché les jours suivants à la même heure, Rufo ne revit pas la jeune femme, ce qui le décida à interroger Jacinto, le vendeur de miel qui lui confia volontiers ce qu'il savait d'elle. Elle s'appelait Terencia, elle était originaire de Villanueva de Córdoba et s'était installée à Torrecampo quelques mois auparavant. Elle vivait chez sa tante, Magdalena Alarcon Ruiz, qui était malade et dont le fils unique, Emilio, s'était occupé seul jusqu'à ce que l'aide de Terencia devînt précieuse.

Le lendemain, Rufo se rendit chez la Señora Alarcon Ruiz, au 6 Calle Fuente Nueva, l'adresse communiquée par son désormais complice Jacinto. Pour faire bonne impression à la tante de Terencia qu'il rencontrait pour la première fois, il s'était coiffé et habillé avec soin et portait des souliers astiqués. Lorsque la veille femme ouvrit, Rufo se présenta avec des phrases d'introduction obséquieuses accompagnées d'une surenchère de formules de politesse. Il demanda à parler à sa nièce, mais la matrone laissa passer un silence et un pli étonnant s'immisça entre les rides de la Señora Alarcon Ruiz, à la commissure de ses lèvres. Rufo n'osa même pas cligner des yeux. Puis d'un signe de tête, elle acquiesça et appela Terencia.

Quand la jeune femme arriva, elle ne dit rien, mais son regard intense fut éloquent. Elle savait pourquoi Rufo était là. De ses yeux rayonnant d'intelligence et de compassion, elle l'ausculta tandis que l'air hébété, Rufo contempla le visage de Terencia sans se rendre compte des secondes qui s'écoulaient, comme s'il eut été sous l'emprise d'un sortilège. Embarrassé, ses jambes se mirent à flageoler. Après ce court moment d'égarement, Rufo se reprit et invita Terencia à passer un samedi après-midi avec lui. Sans la moindre hésitation, elle accepta l'invitation, mais la douce magicienne avait éprouvé Rufo. Ainsi, à peine remis de son trouble, il partit rejoindre ses camarades du parti communiste au village voisin d'El Guijo, mais il n'avait qu'une envie, c'était d'être déjà à ce samedi. Il était pénétré par un sentiment plaisant, un mélange d'appréhension et d'impatience.

Le samedi après-midi suivant, Terencia et Rufo se retrouvèrent au Paseo de Gracia. Ils marchèrent d'un pas tranquille dans les ruelles sinueuses de Torrecampo, dans ces rues étroites où s'engouffrait le vent délicieusement tiède de juin. Il semblait caresser la peau de Terencia. Ce jour-là, Terencia était vêtue d'une robe noire ajustée. Elle devait aimer le noir, car ses rubans de cheveux et ses souliers étaient également noirs. Sa robe lui moulait sa mince taille et ses fines épaules. La brise berçait légèrement ses cheveux bruns. Terencia et Rufo passèrent devant le *Camino Real* où leurs regards s'étaient rencontrés pour la première fois. Lorsqu'ils croisèrent des villageois, ils n'y prêtèrent aucune attention. L'un à côté de l'autre, ils eurent l'impression qu'il n'y avait qu'eux deux. En poursuivant leur marche, ils arrivèrent devant l'église San Sebastián. Terencia s'arrêta et observa attentivement le bâtiment à la couleur blanc ivoire et aux pierres naturelles d'ornement aux tons de sable. Elle le contempla en ayant l'air de le voir pour la première fois. Elle semblait se trouver dans un musée fabuleux où elle découvrait, un à un, les détails d'une œuvre d'art gigantesque.

— Est-ce que tu vas souvent à la messe ?

Après avoir posé cette question à Rufo, elle continua à scruter avec importance chaque détail de l'édifice devant elle. La fougue et le souffle du jeune homme se tempérèrent. Pris de court, il hésita. Il devait répondre que non, qu'il n'y allait pas, qu'il détestait l'institution de l'Église et tout ce qu'elle représentait, mais il ne voulait absolument pas déplaire à Terencia. Rufo décida donc de l'interroger pour éviter de se dévoiler. Il voulait savoir pourquoi elle lui avait posé cette question.

— Je n'y suis jamais allée.

Elle avait répondu ces mots lentement, en les soupesant, comme si elle en avait saisi le sens réel en même temps qu'elle les avait prononcés. Détachée de l'instant présent, elle ne regardait toujours pas Rufo tandis que ses yeux s'arrêtèrent sur le parvis de l'église. À cet instant, Rufo ne put s'empêcher de penser que Terencia était fascinante de profil. Elle était indéchiffrable aussi. Rufo l'observa pour essayer de trouver la clé de l'énigme, car il ne comprenait pas et ignorait sincèrement que, dans les villages andalous, il était possible de ne jamais être allé à la messe. La réponse mystérieuse de Terencia venait d'accroître le charme qu'elle exerçait sur Rufo. Il la questionna à nouveau pour tenter d'éclaircir sa déclaration pourtant peu équivoque.

— Dans ma famille, on ne va pas à la messe.

Elle se tourna vers Rufo en le fixant avec une ardeur soudaine. De manière stupéfiante, ses prunelles brillèrent et s'embrasèrent d'un coup. Et avec une touchante réserve, Terencia parla de ses ancêtres juifs séfarades qui avaient subi des persécutions antisémites depuis des temps immémoriaux. Pendant le règne de *los Reyes Católicos*, Isabelle de Castille et Ferdinand d'Aragon, ses aïeux s'étaient convertis, ils avaient sûrement été forcés à le faire, car le massacre et le pillage les menaçaient. C'était la conversion ou la mort. Ces juifs convertis au catholicisme avaient réussi à échapper à l'infâme Inquisition et avaient pu rester en Espagne. Elle expliqua à Rufo qu'elle n'en parlait pas, qu'à Torrecampo, ça ne se savait pas, et que c'était mieux ainsi. Terencia parlait avec une candeur dont Rufo se souvenait, elle était de six ans sa cadette.

— Tu es donc juive ?
— Pas réellement.

Elle avait répondu d'un air embarrassé, alors le jeune homme lui sourit pour la rassurer.

— Ce qui est sûr, c'est que je ne suis pas catholique, et je voulais que tu le saches.

Terencia sembla apaisée par le calme de la réaction de Rufo. À la fois déconcerté et ému par cette déclaration intime, il répondit qu'il était soulagé lui aussi et lui avoua qu'il n'allait plus à la messe depuis des années, qu'il y allait, plus jeune, avant son service militaire, parce que c'était une tradition familiale, mais qu'il haïssait désormais l'Église. En dehors de Marx, le seul esprit qui lui parlait, c'était celui de ses sources. Ce fut en cet instant de confidences que Rufo s'enhardit et qu'il déclara dignement à Terencia qu'il avait un secret lui aussi, même s'il était d'un registre très différent. Il prit une inspiration et lui confia qu'il était sourcier, un secret qui commençait à se savoir au village au fil des années. Rufo s'épancha de ces mots fièrement sans se rendre compte de leur portée, car ils auraient pu faire fuir Terencia. Quand il en prit conscience, il attendit sa réponse avec fébrilité, mais elle ne la donna pas immédiatement. La jeune femme finit par sourire et interrogea Rufo d'un regard facétieux, l'encourageant à poursuivre.

— Il parait que j'ai un don. Je suis sourcier. Je trouve les sources grâce à des bâtons de bois. Je sens les sources vibrer en moi quand je m'en approche, et mes bâtons se mettent à tournoyer, attirés par l'eau souterraine. J'aide ainsi les villageois à valoriser leurs terres, ils peuvent construire des puits. On m'a déjà fait venir dans plusieurs villages.

— C'est un joli pouvoir, les sources te parlent. Tu fais naître les orangers.

À ces paroles, l'attirance de Rufo pour Terencia se vivifia. Désormais, ils étaient liés par les secrets qu'ils venaient de délivrer et de se livrer l'un à l'autre alors qu'ils se connaissaient à peine. Quelque chose d'irréversible venait de se dérouler.

La vie ne se joue pas à grand-chose. C'est une phrase que Rufo a souvent répétée, bien des années plus tard, alors que rien ne l'y prédestinait. La vie, ça se joue à un granité à la pêche siroté sur la terrasse d'un café. Au regard pénétrant et aux mots timides de Terencia. Aux beignets sucrés parfumés à la fleur d'oranger, servis encore tièdes, qu'elle avait séparés, morceau par morceau, avec ses doigts fins, et qu'elle avait dégustés, très lentement. La vie, ça se joue aux deux grains de sucre restés collés au coin de ses lèvres. Au soleil voluptueux qui se déposa goulument sur sa peau et qui la butina, se délectant d'un nectar incandescent.

Terencia avait des lèvres obsédantes, au délicat contour. Closes, elles dessinaient une ligne aussi virginale que paradoxale qui invitait à l'abandon. Rufo se mit à penser à sa bouche rencontrant les lèvres vermeilles de Terencia et à sa main caressant son cou. Gagné par des envies incontrôlables, comme un besoin soudain de faire craquer sa nuque, il se surprit à imaginer les courbes de son corps nu. Rufo se rendit compte que ses sens s'égaraient en présence de l'énigmatique Terencia, alors il reprit son souffle pour chasser les pulsions de son esprit. Et ce jour-là, quand il rentra chez lui, la lumière du jour lui sembla absorbée par le soleil du soir. Il fut bercé par l'agréable sensation d'ivresse après avoir dégusté des verres de vin. Il en chancelait, se sentant ensorcelé.

Pour sa première fête de San Juan à Torrecampo, Terencia proposa à Rufo de l'y accompagner. En cette nuit du 23 au 24 juin, comme chaque année à Torrecampo, les croyances païennes frappaient aux portes des villageois. Elles étaient sereinement invitées à entrer dans les foyers, parce qu'elles étaient toujours çà et là dans les cœurs et dans les pensées. Les tumultes des cortèges et des rituels faisaient à nouveau irruption dans les vies des Torrecampeños. La venue du solstice d'été était célébrée dans la joie et par le feu. C'était la nuit la plus courte de l'année et les bûchers ravivaient la victoire de la lumière sur l'obscurité.

Ce soir-là, debout, tout en déambulant parmi la foule, Terencia et Rufo mangèrent des assiettes de poivrons frits, de jambon et des bols de *sobrehúsa*. Autour d'eux, les jeunes gens riaient et se souriaient, gais à outrance, comme s'ils s'adonnaient à des sérénades. Ils dansaient avec des gestes amples et démesurés. Ils étaient tels des pantins et des marionnettes animés par leur allégresse et dont les silhouettes ployaient au son de la musique et tournoyaient à la lueur des brasiers.

Au milieu d'un groupe de badauds, Terencia s'arrêta et se mit à observer les mouvements fébriles d'une danseuse. Elle devait avoir son âge, mais n'avait pas sa pudeur. Les épaules de la jeune femme étaient découvertes et révélaient sa peau mate. Au bout de quelques minutes, les ondulations de son corps devinrent plus rapides et décrivirent des lignes incompréhensibles. Provoquant l'œil et l'entendement, les oscillations effrénées se firent lascives. Prise de palpitations, la jeune femme dansa, telle une possédée, imitant désormais l'acte sexuel. Les yeux exorbités, proche du délire, elle sembla être saisie du démon. Puis elle s'élança dans les airs, sous le joug de coups de fouet invisibles, laissant échapper d'une bouche béante des gémissements démentiels que seul Satan pouvait lui avoir inspirés.

Quand Rufo posa les yeux sur Terencia, il fut frappé par l'étincelle aussi étonnante que radieuse qui flottait sur son visage, c'était un halo. Elle lui apparut flamboyante. Fascinée, elle continuait à observer la danse alors que Rufo l'aurait imaginée choquée. Une sorte d'ardeur surprenante rayonnait dans son regard éclatant. Pourtant, ce spectacle n'était pas pour elle. D'un geste brusque, Rufo la prit par le bras, voulant la soustraire à la vision de la furieuse danseuse. Terencia le regarda d'un air interdit, se remettant difficilement de la scène qui l'avait happée l'espace d'un instant. Elle savait que ces fêtes attiraient des personnes étranges et étrangères au village, ce n'était pas un lieu pour les jeunes femmes sages comme elle. Une nuance de rouge carmin pointa sur les pommettes de Terencia, ce qui accrut l'attraction de Rufo pour sa nature réservée et sa beauté mystérieuse. Il voulut lui voler un baiser. Il songea à la dérober tout entière. Cependant, son instinct de soldat fut incapable du moindre assaut. Ce fut ainsi très calmement qu'il employa les mots pour tenter de s'arroger ses faveurs. D'un ton qui parut ingénu, il lui demanda de devenir sa boussole. Il ne le savait pas encore, mais le mot qu'il avait choisi d'employer aurait un caractère augural.

— Ta boussole ?

Terencia avait repris, étonnée. Les promesses et les serments n'étaient pas pour Rufo. Pourtant, il voulait que Terencia le guidât chaque jour.

Deux jours plus tard, Rufo alla dîner chez Eusebio et sa femme, Rosa, qui habitaient au Nord de Torrecampo, dans une maison située *Calle Enanos*. Après le dîner, Rosa confia qu'elle pouvait lire les lignes de la main, c'était une tradition qui se transmettait de mère en fille dans sa famille gitane. Rufo fut aussitôt piqué par la curiosité et ressentit une excitation soudaine. Il ne craignait pas la magie de Rosa.

— Ce n'est pas un sourcier communiste qui va se méfier d'une sorcière gitane !

Les deux jeunes hommes rirent d'un air léger alors que Rosa leur demanda du calme pour se concentrer. Sous le regard amusé d'Eusebio, Rufo tendit avec assurance ses mains vers la jeune gitane. En silence, Rosa observa les paumes des mains de Rufo et sembla ne pas pouvoir immédiatement en lire les lignes. Rufo n'y avait jamais prêté attention et constata en même temps que Rosa qu'elles serpentaient le long d'un Tage tumultueux. C'étaient toutes les sources de l'Espagne réunies, elles étaient aussi fourbes que tordues. Macabres, elles s'entortillaient et se faufilaient. Rosa et Rufo étaient en train de découvrir que les lignes de ses mains étaient telles des rides sinueuses et infinies au point que la jeune femme se demanda où est-ce qu'elles allaient se perdre.

Se penchant à nouveau vers l'avant, la longue natte mordorée de Rosa tomba le long de sa nuque. Tout à coup, elle se figea. Un profond soupir lui vint, et dans un râle, elle dit que, désormais, elle pouvait contempler l'avenir de Rufo. Eusebio s'approcha d'eux, interpellé et même inquiet, car il avait déjà perçu le trouble de sa *gitana*. Les secondes qui suivirent, les yeux noirs de Rosa s'assombrirent et son teint brun pâlit. De ses lèvres tremblantes, elle peina à trouver ses mots, angoissée par ce qu'elle lisait et qu'elle s'apprêtait à livrer.

— Je vois un intrus et des ordres qui contrarient ton âme. Toi, Rufo, je te vois, tu es agité, tu es traqué, tu implores.

Quand Rosa marqua une pause, Rufo eut chaud. Les battements de son cœur s'accélérèrent et sa vue se brouilla. Ses jambes refusèrent de continuer à le porter si bien qu'il s'affaissa sur sa chaise. Il eut la sensation d'être entouré par une brume épaisse, opaque et ouatée. Rufo suffoquait quand Rosa lui demanda de l'écouter. Il s'efforça de lever les yeux vers elle et de prêter une oreille attentive.

Mais en cet instant, il ne pouvait aucunement percevoir la puissance prémonitoire de ce qui allait suivre. La gitane chercha son regard affolé.

— Rufo, tes lignes me révèlent que tu dois avaler le bonheur comme s'il pouvait disparaître à tout jamais.

CHAPITRE 6

8, *Calle Góngora*. Le numéro 8 était une maison blanche aux balcons de fer forgé. C'était la maison qu'habitaient Terencia et Rufo.

Au fur et à mesure qu'il avait découvert Terencia, Rufo avait pris conscience de leurs différences, mais plus elles lui étaient apparues claires et béantes, et plus il avait voulu les combler. Terencia avait grandi dans une fratrie de six enfants. Elle était la sage fille aînée de commerçants de Villanueva de Córdoba. Ses parents avaient donné à leurs enfants une éducation protectrice et aimante, leur transmettant les valeurs de la famille, du mariage et du dévouement, édifiés comme les principes sacrés de leurs aïeux juifs. Terencia avait perdu un frère, mort du paludisme à l'âge de quatre ans, et ce triste événement avait forgé sa nature impénétrable, car elle voulait rassurer ses parents devenus toujours inquiets. On lui avait inculqué qu'il fallait penser aux autres avant de penser à soi. Comme dans beaucoup de familles espagnoles de l'époque, elle et ses sœurs avaient seulement appris à compter, contrairement à leurs frères, elles n'avaient pas appris à lire et écrire.

Rufo ne parvenait pas à cacher à Terencia son caractère impétueux, fait de contradictions et de convictions, mais la fougue bouillonnante de Rufo désarmait la discrète jeune femme. Son attitude changeait peu à peu, devenant plus intime. Parfois, pendant qu'il parlait, Terencia fixait Rufo en silence, se passant de mots, parce que de ses yeux émanaient une confiance totale en lui. Au regard serein que Terencia posait sur lui quand il confiait ses tourments, il savait qu'elle était capable de composer avec leurs divergences.

En quelques mois, en tâtonnant, Terencia aida Rufo à apprivoiser l'engagement. Il avait besoin d'elle à ses côtés pour combler son âme passionnée. Devenu fou d'elle, il avait voulu la posséder, il l'avait réclamée, mais elle ne s'était pas donnée. Les autres femmes s'étaient offertes à lui, mais Terencia, elle, s'était dévouée. Ses pensées, ses paroles et son corps l'avaient enlacé jusqu'à lui appartenir enfin. Elle réservait à lui seul son intelligence vibrante, ses remarques piquantes et ses mots exquis. Elle les lui livrait en le fixant dans les yeux comme si rien d'autre ne comptait plus autour d'eux. Souvent, Terencia portait une robe fluide qui donnait à Rufo l'impression qu'elle marchait de manière aérienne. Ses mouvements lui semblaient vaporeux, ne fendant pas l'air, au point qu'elle faisait l'effet d'être enveloppée par des délicats effluves qui se déplaçaient avec elle.

Terencia et Rufo savouraient les innocentes journées à s'empiffrer de *mantecados* tout en s'embrassant goulument. Leurs baisers étaient chauds, sucrés, ils exhalaient les parfums caressants de la cannelle. Le jeune homme n'avait jamais assez des regards suaves et évanescents de Terencia. Ils lui faisaient la promesse de pouvoir se fondre en elle, corps à corps, peau contre peau.

Un doux dimanche d'octobre, Rufo rentrait du marché avec les ingrédients de la recette du succulent *ajo blanco* de Terencia tandis que la jeune femme l'avait attendu en cousant dans la maison. Il déposa à terre le panier de provisions et s'assit sous l'olivier où souvent ils aimaient déjeuner. Il ouvrit le livre laissé en suspens sur la table quand Terencia vint aux côtés de Rufo, tenant dans la main un verre d'*horchata de chufa*, dans lequel elle trempa ses lèvres pour goûter l'orgeat de souchet avant de le donner à deux mains à Rufo, tel un cadeau.

— Qu'est-ce que tu lis ?

Rufo lisait Miguel de Unamuno, ce poète de génie qu'il admirait et qui avait célébré sa Teresa. Il ne pouvait s'empêcher en le lisant qu'il aurait tant aimé écrire ces vers pour elle :

"Si tú y yo, Teresa mía, nunca nos hubiéramos visto, nos hubiéramos muerto sin saberlo: no habríamos vivido."

Rufo avait cité Miguel de Unamuno d'un ton théâtral, contemplant sa belle spectatrice qu'il aurait imaginée conquise, mais au lieu de cela, elle le regarda d'un air étonnamment lointain. Bien que l'élan romantique du jeune homme avait touché Terencia, elle était toujours surprise quand il s'épanchait de légèreté. Rufo regarda la jeune femme d'un air traduisant son incompréhension. Tout à coup, Terencia se leva et bomba le torse. Brandissant le poing, elle lança d'une voix forte :

— Le peuple est pillé ! Souillé par la domination et le despotisme des mêmes familles depuis des générations ! Des émeutes, oui, il nous faut des émeutes ! J'ai lu dans le *Mundo obrero* que…

Rufo coupa la jeune femme en s'esclaffant, car elle l'imitait et se moquait.

— Mais tu le sais très bien qu'on ne peut se satisfaire de la situation ? L'insurrection populaire est nécessaire, reprit Rufo sur un ton sérieux.

— Je le comprends très bien. Je soutiens ta lutte tant que tu ne collectives pas ton cœur !

Terencia rit en lui jetant un regard complice. Rufo se jeta tout entier sur elle, l'embrassant avec fougue. Il leva hâtivement sa robe, en ne prenant pas le temps de la déshabiller complètement. Les tissus furent anodins. Leurs rires, badins. Les mouvements de Rufo furent puissants tant il était impatient et gourmand. Respirant la peau parfumée de Terencia, son souffle devint chaud. Rufo sentit le désir qui n'arrêtait pas de monter en lui de sorte que ses pensées s'embrouillèrent et son sang bouillonna. Ce fut langoureux. Le verre d'horchata tomba sans fracas sur la table et se déversa lentement sur le sol. Ils restèrent longtemps allongés sous l'olivier, après, Terencia nue contre Rufo qui était en nage, les yeux fermés et la bouche ouverte. Il l'entoura de ses bras humides et qui tremblaient encore à cause de l'effort. Rufo s'agrippa à elle, ne voulant pas la lâcher. Pourtant, il la laisserait.

Le soir du 16 février 1936, il n'y eut jamais assez d'accolades et de cris pour exprimer leur joie. Place de l'hôtel de ville, Rufo et les militants du parti communiste de la vallée de Los Pedroches célébrèrent la victoire aux élections législatives du Front populaire contre le Front national de droite et le centre. Le gouvernement était formé de républicains des partis d'Azaña et de Martinez Barrio. Le feu dans les yeux, Eusebio prit Rufo dans ses bras avec des mouvements joyeux. Le cœur de Rufo était embrasé. Les effluves de *moscatel* venaient le troubler. Ce fut une soirée furieuse où Rufo, Eusebio, les ouvriers de Torrecampo, ainsi que Juan Sanz Belmonte, chantèrent *Hijos del Pueblo* jusqu'à l'aube :

Hijo del pueblo, te oprimen cadenas
y esa injusticia no puede seguir.
Si tu existencia es un mundo de penas

> *antes que esclavo prefiero morir.*
> *En la batalla, la hiena fascista*
> *por nuestro esfuerzo sucumbirá;*
> *y el pueblo entero, con los anarquistas,*
> *hará que triunfe la libertad.*

Les jours suivants, Rufo se leva nuageux et l'esprit embrumé. À mesure que les élans de joie s'évanouirent, la liesse enivrée du soir du 16 février prit un goût plus amer. La fête était finie. Les idées de changement étaient déjà frelatées. L'espérance était gangrénée. Après les élections, des violences sans précédent se répandirent comme une funeste épidémie. Le 18 mars, la Phalange fut déclarée hors la loi par le gouvernement alors que dans les villages de droite comme Torrecampo, les sympathisants de gauche commencèrent à être honnis.

Un soir d'avril, Rufo alla chercher des sources pour la dernière fois sur le sol espagnol. Il marcha des heures au milieu des *acebuches* centenaires à l'Est du ruisseau Guadamora. L'air était frais et le soleil bas. D'un coup, le bois se mit à trembler entre ses mains pour lui révéler le cours d'eau qui se déployait à ses pieds. Avec une excitation vibrante, le jeune sourcier découvrit une nouvelle source qui coulait entre les collines de son Andalousie.

Quand Rufo retrouva Terencia à la lumière du crépuscule, vivifié par son escapade, il lui partagea qu'il était fier d'avoir décidé de ne pas partager son don avec tous, seulement avec les petits paysans et pas avec les grands propriétaires terriens, ni avec les arrogants marquis ou les *señoritos*, il ne voulait rien à voir avec eux. Terencia le comprenait, il ne souhaitait pas aider les riches et il affirmait ses choix, mais il se heurtait aussi aux vicissitudes de la cellule du parti communiste qu'il avait créée.

— Il y a des nouvelles alliances et des ralliements à d'autres groupements. Notre groupe initial n'est plus là. Il s'est éclaté entre les anarchistes, les socialistes modérés, et puis…

— Toi, le communiste.

La droite mettait tous les partisans de gauche dans le même panier alors qu'ils n'arrivaient plus à se mettre d'accord et que les divergences au sein même de son camp se renforçaient. Et ce qui se passait au sein de leur groupe, c'était exactement ce qui se déroulait partout en Espagne. Les élections venaient tout juste d'avoir lieu, mais la gauche n'avait pas une voix unifiée. Le parti communiste s'exprimait aux Cortes. Le puissant parti socialiste s'appuyait sur l'UGT. Quant aux anarchistes de la CNT et de la FAI, dès les résultats du scrutin, ils avaient tourné le dos au jeu électoral. Ils avaient toujours un point commun : leur opposition à une droite coriace. Bien que Rufo et ses camarades avaient voulu la contestation, l'actualité politique n'était désormais faite que de rivalités entre les deux camps. Les discordances étaient devenues systématiques, sans dialogue. Tout ce que célébrait la gauche, la droite le conspuait.

— Il va pourtant falloir être unis pour faire front.

— Faire front ?

— Terencia, les rumeurs disent que l'affrontement est inévitable.

La jeune femme ne répondit pas. Elle émit un son, sa voix semblant cassée. Terencia demeura l'air grave, elle avait compris que grondait déjà le conflit. Rufo s'était brièvement laissé porter par la douce brise immuable de Torrecampo. Dorénavant, il était pris dans le tourbillon des rafales de politique qui commençaient à souffler partout en Espagne. Mais Terencia ne savait pas encore à quel point Rufo allait affronter la tempête.

Le lendemain de leur conversation, Terencia vint apporter à Rufo son déjeuner à la forge. Elle lui avait préparé un pain à la tortilla aux pommes de terre. Rufo la fixa et la remercia, mais fut frappé par son attitude si pure dans cet atelier sombre et bouillonnant au point qu'il lui parut évident ce jour-là qu'il devait la protéger. Dans ce village catholique et de droite, il avait été relativement préservé jusqu'alors, mais sa sécurité ne tenait qu'à un fil. Il était sauf parce qu'il n'avait pas encore été dénoncé. Le jeune républicain choisit de franchir une ligne déterminante sans savoir qu'il ne pourrait plus reculer. Il décida d'être armé. Il voulait porter un pistolet qu'il dissimulerait comme il le pourrait, dans son pantalon, ou sous son veston, à l'abri du regard de Terencia, et au-delà des limites de la légalité. Rufo comprit que quelque chose était en train de s'effondrer dans une chute vertigineuse. Et dans cet effondrement, il pouvait tout perdre.

Quand Terencia partit, Rufo se replongea dans son travail, mais il regarda avec indifférence le pommeau de son couteau de forgeron. Détaché de l'instant et du lieu où il se trouvait, ses pensées s'égarèrent confusément. L'esprit flottant, son regard se perdit dans la cheminée où les flammes formaient un horizon brûlant d'ombres rougeoyantes. Rufo les regarda alors avec plus d'attention, comme s'il avait observé le feu onduler pour la première fois. Dans les nuances de cramoisi qui vacillaient, sa raison chancela. Dans le feu, Rufo décela les teintes pourpres de la chair déchiquetée, découpée. Conscient d'être troublé par ses perceptions, il imagina des êtres dévorés, engloutis les uns après les autres par un monstre avide d'injustice. Sous le choc, il aurait pourtant juré entendre les hurlements de souffrance d'âmes condamnées, puis un cri infernal. Soudain, un rire sardonique. Au creux de l'âtre, c'était Saturne qui dévorait ses fils.

CHAPITRE 7

Cette guerre n'éclata pas. Sans rupture, ni déflagration, elle s'installa peu à peu comme la chaleur brûlante andalouse confisquant l'air. Soutenu par les rassemblements catholiques et monarchistes, Franco prit la tête des troupes rebelles nationalistes contre les forces fidèles à la démocratie. Le soulèvement militaire qu'il avait organisé au Maroc le 17 juillet 1936 marqua le début de la guerre civile, ce même Maroc où Franco avait permis à l'Espagne de reprendre le dessus sur le Lion du Rif. En tant qu'ancien combattant, Rufo savait parfaitement que Franco était un génie militaire, mais surtout qu'il était un soldat insatiable. Le monde de Rufo était en train de se disloquer, pris dans les tourments d'une danse morbide qui détruisait tout, infligeant l'agonie. Un flamenco lugubre ombrait ce qui restait d'allégresse.

Depuis juillet, les réunions du parti communiste étaient devenues compromettantes. Les militants se retrouvaient désormais en comité restreint, toujours le soir et jamais à la même heure, ou le même jour, afin de brouiller les pistes. Défaitiste par nature, Rafael Acevedo Morán ressassait que le déséquilibre des forces était criant. Il ne cessait de répéter que les putschistes étaient soutenus par la majorité des formations catholiques et nationalistes quand l'armée républicaine était réduite aux seules milices ouvrières du Front populaire. Ce que Rufo voyait quant à lui, c'était que Madrid comptait sur presque toute l'aviation, une partie des forces de police et sur les carabiniers. Pour lui, la haine du fascisme et du despotisme rallierait de plus en plus de partisans dans le camp de la république. Bien qu'il reconnût que l'Espagne était coupée en deux, il était convaincu que l'armée de la république était forte et se renforcerait encore. Rafael n'insista pas. Semblant désespéré, son regard était éteint. Les quatre ouvriers des mines de bismuth baissaient les yeux, les bras ballants. Les élans exaltés des débuts avaient laissé place aux pensées angoissées. Il n'y avait plus de colère parmi eux, plus d'envie ni d'espoir. Rufo était armé, mais impuissant. Ce soir-là, il eut le sentiment d'être le seul encore debout. Cependant, il ne pouvait pas rester spectateur des représailles qui s'abattaient comme des cailloux fatidiques. Les corps de police de droite et de gauche s'affrontaient entre eux. Les quartiers ouvriers de Séville et Grenade avaient été massacrés. La répression était sanguinaire.

— Mais tout le pays souffre ! La mort s'abat sur les républicains comme sur les nationalistes… Les massacres et les vengeances frappent les deux camps.

Le ton de Rafael venait de piquer Rufo comme un mauvais insecte. Il avait l'impression que son camarade défendait les nationalistes.

— Est-ce que tu crois que ces hypocrites vont se confesser après avoir exécuté un rouge ? Ou après avoir battu sa femme et ses enfants ? Après avoir saccagé sa maison ? Toutes les violences de ces fumiers sont dépourvues de pitié, mais gorgées de sang.

— Et tout ça, sous les yeux de l'Eglise qui les légitime, ajouta Juan en hochant la tête. Les fusillades de républicains n'en finissent pas de se perpétrer !

— Les fascistes utilisent la pédagogie de la terreur, renchérit Rufo ! Cette terreur, elle s'amplifie partout, jusque dans les foyers. Des rouges sont tirés de leur sommeil en pleine nuit par des groupes de fascistes, pour être fusillés, dans la rue, devant femmes et enfants. La chasse aux communistes est sans merci. Nos frères sont torturés et tués...

— Nos sœurs, coupa Rafael, elles sont violées parce qu'elles sont anarchistes ou communistes, parce qu'elles militent pour l'amour libre et contre l'institution du mariage...

Margarita et Pilar, les deux femmes de leur groupe, tressaillirent d'effroi à ces mots. Les yeux de Rafael devinrent humides tandis que sa voix s'étrangla. Rufo pensa à ses deux sœurs, Ana María et Lola. Personne n'osa poursuivre le débat. Les regards sombres, les militants gardèrent le silence, mais ce n'était pas pour se recueillir et encore moins pour prier, c'était pour taire l'horreur qu'ils ne pouvaient pas toujours retranscrire.

Au parti, plusieurs générations se mélangeaient. Il y avait les plus jeunes comme Rufo qui avaient combattu pendant la guerre du Rif. Il y avait aussi les militants plus âgés qui avaient entendu parler des batailles de l'armée espagnole à Cuba et aux Philippines. Ce qu'ils partageaient malgré les différences d'âge, c'était d'avoir connu les guerres d'un empire colonial qui avait accumulé les défaites. L'Espagne avait perdu des territoires, mais dans cette nouvelle guerre, l'Espagne était le territoire.

Le soulèvement militaire nationaliste gagna du terrain, s'étendant à toute l'Espagne. Le gouvernement républicain fit armer les milices syndicales socialistes, communistes, et même les anarchistes. L'insurrection fut écrasée à Madrid, Barcelone et Valence. Ainsi, les tueries dans les deux camps continuèrent dans une Espagne pourtant exsangue. Si rapidement, le 6 août, Franco débarqua à Séville. Si facilement, le 17 août, la colonne nationaliste du général Varela s'empara de la ville de Loja pour assurer la liaison entre Séville et Grenade. Août, c'est le mois où l'Andalousie passa sous le joug de Franco. Rufo voyait son horizon prendre davantage la couleur bleu ardoise des uniformes de la Phalange. Partout autour de lui, il n'y avait plus d'innocents. Il n'y avait plus que des partisans. La trahison nationaliste pullulait comme la lèpre. Elle s'était répandue à Torrecampo, débordant des murs de la mairie, de l'enceinte du marché, des portes des foyers tranquilles, du patio de la maison de ses parents. Elle avait rongé les âmes et contaminé les esprits. Partout autour de lui, l'infidélité à la république le défiait du regard. Quelques jours après la prise de l'Andalousie, comme il devenait trop dangereux de continuer à se retrouver, les réunions du parti cessèrent. Juan partit vivre à Malaga, un bastion de la République. Quant à Eusebio, il quitta le village pour rejoindre le front de Catalogne où son cousin de Barcelone et ses camarades militants du POUM avaient organisé une armée. Depuis que le général Queipo de Llano avait orchestré l'épuration de Séville en juillet, Eusebio se sentait piégé en Andalousie. Rosa abandonna aussi Torrecampo pour retourner dans sa famille qui vivait de village en village, près d'Almeria, en zone républicaine. Quand Rosa partit, elle se souvint de la prédiction qu'elle avait faite à Rufo. Désormais, le malheur frappait partout.

Plusieurs mois plus tard, à l'automne, la nuit commençait à tomber quand Rufo retrouva Terencia dans le patio. Couverte d'une *manta*, elle brodait sous l'olivier en chantonnant. Elle s'arrêta de fredonner quand il s'approcha d'elle et le sonda du regard en silence. La lumière du jour décroissait, mais Rufo vit distinctement la lueur de défi qui flottait dans le regard de la jeune femme. Sur le ton du reproche, elle voulut savoir s'il se préparait à quitter le village. Brusquement, elle éclata en pleurs. Son buste mince fut soulevé par des sanglots semblant lointains, comme si elle les avait réfrénés depuis des semaines déjà. Rufo rappela à Terencia qu'il avait juré allégeance à la république avant leur rencontre, et confia qu'il se sentait infidèle à ses idéaux alors que la guerre se jouait sans lui. Il dépérissait, souffrant de son inaction. Chaque jour, il était plus affaibli encore, parce que les libertés étaient abolies à mesure que les fascistes progressaient. Rufo devait s'enrôler, et c'était la meilleure façon de défendre Terencia.

— Tu ne peux pas t'engager aveuglément Rufo ! Ne crois pas que le destin t'ordonne de choisir ton chemin !

La voix de Terencia était devenue stridente. Son air avait été culpabilisant. Se changeant d'un coup en furie, elle se mit à repousser Rufo de ses deux bras. Son corps fluet devint soudainement lourd, lesté d'une fureur que le jeune homme ne lui connaissait pas. Sa rage pouvait tout dévorer sur son passage. Elle poursuivit en rugissant, répétant qu'il ne pouvait pas partir, que c'était trop tôt, car les milices étaient tout juste formées. Ces paroles provoquaient chez Rufo une détermination accrue, il ne pouvait plus attendre. Ce n'était pas un labyrinthe qui s'ouvrait face à lui, deux uniques chemins se présentaient : rester au village ou rejoindre le front. Terencia ouvrit la bouche, mais ce qu'elle voulut dire sembla douloureux à exprimer. Ses yeux brillaient dans la nuit, envahis d'une détresse profonde. C'est ainsi que, si étrangement, son courroux s'éteignit d'un coup, épuisé par sa propre violence. Sa folie de l'instant précédent s'évanouit subitement dans un mutisme glaçant. Son visage de pierre, son corps immobile, son visage livide traduisaient que sa trêve muette était désormais impossible à surmonter.

— Rufo, je suis enceinte.

Rufo resta cloué sur place. Sonné par son annonce, il était tellement surpris qu'il en demeura sans voix. C'était une merveilleuse nouvelle, mais une nouvelle qui venait de le frapper violemment, le paralysant et l'enchaînant. Les paroles de Terencia résonnèrent de manière épouvantable en Rufo au point qu'il eut la sensation qu'elle l'avait trahi, qu'elle avait attendu de lui dire la vérité pour le retenir ici alors que le front l'appelait.

— Pourquoi est-ce que tu me l'as caché ?

— Je le sais depuis peu, je pensais attendre pour te le dire, comme ça ne se voit pas. Je pensais que c'était mieux pour toi, de ne pas t'obliger à rester. Ce n'est pas ce que tu veux.

Elle prononça ces mots avec un aplomb qui brisa le cœur de Rufo en morceaux si bien que sa garde tomba d'un coup. Terencia était forte, elle le comprenait mieux que personne. Elle savait qu'il voulait partir et elle n'avait pas voulu le retenir contre son gré. Un élan puissant de tendresse gagna Rufo et effaça les dernières minutes qui venaient de s'écouler. Il partait déjà dans ses rêveries à imaginer comment ils appelleraient leur enfant. Karl si c'était un garçon, et si c'était une fille, Dolores comme sa sœur et comme *la Pasionaria*. La lutte des classes prenait tout de suite un sens plus affirmé, car il se battrait pour le futur de leur enfant dorénavant. Pour Rufo, c'était une raison de plus de combattre les riches qui ne pensaient qu'à eux et qu'à conserver leurs privilèges ataviques. Il lui paraissait encore plus clair aussi que la République ne pouvait pas laisser faire ces phalangistes dont l'arrogance n'avait d'égal que le mépris qu'ils portaient au peuple. L'orgueil et l'intolérance qu'incarnait le clan de Franco était tout ce que Rufo détestait le plus au monde.

— Terencia, nous allons être parents et nous devons construire un monde meilleur pour notre enfant ! Et peu en importe le prix...

Ce que Rufo lut en cet instant dans le regard de Terencia, ce n'était pas de la joie ni de l'espoir. Dans ses yeux, il perçut des éclairs de panique. Elle comprenait que Rufo allait les condamner à l'abandon et qu'il ne le ferait pas à contrecœur, il le ferait convaincu. Soudain, dans la pénombre, Terencia tendit vers Rufo une main ferme comme en signe d'apaisement, mais il n'eut pas le temps de la saisir, pas même de l'effleurer que Terencia la lui reprit aussitôt tout en secouant la tête. Elle se retourna dans un mouvement sec, et sans rien ajouter, elle s'engouffra dans la maison d'un pas lourd. Entre eux, un épais rideau de nuit venait de s'écraser.

CHAPITRE 8

Rufo demanda Terencia en mariage un genou posé à terre et le regard dirigé vers le champ de bataille. Dans ses entrailles, le jeune homme ressentit une déchirure et perçut dans le regard de sa fiancée une brèche immense. Une béante entaille s'ouvrit entre eux comme si elle séparait les plaines de l'Andalousie.

En *castellano*, les verbes vouloir et aimer sont un seul et même mot : *querer*. Terencia s'empressa de dire oui, ce qui poussa Rufo à reposer sa question, parce qu'il devait la prévenir. Mais elle l'interrompit, devinant ce qu'il allait lui dire, il allait lui rappeler son départ prochain, qu'il avait deux âmes à protéger maintenant et qu'il ne pouvait pas rester au village, dans ce village de droite, de traitres capitalistes et de fervents catholiques. Terencia adressa à Rufo un regard poignant, voulant le faire culpabiliser, le ramener à sa cruauté. Mais Rufo pensa qu'il n'était pas cruel, il était vrai, depuis le début de la guerre, depuis qu'ils s'étaient rencontrés. Ce n'était pas une prophétie, ni un présage, c'était un choix. Rufo confirma à Terencia qu'il allait fatalement la trahir. C'était le fardeau qui incombait à sa loyauté. Ces mots étaient une litanie déchirante.

Terencia devint la femme de Rufo le 25 janvier 1937. Ce fut l'union d'un couple de républicains dans un village de droite. Le maire du village avait consenti à les marier, cédant aux demandes insistantes du père de Rufo et du cousin Emilio de Terencia. Ce jour-là, la jeune femme portait une robe longue gris clair qui découvrait son ventre arrondi et sa poitrine épanouie. Elle tenait un bouquet de fleurs d'amandier entre ses mains. S'étant parée d'une aura étonnante, sous les yeux de leurs parents, de leurs frères et sœurs, de sa vieille tante Magdalena et d'Emilio, elle souriait. Quand elle avançait dans les ruelles du village, les Torrecampeños se retournaient sur elle. Son allure semblait immatérielle. Dans ses gestes et dans ses yeux, elle renvoyait quelque chose d'insaisissable. Elle faisait l'effet d'avoir abrité quelque chose au fond de son cœur, resté caché, comme un précieux objet, en attendant que l'on puisse enfin l'en délivrer, intact.

Pour son mariage, Rufo choisit de porter un costume et une cravate. Il avait voulu être digne face à Terencia pour lui faire le serment inviolable de la fidélité. Non pas parce que des institutions le lui commandaient, mais parce qu'il l'aimait. Quand il signa l'acte matrimonial, Rufo leva le poing fermement :

— ¡ *No pasarán* !

Ils ne passeront pas ! Sa mère laissa échapper un cri de stupeur. Son père pesta. Emilio fit mine de rire pour ne pas paraître offusqué, mais son teint blême trahit ses pensées. D'une voix glaciale, il glissa à Rufo à l'oreille :

— Sortez de cette mairie maintenant ! Tout de suite avant de provoquer un esclandre !

Rufo ricana, se tournant vers Terencia qui lui adressa tout d'abord un regard de désapprobation, puis il distingua un sourire presque imperceptible sur ses lèvres et une lueur éclatante dans ses yeux. Ce regard, encore. Cette intensité, toujours. Rufo déborda de fierté. Terencia était désormais la Señora López Delgado. Sur le parvis de la mairie, les familles bavardaient joyeusement. Tous marchèrent jusqu'à la maison des López Herrero. Les jeunes mariés fermèrent le cortège. Les pas de Terencia enceinte étaient devenus plus lents, mais leur élan était enjoué. L'espace d'un instant, la légèreté de l'occasion se mêla à la réalité de leurs vies. Le goût des morceaux de jambons de Bellota qui fondaient dans la bouche, l'odeur des agneaux de lait qui rôtissaient dans le feu, le son des verres de vin de Montilla-Moriles qui s'entrechoquaient pour trinquer, tout ça, ils ne l'eurent pourtant pas. Ce fut un mariage en temps de guerre, où les denrées étaient comptées, et la gaîté, rationnée. Ils célébrèrent leurs noces en se préparant aux blessures à venir. Autour d'eux, les vies étaient devenues des victuailles.

Rufo promit à Terencia d'attendre son accouchement pour partir. Après leur mariage, il commença à échanger des correspondances avec les différentes cellules du parti communiste en Espagne. L'armée républicaine se renforçait de toutes parts et voulait en découdre avec les forces rebelles nationalistes commandées par le Général Franco. Quelques semaines de lutte les attendaient, quelques mois tout au plus. Ils étaient six soldats républicains de différents cantons andalous à prévoir de se rejoindre. Dans cette province de droite et acquise à la cause de Franco, où les soldats rouges se faisaient rares et discrets surtout. L'Andalousie était déjà depuis longtemps contaminée par les nationalistes. Le père de Rufo y avait vu un funeste présage pour les républicains. Pour Matavacas fils, c'était une évidence qu'il fallait s'engager.

Quand le 26 avril 1937, la Légion Condor allemande bombarda, sans véritable intérêt stratégique, la ville basque de Guernica, elle détruisit le village, les rues, les édifices, et fit de ses habitants, tous des civils, des cadavres et des victimes innocentes de la barbarie fasciste. Cette atrocité marqua un tournant dans l'escalade à l'infamie de ce conflit. Elle traça aussi un carrefour sur la route de Rufo. Le soir qui succéda le bombardement de Guernica, il bouillonnait. Lorsqu'il se coucha, il ne parvint pas à trouver le sommeil. Dans la sobriété de la nuit, il était ivre de colère. Il passa des heures à être assailli par des doutes violents. Allongé dans son lit, il fut pris de vertiges étourdissants tant les idées se bousculaient dans sa tête, tournoyant à lui en donner la nausée. Il restait deux mois avant la naissance de leur enfant, il aurait voulu être présent avec Terencia et pouvoir se convaincre qu'il pouvait encore attendre pour prendre les armes. Pourtant, il savait aussi qu'il devait au plus tôt participer à la défense de la République, qui était l'État de droit. Cette guerre, c'était le combat qu'il avait choisi. Il avait le sentiment d'être un animal rageusement mis en mouvement par son instinct.

Rufo se leva et se dirigea à pas feutrés vers le patio. La nuit était fraiche, et le ciel, étoilé. La lune pleine était argentée. Il n'y avait pas d'insectes, pas d'oiseaux, pas de vent, pas un bruit dehors. Mais dans sa tête, c'était une fanfare sinistre qui était en train de se jouer. C'était la musique de ses contradictions. L'idée de faire souffrir Terencia était inacceptable pour Rufo. Elle partagerait sa douleur avec leur enfant qu'il ne verrait pas naître. Ce fut ainsi que, dans cette nuit ténébreuse, Rufo vécut ce premier dilemme sans être conscient de ceux qui suivraient. Il resta un moment dehors, apaisé par la fraîcheur, puis il rentra se coucher en prenant soin de ne pas réveiller Terencia. Elle dormait paisiblement sur le côté, son dos tourné vers son mari. Le lendemain, il lui annoncerait sa décision, il devrait lui faire face.

Le lendemain soir, en rentrant de la forge, Rufo rejoignit Terencia dans la cuisine. Il déposa un baiser dans son cou. Elle était en train de faire réchauffer des aubergines frites au miel et un plat de riz safrané aux couleurs vives. Depuis le début de la guerre, les repas étaient devenus chiches, les ingrédients répétitifs, mais Terencia faisait tout ce qu'elle pouvait pour rendre spécial chaque plat qu'elle cuisinait. Avec une cuillère en bois, Rufo goûta le riz dont les arômes subtilement corsés lui donnaient une saveur excellente. Il embrassa Terencia sur la bouche. Leurs lèvres eurent le goût du safran. Quand Rufo observa sa femme, son ventre, il sentit la peine l'envahir. Elle le transperça alors que l'anxiété le rongea.

Sans parler, concentré, Rufo ignora ce qu'il ressentait et ouvrit une bouteille de vin de Jerez et leur servit deux verres aux reflets de grenat. Terencia regarda son mari avec étonnement, car c'était la première bouteille de vin qu'il ouvrait depuis les élections victorieuses de la république, c'était aussi la dernière bouteille qu'il leur restait et que Rufo avait pu acheter par la contrebande. Il tendit à sa femme un verre de vin d'un geste assuré, puis lui dit avec un air résolu qu'il avait besoin de lui parler. Terencia prit le verre de vin, mais n'y goûta pas, le déposant sur la table de la cuisine.

— Je vais partir pour le front.

Rufo venait d'annoncer son deuxième départ pour une guerre pour laquelle, cette fois, il avait choisi de lutter. Terencia arrêta tout ce qu'elle faisait et fixa Rufo intensément. Son habituel sourire énigmatique était absent. Tout son corps était attentif à ce que Rufo allait dire. Depuis si longtemps, elle s'attendait à ce moment, son mari l'y avait préparée.

— Je vais partir demain, je vais rejoindre les forces républicaines.

D'un geste sec, Terencia jeta à terre le verre de vin. Ce fut si inattendu que le fracas surprit la quiétude du soir. Le verre s'éclata en morceaux sur le sol de la cuisine. Le liquide pourpre se répandit entre leurs pieds, mais ils ne bougèrent pas. Rufo était figé. Terencia lui adressa un regard profond. Ses yeux devinrent incandescents, rougeoyants. Paraissant gorgés de sang, ils auraient pu incendier tout ce qui se trouvait autour d'elle, y compris Rufo.

— Et notre enfant ? Tu as pensé à notre enfant ?

Touché en plein cœur. À cet instant, elle martela dans sa tête qu'il allait manquer à son tout premier engagement de mari et de père. Terencia ne put s'empêcher de rappeler à Rufo qu'elle serait obligée d'expliquer à son enfant que son père était parti avant même sa naissance.

— Je me bats pour que notre enfant grandisse dans un pays qui sera devenu plus libre !

Terencia et Rufo gardèrent ensuite le silence, pendant de très longues secondes. Terencia triturait frénétiquement le bas de sa robe, perdue dans ses pensées, la vue brouillée par les larmes qui étaient montées à ses yeux. Tout à coup, elle haleta. Tenant son ventre à deux mains, elle s'assit lourdement. Elle respira difficilement, épuisée. À son regard, Rufo saisit que quelque chose venait de changer. Elle reprit son souffle, laissant retomber sa furie. Elle expliqua à Rufo qu'elle savait depuis que la guerre avait éclaté qu'il s'engagerait, qu'il deviendrait un véritable *rojo*, elle avait vite saisi qu'elle ne pourrait pas le retenir. Elle pensait qu'elle serait forte, mais maintenant que c'était décidé, elle ne pouvait pas s'empêcher d'avoir peur pour lui. Rufo demanda à Terencia de le regarder dans les yeux et de constater qu'il n'y avait pas de peur dans son regard, pas la moindre trace. Terencia devait comprendre que Rufo avait confiance. Il était convaincu de la victoire des républicains et qu'il reviendrait vite et vivant. Elle ne rétorquait plus, n'opposait plus aucun argument. Rufo embrassa ses mains et l'enlaça. Il l'amena vers la chambre à coucher où ils s'allongèrent l'un à côté de l'autre. Il lui caressa le visage tendrement, la tenant blottie contre lui. Il lui répéta pour calmer ses sanglots qu'il lui était dévoué.

Terencia se demanda si cette nuit serait leur dernière. Alors elle laissa Rufo goûter sa peau, elle l'absorba totalement entre ses cuisses ardentes et l'enveloppa de tout son corps, pareil à un drap soyeux.

Plus tard, dans le silence de cette nuit terrible, sans savoir l'expliquer, elle eut un très mauvais pressentiment :

— Les temps seront durs et sombres et le passé va se répéter, pensa-t-elle.

Terencia se retint de partager ce qu'elle avait ressenti à son mari, mais en elle, ce fut une déflagration. Le pressentiment de Terencia se révèlerait vrai. Bien sûr, cette nuit-là, elle ne pouvait pas s'en douter.

8, *Calle Góngora*. Le jour où Rufo partit, il regarda leur maison blanche aux balcons de fer forgé. Dans cette rue calme, il pouvait entendre le bruit du chagrin qui perforait ses tympans. Ce jour-là, il s'apprêtait à quitter son village, sa femme, son futur enfant. Il s'était levé en pensant que chaque instant resterait gravé dans sa mémoire sans deviner à quel point ce serait le cas jusqu'à sa mort.

Coupable. Si seulement il avait su ce qui allait arriver, est-ce qu'il serait parti ? S'il avait écouté les prédictions et les présages autant que les eaux de ses sources, est-ce qu'il aurait tout quitté ? Qu'est-ce qui aurait pu le retenir de s'éloigner ? Rien. Pas une chose n'aurait pu l'arrêter. Il était coupable de son obstination. Impardonnable, Rufo avait bien entendu l'orage et le tonnerre gronder, mais il avait voulu ignorer tous les signes.

Rufo était prêt. Il enlaça longuement Terencia. Sous ses yeux rougis et mouillés de larmes, sillonnaient des cernes bleutés. Sa voix était étranglée. Ses traits étaient figés. Son visage n'était pas le même que la veille. Il était devenu anguleux comme si en une nuit, il s'était creusé. Le jeune homme posa ses mains sur le ventre de Terencia, puis il prit une bouffée de l'odeur de sa femme, pour l'imprimer en sa mémoire. Aucun parfum ne pouvait l'imiter, c'était l'effluve soyeuse de la peau de Terencia, la fragrance de son Andalousie aux notes d'agrumes épicés. Il lui murmura dans le creux du cou qu'elle allait lui manquer. D'un ton qui aurait dû sonner faux, il lui promit qu'il reviendrait.

Les parents et les sœurs de Rufo étaient venus lui dire au revoir. Ils l'embrassèrent. Sa mère masquait ses sanglots et se signa en bénissant la vierge de las Veredas. Le robuste Matavacas Père semblait ému et fébrile. Le fils se devait de tous les rassurer. Rufo s'était convaincu qu'il allait revenir vite, il montra donc fièrement qu'il y croyait. Pourtant, en son for intérieur, il était envahi d'une tristesse ténébreuse qui le prenait par surprise. Il lui fallait absolument cacher cette faiblesse et leur prouver son assurance. C'était cette détermination qu'on attendait du soldat. Il ne s'était pas permis de pleurer, d'être pris en flagrant délit de désespoir. Terencia aurait douté, elle se serait demandée pourquoi ces pleurs alors que son mari lui avait promis qu'il reviendrait vite. L'habit de soldat servit de carapace à Rufo, ce fut l'armure qui le protégea de sa peine et lui donna la force de prouver que ce n'étaient pas des adieux. Il s'éloigna de la maison tout en repensant à sa promesse de l'instant d'avant, cette autre promesse qu'il ne tint pas et qui le poursuivit jusqu'à son dernier jour.

Rufo ne se retourna pas, il n'en eut pas la force. Ainsi, il marcha, lesté par sa culpabilité, les jambes molles, le cœur battant et le front en sueur. C'étaient des gouttes de marbre qui dégoulinaient sur le haut de son crâne. Mais il avança, sans s'arrêter, pendant que sa désolation l'engourdissait et le pénétrait de haut en bas comme la lame glaciale d'un poignard. Il tremblait, parcouru de frissons de givre, pourtant inconscient que c'était une partie de lui qu'il abandonnait sur le palier de sa maison. Le 29 avril 1937 marqua le départ de Rufo de Torrecampo. Depuis ce jour, les chemins se sont étiolés.

CHAPITRE 9

— Est-ce que tu crois au destin ?
Ma mère m'a posé cette question qui n'appelait pas de réponse. Dans notre famille, croire au destin était une évidence. C'était la seule croyance que l'on acceptait sans la réfuter, sans en connaître l'origine. De manière prévisible, je n'ai pas répondu à ma mère qui m'avait confié cette interrogation inopinée en enlevant la poussière sur les photographies de famille. Encadrées, toutes rassemblées à un endroit de la maison, disposées sur une alcôve à côté de la cheminée, elles représentaient pour moi l'allégorie de la fresque familiale. S'y côtoyaient des portraits de moi enfant, de mes cousins et un unique cliché en noir et blanc.
Au milieu des photographies récentes et colorées, celle de Terencia, Rufo, Tomás, Juana et Carmen détonnait. C'était toujours celle que je contemplais. Parce que c'était celle dont on ne parlait jamais, elle avait fini par m'obséder. Mon arrière-grand-père et mon grand-père portaient dignement des costumes et des cravates. Les tantes de ma mère étaient coiffées de nœuds souples qui tombaient délicatement dans leurs cheveux bouclés. Mon arrière-grand-mère était assise, se

tenant droite et élancée, avec une élégance naturelle. Les nuances de noir et blanc révélaient l'intensité de son regard rempli d'allusions.

Ma mère savait mieux que personne que l'Espagne me fascinait. Je lisais en espagnol et quand j'étais à court de mots français, je parlais en *castellano*. Elle aimait aussi se rappeler avec moi de la première fois que j'avais foulé le sol de Torrecampo. J'avais seize ans et je ne connaissais pas encore toute l'histoire de Rufo, mais sa terre m'avait captivée et renversée en même temps. Elle m'a souri, puis elle est partie, me laissant seule face aux visages figés dans le temps.

En observant la photographie de Rufo, sa femme et ses enfants comme si je la voyais pour la première fois, j'ai attendu la clé de l'énigme comme si une image pouvait m'expliquer les choix du passé. Tomás, mon grand-père, était décédé avant de me transmettre pourquoi ils avaient fait de lui un exilé. Tenter d'interpréter serait une erreur, mais je savais que j'avais un rôle à jouer.

Aujourd'hui encore, tandis que j'écris, le soleil décline et mes pensées s'égarent. Elles vont à Torrecampo. J'ai refait l'histoire des centaines de fois, revivant chaque instant du départ de Rufo. Quand je songe à sa maison, je ne peux pas m'empêcher de penser à ce qu'il se serait passé si mon arrière-grand-père était resté à Torrecampo.

Il existe des moments qui ne se présentent qu'une fois dans une vie, ne laissant pas de seconde chance. Ils ont un goût amer de trop tard alors qu'ils surviennent tout juste. La décision et l'acte portent déjà le deuil. On enterre ce qui aurait pu être fait, cette autre possibilité, dans le sol des repentirs.

CHAPITRE 10

Bien que Rufo ne quittait pas l'Andalousie pour la première fois, cette nouvelle arrivée en territoire inconnu lui laisserait un souvenir impérissable. Il avait prévu de se rapprocher de sa quête et de rejoindre un camarade de la cellule du parti communiste de Badajoz, en Estrémadure. Son homologue, un certain Ramón Herrera Pacheco, était un homme qui, dans ses lettres, lui avait paru énergique et intrépide. Rufo et Ramón se donnèrent rendez-vous à Mérida, où vivait la famille de l'*Extremeño* et où, quelques mois plus tard, une tuerie ravagerait le village. Ramón allait aussi aller quitter un monde qu'il ne pourrait plus retrouver.

Les autres camarades venant d'Andalousie devaient parvenir au village, mais à des moments différents, assurant leur discrétion. En arrivant à Mérida, Rufo fut orienté par des villageois qui lui répondirent timidement, avec des regards fuyants. Il fut finalement guidé en silence par un enfant se déplaçant d'un pas furtif. Lorsqu'ils atteignirent une maison de pierre orangée, le garçonnet fit un signe de tête en montrant le bâtiment à Rufo, puis il partit en courant sans que Rufo n'eut le temps de le remercier.

Comprenant qu'il se trouvait devant l'endroit qu'il cherchait, il frappa à la porte, et quand elle s'ouvrit, apparut un homme court et chétif qui inspecta attentivement autour de lui. Il s'avança d'une démarche féline, claudicante. Quand il s'arrêta plus près de Rufo, il s'efforça de se tenir droit et immobile. Il remarqua que Rufo le regardait avec stupéfaction et lui adressa alors une mimique qui, pour lui, devait être un sourire, tandis qu'il lui tendit sa main droite pour saluer Rufo. L'homme qui était face à lui avait une allure peu fringante, étonnante, des yeux jaunâtres, des cheveux châtains clairsemés et brûlés par endroit, une peau abimée et épaisse, le teint confus, entre couperose et ecchymose. Cet homme donnait l'étrange impression de porter la maladie dans tous ses membres. Voyant que Rufo restait interloqué par cette rencontre, il l'invita poliment à se présenter pour confirmer son identité, puis à entrer.

Le jeune andalou pénétra chez cet homme rachitique, saisi par une sensation mêlée de doute et d'incompréhension. Rufo n'était pas certain de saisir ce qu'un soldat avec le physique de Ramón pourrait faire sur un champ de bataille au point qu'il se demanda s'il devait le suivre aveuglément. Les deux hommes entrèrent directement dans un salon vaste, mais sombre et encombré, constituant la pièce principale. Une table en bois en occupait le centre, des chaises dépareillées étaient installées autour, de manière désordonnée. Au sol, une jarre d'eau était renversée et des livres s'accumulaient. La cuisine était un amoncellement de vaisselle. Un lit en fer forgé faisait l'angle de la pièce, séparé d'une salle d'eau par un paravent de paille. Rien ne semblait être à sa place. Des rideaux de tissu terne et opaque empêchaient les rayons du soleil du printemps de s'aventurer à l'intérieur. Une puissante odeur de tabac paraissait s'être imprégnée jusque dans les murs. Cette pièce obscure et singulière faisait l'effet d'un bazar d'un autre siècle. Mal à l'aise, Rufo continua à observer autour de lui pour essayer de mieux comprendre ce qu'il faisait là. Sans plus attendre, Ramón expliqua que c'était dans ce salon qu'il avait créé la cellule du parti communiste d'Estrémadure. Il avait donné rendez-vous à Rufo dans cet endroit, car il était important pour lui, pour eux, pour la lutte, c'était un lieu symbolique. Ramón voulut gagner l'attention de Rufo si bien qu'il reprit avec une excitation perceptible :

— Je veux que tu saches que ma détermination est inébranlable et que ma conviction est résolue. Tu peux compter sur ma capacité d'organisation Rufo !

Le chaos régnant dans la pièce laissa Rufo perplexe quant à cette affirmation. Désorienté, la sensation de doute grandit en lui. Pourtant, Ramón était le genre d'hommes malingres et laids pour qui on avait forcément de la sympathie, ou de la peine. On avait souvent dû détourner le regard de lui, il n'avait jamais pu être un rival pour aucun homme, on ne l'avait certainement jamais jalousé. Il confia à Rufo qu'il était le dernier d'une fratrie de cinq enfants dont les trois filles avaient toujours paru plus robustes que lui. Il faisait partie de ceux qui s'engageaient pour le front parce que ni femme ni enfant ne les attendaient à leur retour, il ne manquerait à personne. Il voulait aussi combattre parce qu'il avait beaucoup à prouver. Il avait été républicain avant même d'être né. Ses parents étaient des républicains de la première république, fiers de l'être, mais ces dernières années, la peur avait remplacé la fierté. Ainsi, Ramón s'était donné la mission de rejoindre la cause de la liberté, et coûte que coûte, il voulait rétablir la place de la république et de la dignité dans sa famille.

Rufo fut peu à peu gagné par la fermeté du discours de Ramón, car il n'avait rien à perdre et tout à gagner. Surtout, rien ne l'arrêterait. Ramón ne pouvait plus rester à Badajoz pour sa sécurité, ce qui le poussa à se cacher dans ce taudis depuis des mois en attendant l'action. Il avait eu le temps de tout penser, de tout planifier, dans les moindres détails. Les quatre autres combattants allaient les rejoindre dans les jours à venir avec les munitions que Ramón avait répertoriées. Tout était prêt. Des grenades aux fusils Mauser M1916 et M1893 de calibre sept millimètres, et sans oublier les mitraillettes Erma MP-35. Ces mitraillettes, fabriquées dans les usines catalanes du Levante, étaient des modèles de pointe qu'il avait fallu des mois pour obtenir. Rufo fut impressionné et ne sut quoi répliquer, presque pris par surprise. Ramón lui tendit un carnet où il avait consigné les armes, en avait dessiné les croquis, listé les détails techniques et fonctionnels. Sur des pages de papier qui ne devaient jamais tomber entre des mains ennemies, une écriture confuse avait marqué les noms et les coordonnées géographiques des fronts principaux, les adresses des garnisons, les contacts de chaque représentant du parti, depuis l'Estrémadure jusqu'à la Catalogne, pour leur assurer un approvisionnement régulier en vivres et en munitions. Rufo et Ramón passèrent ensuite plusieurs heures assis tous les deux autour de la table du salon. Ramón fumait cigarette sur cigarette pendant qu'il expliquait chaque élément avec minutie. Il avait fini de convaincre son camarade parce qu'il avait réellement tout prévu, même ce à quoi Rufo n'avait pas pensé.

Une fois les quatre autres soldats arrivés à Mérida, ils passèrent des semaines si intenses à parfaire leur préparation que Rufo n'eut pas le temps d'être nostalgique de son Andalousie. Mais ce à quoi Rufo n'avait pas pensé, c'était qu'il voudrait écrire à Terencia très vite après son départ. Il voulait prendre de ses nouvelles, et l'accouchement approchant, il mourait d'envie de la rassurer, de lui dire qu'ils constituaient une milice bien organisée, un petit groupe, mais formé pour les actions ciblées et les sabotages, qu'elle ne devait pas s'inquiéter pour son mari. En songeant aux mots qu'il souhaitait lui adresser, il pouvait percevoir la voix suave de Terencia, presque sentir le parfum de sa peau qui l'enveloppait. Elle ne savait pas lire ni écrire, alors Rufo voulut adresser une lettre à sa mère Francisca pour lui dire qu'il était en lieu sûr et pour savoir comment allait sa femme, choisissant des mots neutres et brefs pour ce courrier.

Soudain, une pensée le frappa de toute sa vérité, il en eut le souffle coupé : il ne pouvait pas lui écrire. C'était impossible et tellement évident. Les phalangistes pouvaient intercepter les lettres. Au-delà du front, dans les foyers, les exécutions de républicains continuaient. Son acte serait une condamnation pour sa famille et sa femme. L'envoi d'une missive était compromettant, c'était un appel au meurtre. Rufo n'hésita même pas, et pour ne pas les mettre en danger, il décida d'attendre pour écrire. Il ne devait pas céder à la tentation d'envoyer même le plus innocent courrier. Son impulsivité était confrontée au choix de la raison. Il choisit la patience et la dissipation cruelle de l'envie. À ce moment-là, Rufo pensa qu'il s'agissait de remettre cela à plus tard, parce que la guerre serait bientôt gagnée par la république. Mais ce courrier, il ne l'enverrait jamais.

La pénitence n'avait pas sa place, ni le jour, ni la nuit. La traque et le combat étaient inévitables et faisaient partie de leur préparation. Leur programme était simple, sans être facile pour autant. Pendant plusieurs semaines, les six guérilleros s'entraînèrent à ramper dans les plaines, à saboter, à ne pas faire de bruit, à repérer l'ennemi et à tirer, mais rien ne pouvait les accoutumer à manger du sable et de la terre, à ne pas tirer le premier, à tuer pour ne pas mourir. Rufo le savait, une vie de soldat était remplie de possibilités. Demain, après-demain, les autres jours, il pourrait mourir comme il pourrait tuer. La mort était toujours une alternative.

Un jour où ils étaient en train de préparer les armes, leur camarade Arturo déclara qu'il n'avait jamais tué. Il avait prononcé ces mots avec une moue étrange, comme s'il eut été confronté à quelque chose de répugnant. Pris de court, les autres hommes le regardèrent en silence quand il poursuivit :

— Je trouve ça mal, je trouve ça laid.
— Tu crois qu'on trouve ça bien ? Qu'on trouve ça beau aussi ? Bien sûr que c'est affreux de tuer ! Mais il fallait y penser avant de venir ici !

Baltasar avait eu l'air énervé. Arturo savait que c'était trop tard pour les remords, il s'était engagé, il était armé. Pour rassurer ses compagnons sur sa volonté, il leur confia qu'il ne pouvait pas rester dans son village, Baena, un hameau au sud de Cordoue, où les phalangistes avaient massacré les rouges, ce qui l'avait poussé à prendre les armes parce qu'il y avait vu le seul moyen de sauver les siens, de se sauver aussi. Il voulait exécuter le fascisme.

—¡ *Viva la libertad* !

Le ton enjoué de l'exclamation de Félix dénota avec l'inquiétude qui se lisait dans les traits d'Arturo. Les guérilleros mirent la maladresse de Félix sur le compte de sa jeunesse.

— Quand tu devras le faire, est-ce que tu le feras ?
— Je le ferai, Rufo, sans aucun doute, mais sans aucun plaisir non plus. Il n'y a rien d'héroïque à tuer un homme… à ôter la vie. Et je crois que le destin condamne ceux qui tuent.
— C'est un *anarquista* qui parle de justice de Dieu ? s'étonna Félix.
— Il ne s'agit pas du jugement comme ils le pensent eux, poursuivit Arturo. Vous savez bien, camarades, ce que j'en pense de leur Dieu ! Mais j'ai toujours cru au destin et à la fatalité. Et je pense que

le sort punit ceux qui répandent la mort. Un jour, ça se retourne contre eux.

Ils s'observèrent les uns les autres comme des chevaux nerveux. La tension était montée d'un cran lorsque Rufo reprit :

— Il ne faut pas tuer pour le plaisir comme tu l'as dit. Ça, c'est cruel. On ne torturera pas. On choisira d'abréger les souffrances de l'ennemi. La mise à mort devra être rapide.

— Une mise à mort rapide ? Tu crois que l'on peut tout contrôler Rufo ? coupa Domingo. Tu imagines que le soldat est comme le noble *toreador* qui inflige la mort au taureau dans le style andalou, à cheval, avec autant de précision que d'arrogance ? Mais ce n'est pas ça la guerre ! On ne va rien maîtriser du tout face à l'ennemi !

— Rufo a déjà fait la guerre, Domingo ! dit Ramón. La guerre du Rif !

Ramón avait regardé Rufo fièrement tandis que les yeux surpris des autres camarades se posèrent sur lui. À l'époque du Rif, Félix était trop jeune pour avoir été enrôlé alors que Baltasar était trop vieux, mais tous savaient que c'était cette guerre qui avait révélé Franco. Dans un élan de patriotisme, Rufo se lança dans le récit de cette guerre où la puissance espagnole s'était affaissée au fur et à mesure de ses défaites, dans un pays déchiré et qui n'appartenait à personne, dans ce charnier africain où Rufo avait compris qu'il ne voulait pas perdre. Ce n'étaient pas ses idéaux pour lesquels il avait combattu, c'était pour sauver ce qui pouvait être sauvé. Quand Rufo s'interrompit, les autres camarades le regardaient, pantois, pensifs. Ramón s'exclama :

— Dans le Rif, les hommes se battaient pour la dignité de l'Espagne ! Ici, on se bat pour sa liberté ! ¡ No pasarán !

Quant à Rufo, à se rappeler son passé de soldat, il se sentit galvanisé.

— Oui Ramón, ici c'est encore plus fort et plus juste, car on se bat pour ce en quoi on croit ! Arturo, ne songe pas à ce que le sort va t'infliger pour avoir tué, pense seulement à te défendre. Parce tu n'auras pas de deuxième chance.

Après avoir quitté Albuquerque, la troupe marcha dans la plaine de la chaîne de montagne de la Sierra de San Pedro, entre Badajoz et Cáceres. La frontière orientale du Portugal derrière eux, ils longeaient un sentier sur les hauteurs pour mieux maitriser la visibilité et éviter les pièges de l'ennemi. Baltasar marchait devant Rufo, imposant au groupe une cadence soutenue. Les autres suivaient son rythme intense, car ses pas étaient puissants et guidaient son physique altier et conquérant, manifestant à chaque instant son tempérament querelleur. Subitement, Baltasar se jeta à terre. Il leur fit signe d'en faire de même. Immédiatement, sans chercher à comprendre, les autres hommes s'allongèrent à plat ventre. Le bruit de lointaines rafales de tirs commença à résonner au bas de la colline. Les hommes comprirent ce qu'il se passait plus bas : c'était un assaut. Baltasar eut une mine terrorisée. Domingo, quant à lui, semblait impatient, il s'agitait nerveusement. Les coups de feu éclatèrent à nouveau. Les soldats rampèrent sur le sol rugueux pour pouvoir observer en contrebas. Des nationalistes et des rouges étaient en train de se mitrailler sous leurs regards consternés. De leur position, il leur était impossible de savoir quel camp avait ouvert le feu et lequel avait simplement riposté. D'où il se trouvait, Rufo voyait qu'une nuée de combattants était encerclée sans parvenir à discerner les différents uniformes. Ils seraient tous morts le temps de descendre la vallée. Aussi, leurs tirs ne pouvaient pas les atteindre depuis l'endroit où ils se trouvaient. Si c'était le cas, ils viseraient leur propre camp sans le vouloir.

— ¡ *Joder* ! Il y a des camarades en bas, on doit leur porter secours !

Bien que Félix fût noir de colère, bien que Rufo eut voulu se jeter dans la vallée la mitraillette à la main, ils furent tous retenus par la raison, plus forte que la haine. Le cœur de Rufo tambourinait dans sa poitrine, il respirait à peine, mais il ne perdait pas des yeux l'assaut. Dans un fracas de tirs et de cris, les soldats tombèrent les uns après les autres. Le bruit monta comme s'il ne n'adressait plus qu'à la troupe de guérilleros, misérables témoins immobiles surplombant les corps qui chutaient et les vies qui s'arrêtaient. Les unes après les autres, une, puis deux, puis trois explosions de grenades retentirent dans un tonnerre infernal. Des masses furent projetées dans les airs. C'étaient des fragments de membres découpés et des têtes décapitées. Tandis que le jeune Félix était traversé par une rage immense, Rufo se sentit piqué par la honte. Il savait qu'ils n'auraient rien pu faire, mais le sentiment d'impuissance lui retourna les entrailles. Il eut l'impression de siéger sur une crête de lâcheté, blotti sur son rocher alors que des camarades étaient morts dans l'honneur. Pourtant, Rufo savait que cette opération aurait été suicidaire, il leur fallait garder leurs vies pour les combats qui en valaient la peine. C'était pour les vraies avancées qu'ils étaient tous là.

Les tirs finirent par s'interrompre, n'ayant plus de vies à décimer. Les mitrailleuses et les grenades avaient rempli leur funeste mission. Les guérilleros décidèrent de repartir en toute hâte pour éviter un possible piège. Mais quand Rufo regarda le corps massif de Baltasar qui se releva et lui fit face, chancelant, son visage était contracté et son pantalon était maculé d'une tâche en-dessous de sa ceinture. Baltasar remarqua l'endroit où les yeux de son camarade s'étaient fixés et rougit immédiatement. Il ne parvint pas à bouger tandis que l'urine dégoulina sur ses bottes. Comme ses camarades, Rufo baissa le regard et pensa que le grand et orgueilleux Baltasar se remettrait certainement de l'humiliation dont il s'était couvert. En revanche, Rufo n'était pas certain de pouvoir se défaire du déshonneur qui l'avait enseveli. Il se mit à ressentir un lugubre pressentiment. Envahi par une sensation d'incertitude inouïe, il fut étourdi par la clameur de doutes effroyables. Cela ressemblait à une mise en garde, au prélude d'un combat vain. C'était le présage de la débâcle.

CHAPITRE 11

Quand le soleil ardent s'écrasait dans la vallée de Cáceres, la lumière déshabillait l'horizon, l'air desséchait les bouches et dévorait les peaux. Les immenses plateaux au bas de la Sierra de Fuentes étaient comme des brasiers sans flammes, corrodant les traces de vie. Les six hommes cherchaient l'ombre. Ils souhaitaient le vent. Leurs forces s'affaiblissaient. La sueur perlait sur leurs fronts et trempait leurs vêtements. Le corps souffreteux de Ramón semblait avancer autant qu'il vacillait. La bouche pâteuse, Rufo se nourrissait de baies. Ses jambes allaient de l'avant avec nonchalance, et dans les nuées de poussière, ses pas étaient lourds et pourtant muets. Ses oreilles sifflaient et son esprit commençait à divaguer. Depuis la bataille manquée de la Sierra de San Pedro, Rufo n'avait pas pu réduire en lambeaux l'amertume qu'elle avait engendrée. L'inaction l'avait rongé. L'attente, une nouvelle attente, avait lentement entamé sa contagion perfide, remplissant un vide qui s'était immiscé en lui et dont il n'avait pas soupçonné la violence. Pourtant, il avait fallu continuer.

Des heures de marche plus tard, ils trouvèrent enfin l'ombre. Rufo s'assit, le dos appuyé contre un arbre, l'esprit troublé et languissant. Soudain, une pensée étrange lui vint. Il s'imagina sortir un carnet en cuir de son sac et un crayon de papier, puis sur une page vierge, il commença à écrire à Terencia comme si plus rien ne lui en empêchait. Les mots marchaient sur le papier, vagabonds, si étonnamment légers.

Terencia,

    Je sais que tu ne pourras pas me répondre, car tu ignores où je suis. Ma belle, je ne peux pas te le dire. Aussi, demain je serai déjà ailleurs.
    Je voudrais savoir si nous avons une fille ou un fils. Mais je sens que c'est un fils. Je voudrais que tu me racontes comment l'accouchement s'est déroulé. Ces choses, pourtant simples, sont impossibles. De tout mon cœur, je souhaite que notre enfant et toi vous portiez au mieux. Depuis mon départ, il ne se passe pas un jour sans que je pense à toi, à vous.
    Certains jours, quand je ferme les yeux, j'ai l'impression d'entendre ta voix et les murmures du village. Mais ici, c'est le silence ou le fracas.
    Je t'envoie ces mots aussi pour partager avec toi des instants de ma vie de soldat. Pour te dire que tu ne dois pas t'inquiéter pour moi. Nous ne répondons à aucune armée, nous ne suivons aucun chef, nous sommes libres de choisir nos actions. C'est une guérilla. Et cette guerre, je l'ai choisie, je suis donc déterminé : jamais je ne me plaindrai. Jamais ne n'abdiquerai non plus. Chaque jour, je prends ma route de soldat de la république, sans crainte et même les yeux fermés.
    Le Rif m'a épargné, mais le Rif m'a aussi formé et entrainé. Il est vrai que le front me parait familier. L'odeur de la poudre me galvanise. L'air désinvolte de la guerre a pénétré en moi. Le vent du courage a enflé dans mes poumons. Terencia, je n'ai pas peur. Mes narines ont mémorisé l'odeur du front, ces effluves de terre et de sang. Mon quotidien est boueux et harassant.

Mais j'ai appris à avoir faim, soif, sommeil. Il y a toutes ces choses que j'ai et toutes celles que je n'ai pas le droit de faire. Manger, boire, dormir. Je dois combattre mon propre corps. Mais la stratégie de ravitaillement de Ramón nous évite un dur rationnement. Depuis notre départ, elle a permis notre efficacité dans les déplacements et dans les opérations. Car nous devons maintenir notre vigueur, coûte que coûte.

Nous le savons, l'Espagne est ce pays où l'on donne en spectacle la mort dans une arène. Mais mon horizon sur le front ne ressemblera pas à une sinistre corrida. Le soldat est un picador les pieds et mains liés qui doit mettre à mort le taureau. Et moi, s'il le faut, je donnerais l'estocade. Je ne serais pas le cadavre gisant au milieu de l'arène. Je te l'ai promis.

Je reviendrai.

Ton Rufo

Rufo s'assoupit contre l'arbre en rêvant. Cette lettre, il ne l'avait pas écrite et il ne pouvait pas l'envoyer. Ces mots restèrent dans ses songes en attendant le bon moment pour en être délivrés. Un courrier était un parjure.

CHAPITRE 12

Quand Rufo avait demandé à Terencia si elle était juive, il pensait alors que c'était une question à laquelle on ne pouvait répondre que par oui ou par non.

— Pas réellement, lui avait-elle répondu d'un air embarrassé.

C'était leur premier rendez-vous. Rufo s'était donc contenté de cette réponse qui n'en était pas une. Plus tard, à cette même question, Terencia rétorqua : « Non, je ne suis pas juive, je suis Espagnole », comme si son passé et celui de ses ancêtres avaient toujours cherché à opposer les deux mots. Ce qu'elle n'avait pas dit à Rufo dès ce premier samedi après-midi passé ensemble, c'était que ses aïeux avaient continué à être traqués et épiés après leur conversion. Ils étaient des marranes, ces juifs cachés. En secret, leur foi d'antan était devenue la foi du foyer, celle qui ne devait jamais être révélée. Un simulacre de judaïsme s'était alors transmis dans la famille de Terencia et au fil des générations, à la manière d'un pacte secret, il était dissimulé et mêlé aux pratiques catholiques. Déguisé, il était dilué au gré de rituels mystérieux pour ne jamais être complètement abandonné. Les hommes n'avaient plus porté la kippa. Le verre ne s'était plus brisé aux mariages. Les femmes s'étaient mises à s'affairer le vendredi soir pour montrer aux voisins qu'on ne faisait plus shabbat. Chaque année, tous participaient aux processions de la *Semana Santa* pour dissiper les soupçons et feindre leur nouvelle ferveur catholique. Pour échapper à la torture et à la mort, ils avaient porté leur conversion comme un lourd catafalque. Ces récits avaient bercé l'enfance de Terencia et son histoire avait porté ce secret. Rufo l'avait su dès qu'il l'avait aperçue que Terencia était différente des autres femmes qu'il avait rencontrées. Sa part de mystère avait capturé son esprit rebelle. Dans ses gestes et dans son regard, Rufo avait senti quelque chose d'insondable, d'antique aussi. Mais il était loin de se douter que l'histoire tragique des ancêtres de Terencia se répéterait des siècles plus tard.

— Il faut s'y faire, Rufo rentrera bientôt, avait pensé Terencia pour se rassurer.

En l'absence de son mari, les nationalistes lui menèrent une vie faite de privations et de persécutions. L'hostilité et les humiliations étaient quotidiennes pour les familles de rouges. Depuis le départ de Rufo du village, Terencia avait définitivement délaissé la culture de ses aïeux. C'était une future mère qui voulait protéger son enfant de sorte qu'elle ne prononçait sous aucun prétexte le mot « juif ». Pour elle, le judaïsme appartenait plus que jamais à ces scènes que l'on devinait depuis le trou d'une serrure, on percevait quelque chose, on imaginait, mais on ne savait pas si elles avaient vraiment existé.

Le 25 juin 1937, Terencia accoucha d'un petit garçon. Elle l'avait appelé Tomás, comme le père López Herrero. Les parents de Rufo avaient rendu visite chaque jour à Terencia et lui avaient donné de l'argent, et comme ses parents l'avaient aidée également, elle avait pu continuer à vivre au numéro 8 de la rue Góngora. Ce que Terencia ne savait pas encore alors qu'elle donnait le sein à son fils, inquiète comme l'est une mère pour son enfant, c'était qu'elle avait été signalée par des habitants de Torrecampo, ils avaient dit qu'elle était une épouse de *rojo*. De manière insidieuse, les regards changèrent au village. Ils la connaissaient pourtant, mais les yeux savent toujours parler le langage de l'intolérance. Quand elle avançait dans les ruelles étroites de Torrecampo, ce n'était plus l'habituelle brise légère qu'elle ressentait, c'étaient les rumeurs glaciales qui s'engouffraient jusque sous sa robe. Elles parcouraient sa chair, la frappaient de frissons fébriles, lui assénant des coups d'effroi pareils à des poignards tranchants.

Un matin d'hiver, quatre miliciens franquistes vinrent lui rendre visite. Ils cognèrent sur la porte de leurs poings et découvrirent Terencia, avec dans ses bras, Tomás, âgé de six mois. Elle retint un cri. Elle déglutit. Elle ne cria pas, mais elle pleurerait, elle le savait déjà. Sans y être invités, les hommes pénétrèrent dans le patio et s'introduisirent rapidement dans la maison. Aussitôt, une forte odeur s'insinua à l'intérieur, un mélange d'effluves âcres de sueur, de cuir et de boue qui émanait de chaque mouvement des soldats, comme un vent funeste qui s'enfonça dans les moindres recoins de l'enceinte du foyer et qui envahit le territoire de Terencia. Elle réprima un haut-le-cœur. Les phalangistes commencèrent à fouiller la maison, ouvrant tous les placards avec des mines provocantes et jouant avec les vêtements de Terencia de manière répugnante. Terencia les suivit docilement avec le petit Tomás dans les bras.

Quand ils s'installèrent au salon pour l'interroger, un chapelet d'insultes s'égrena. Les obscénités s'enfilèrent sur les injures. De manière répétitive et perverse, ils assaillirent Terencia de mille questions ponctuées par des rires gras. Ils voulaient savoir où Rufo était, ils voulaient comprendre qui elle était, ils voulaient la faire craquer, ils se demandaient jusqu'où ils pouvaient la manipuler. Au fur et à mesure de l'interrogatoire, les pensées de Terencia se s'embrouillèrent au point qu'elle finit par fondre en larmes. Elle se terra dans une détresse mutique. Ses épaules frêles se soulevèrent au gré de ses sanglots silencieux, tenant son fils fermement contre sa poitrine comme si rien d'autre ne comptait. Elle ne disait toujours rien, car elle ne savait rien, mais son mutisme s'immisça dans la pièce, emplissant l'espace jusqu'à finir par l'occuper entièrement. Pour trouer le silence accablant, d'un geste brusque, l'un des hommes s'approcha de Terencia. Il était si proche de son fils, d'elle, de son visage, de son nez, qu'elle fut étouffée par l'odeur bestiale de l'homme. Il avait le regard fiévreux quand il se mit à lui souffler au visage des mots abjects pour l'intimider. Elle laissa échapper un frémissement. Puis il les lui glissa encore, mais au creux de l'oreille. Il lui susurra des mots tel un malsain secret, comme s'il ne voulait pas le partager avec les autres soldats. Terencia tremblait et serrait Tomás plus encore. Elle sentait l'haleine écœurante de l'homme tant il était près de sa peau. Elle percevait sa respiration devenue saccadée et qui s'accéléra. Elle ne put même pas écouter ce qu'il lui confiait. Enfin, il expira sa semence de paroles infâmes. Soulagé, il acheva :

— On reviendra.

Les phalangistes revinrent, les mêmes quatre hommes pour la même femme seule. Cette fois-ci, les parents de Rufo gardaient le petit Tomás. Ce jour-là, pour faire parler Terencia, ils devaient aller plus loin. Terencia s'attendait à ce nouvel affrontement autant qu'elle le redoutait. Elle tremblait, les traits figés et son cœur battant la chamade. Son corps était raide. Elle avait chaud et elle ressentait en même temps des sueurs froides. Mais elle voulait rester forte, elle ne voulait pas leur offrir son désespoir dans une myriade de larmes. Soudain, l'un des hommes la frappa, marquant de coups secs son visage qui ne put plus rester impassible. Il lui asséna des gifles d'humiliation. Elle éclata en sanglots, mais comme elle n'avouait toujours pas, ils l'attachèrent à une chaise. Des cordes lui serrèrent les poignets, le buste et les chevilles. L'un des hommes sortit ensuite un rasoir et des ciseaux. Il les manipula sournoisement, les ouvrant et fermant lentement devant les yeux de Terencia qui craignit le pire. Il commença à lui couper ses cheveux qui tombèrent sur le sol. Puis il se mit à lui raser le crâne. Terencia fut presque soulagée qu'il ne s'attaquât qu'à ses cheveux, mais elle se dit aussi que ce n'était qu'un début à ce qu'elle allait subir. Sous les regards amusés de ces trois compères, il continua, voulant aller au bout de ce qu'il avait entrepris. Il lui rasa totalement la tête. Durant de longues minutes, Terencia voyait sa chevelure à terre, elle sentait la tranche froide du rasoir qui se rapprochait chaque fois un peu plus de la peau de son crâne, et elle entendait le bruit sinistre de la lame qui râclait ce qu'il lui restait de cheveux. Désormais, elle ne pouvait plus s'arrêter de pleurer, ravagée par l'affront et l'effroi.

— Je vous l'ai dit, je ne sais rien, je n'ai aucune nouvelle !

Ce n'était pas suffisamment dégradant à leur goût. Ils l'obligèrent à boire de grandes quantités d'huile de ricin pour lui provoquer des diarrhées. Ils attendirent, puis ils firent sortir Terencia de la maison dont les jambes minces étaient sur le point de défaillir. Elle sentit qu'elle allait s'évanouir, alors que les phalangistes la poussèrent et la traînèrent, en larmes, le crâne rasé et les joues couleur cramoisi de honte et de gifles, dans les rues et places de Torrecampo. Ils la firent marcher au son de la musique de la banda du village pour attirer l'attention. Ils avaient tout prévu, même la fanfare, ils avaient orchestré l'outrage et la haine. Terencia peinait à avancer, se faisant dessus à cause du purgatif, tandis qu'ils l'obligèrent à déambuler comme le taureau pathétique exhibé dans les rues des villages avant sa mise à mort dans l'arène. Terencia baissait les yeux, pétrifiée par la honte et par la douleur tout en se pliant en deux. Les villageois, interpellés par la musique, ouvrirent leurs fenêtres et observèrent la scène cruelle qui se jouait devant eux. Certains torrecampeños sortirent de chez eux pour mieux voir, pour tenter de comprendre ou pour satisfaire leur voyeurisme. L'air affolé, les plus courageux se risquèrent à interpeller les miliciens pour savoir ce qui se passait, ce à quoi un des phalangistes répondit que cette misérable était une maudite femme de rouge.

Emilio, qui travaillait à la mairie de droite de Torrecampo, vint à la rescousse de sa cousine pour tenter d'interrompre cette effroyable sanction publique. Il intima les soldats de la laisser tranquille, criant haut et fort son innocence.

— Laissez-la, elle n'y est pour rien. Son mari est parti, et il est mort. Mort, je vous dis !

— Qui êtes-vous ? demanda un des miliciens.

— Je suis Emilio Cerros Alarcon, l'adjoint au maire et le cousin de madame López Delgado. Laissez-la en paix, tout cela n'est qu'une terrible méprise. Son mari ne reviendra pas !

Les phalangistes interrogèrent Emilio sur les origines de sa cousine. Il dût jurer que Terencia n'était pas juive, expliquant qu'il n'aurait jamais pu avoir son poste à Torrecampo avec une parente séfarade. Il plaida à nouveau l'innocence de Terencia qu'ils finirent par libérer alors que les badauds demeuraient silencieux.

Ce jour sombre, Terencia essuya ses larmes, mais sa crainte de leur retour continua à ruisseler chaque jour comme un poison qui se répandit dans tous les fluides de son corps. Les franquistes ne revinrent pas, mais Terencia n'oublierait jamais qu'elle était pour toujours marquée au fer rouge comme une *roja*. Ils l'avaient salie. Ils l'avaient meurtrie. Au village après ça, elle vécut un exil intérieur, se barricadant contre les hommes de Franco, contre ceux qui brisaient l'innocence et qui la réduisaient en pièces, contre ceux qui n'étaient jamais avares de répandre l'injustice éclaboussant de son fiel.

CHAPITRE 13

Il y avait déjà eu des défaites et des défaits. Au commencement de l'année 1938, la troupe républicaine atteignit l'entrée occidentale des plaines de Cabañeros, entre Ciudad Real et Tolède, au Sud de Madrid, en Castilla-La-Mancha. Un soir, à la tombée de la nuit, les hommes étaient au repos, abrités dans une planque. Ramón fumait, étendu par terre, face au ciel étoilé. Arturo racontait comment il avait appris à jouer de la guitare, battant la mesure des paumes de ses mains contre la crosse de bois de son fusil. Il la percutait comme si c'était la table d'harmonie et imitait de sa voix des accords insolites. Soudain, la quiétude de la nuit fut troublée par le bourdonnement d'avions de chasse survolant la vallée. Bien qu'ils volassent très haut, l'air vibrait. Les hommes restèrent en position, observant au-dessus la cime des arbres qui frémissait alors qu'ils passèrent au loin.

— Ce sont des avions ennemis, lança Arturo.

Tel un essaim terrifiant et menaçant, les avions approchèrent. Les regards des camarades s'affolèrent, piqués par l'effroi. Tour à tour, Rufo et Ramón rassurèrent leurs camarades. Ces avions ne les bombarderaient pas, ils n'avaient aucun intérêt à utiliser leurs munitions dans une plaine déserte et de nuit, ils allaient aller frapper des zones où ils pourraient faire mal, à Madrid ou Barcelone. Les yeux inquiets s'apaisèrent alors que les appareils et leurs bruits bourdonnants s'éloignèrent progressivement.

— C'étaient des avions italiens, fit Domingo d'une voix morne.
— Tu es sûr ? demanda Félix.
— Certain. Même de nuit, je pourrais te dire que ce sont des Fiat C.R.32.

Dans l'obscurité, Domingo était devenu blême tant son teint avait pâli. Il connaissait bien les avions de l'armée de Mussolini. Pourtant, ils n'étaient jamais passés au-dessus de la Sierra Almahilla où Domingo vivait. Quelques jours après avoir quitté la Sierra de San Pedro, il avait confié sa véritable histoire à ses camarades.

— Je ne suis pas Andalou.

Les camarades de Domingo l'avaient regardé avec surprise, attentifs à ce qu'il s'apprêtait à dire. Il leur avait menti jusqu'alors, et désormais, il voulait leur raconter.

Domingo était majorquin, mais vivait à Barcelone depuis trois ans au moment du soulèvement de juillet. Il voulait être utile au mouvement, à la défense de la république, alors au départ de Barcelone, il avait participé avec les troupes républicaines à l'opération militaire de reconquête d'Ibiza, et surtout de Majorque, sa terre natale. C'était une opération qui comptait pour lui. Mais elle avait été une terrible défaite des soldats rouges face aux chemises noires de l'armée fasciste italienne de Mussolini. Les fascistes étaient arrivés en renfort organisé auprès des forces putschistes de Franco. De la bataille, Domingo était sorti blessé, mais vivant. Domingo avait montré son bras à ses camarades pour désigner sa blessure. Le Majorquin leur avait caché la vérité parce qu'il avait honte, tellement honte, parce que la bataille à laquelle il avait participé était une affreuse déroute. Il n'avait pas le souvenir d'avoir vraiment combattu, il avait esquivé et avait ainsi survécu.

Une fois les combats terminés et l'armée républicaine officiellement vaincue, une répression violente avait été instaurée sur l'île par la Phalange. C'était le tout début de la guerre, ils voulaient marquer les esprits, faire des victimes civiles. Domingo avait pu s'enfuir de Majorque, par bateau, avec une poignée d'autres combattants républicains. Ils étaient cinq survivants. Ils savaient qu'en restant sur l'île, les phalangistes allaient les torturer avant de les exécuter. Ils avaient conclu un pacte entre eux : si on les attrapait, ils devaient se tuer les uns les autres pour ne pas parler. Mais les phalangistes ne les avaient pas eus. Domingo avait marqué une pause dans son récit. Toujours pâle, ses traits étaient immobiles et son regard était vide. L'espace d'un instant, on aurait pu croire que son visage était un masque mortuaire. Domingo se sentait lâche, déserteur. Quand il était retourné au village, sa mère, qui était veuve depuis longtemps, et son petit frère, n'y étaient plus. La maison de ses parents avait été saccagée. Dans les pièces ravagées de leur maison, Domingo avait imaginé la terreur, la fuite. Il avait deviné le pire. Il se disait que les phalangistes fusillaient des hommes et on n'osait pas dire ce qu'ils faisaient aux femmes. Sur l'île, il y avait des infirmières de la Croix-Rouge débarquées pour aider. Domingo avait entendu les cris des femmes que les phalangistes avaient trainées par terre en les tirant par les cheveux. Des cris encore, mais différents. Puis longtemps après, les coups de feu. Puis il n'avait plus rien entendu du tout.

Une fois débarqué sur la côte, Domingo avait décidé d'aller se réfugier en Andalousie, pour se faire soigner sa blessure et pour survivre, parce qu'en zone nationaliste, on ne risquait pas les bombardements ennemis. Lorsque Domingo avait interrompu son histoire, un silence de mort avait régné parmi leur groupe. Dans le calme lugubre, Domingo devait se justifier :

— Je suis parti, parce qu'il le fallait. Vous comprenez ? Et si je suis là, avec vous, c'est pour me racheter.

— Te racheter auprès de nous ?

— Auprès de la république.

Depuis la tuerie de la Sierra de San Pedro, quelque chose avait commencé à s'éteindre en chacun d'eux. L'espoir avait vacillé comme une flamme chancelante. Le doute les accabla de tout de son poids. Mais après la confession de Domingo, l'humeur de la troupe était devenue d'autant plus pesante. Les hommes devaient poursuivre leur mission et tout essayer pour faire reculer les nationalistes, mais une sensation de flottement les avait atteints. Elle alourdissait les silences, écrasant leur conviction du début. Rufo avait l'impression de percevoir une voix qui lui disait de faire demi-tour, de retrouver Terencia, mais il ne voulait pas l'écouter. Pourtant, pour la toute la première fois, il s'était dit qu'il était possible de ne pas gagner cette guerre.

C'était un matin où le soleil de janvier était blanc. Les *guerilleros* venaient d'atteindre une réserve secrète des miliciens nationalistes qui constituait un point stratégique. Des armes y étaient cachées, ils devaient les soustraire et anéantir les lieux en lançant des grenades, les nationalistes ne devaient pas être là, mais ils étaient là, devant eux. Et ils les avaient vus. Comme en entraînement, Rufo et ses camarades se jetèrent immédiatement au sol, divisés en deux groupes. Leurs mouvements furent vifs. À plat ventre, sur la terre givrée et les gravats, ils rampèrent pour se cacher derrière une butte, encerclant le plateau. Prêt pour la fusillade, la vue de Rufo se brouilla. L'espace d'un instant, tout devint flou au point qu'il ne discerna ni leurs visages, ni leurs membres et qu'il ne sut même pas combien ils étaient. Seuls les hurlements de Domingo qui donna l'ordre de faire feu furent clairs.

Les hommes tirèrent et les ennemis ripostèrent. Dans les bruits de détonation, contre le froid de l'acier, à travers la fumée, au cœur de leur propre effroi, ils tirèrent sans discontinuer jusqu'à être à bout de souffle et de munitions. La rage et la vengeance se déversèrent comme un torrent interminable. Rufo mitraillait, faisant payer le prix de la haine, tirant comme un aliéné, les flammes dans les yeux. Le diable au corps, il fut possédé par une force infernale. Soudain, les salves de tirs cessèrent. Rufo s'arrêta le dernier, le canon de son arme brûlant entre ses mains. Il tremblait, haletant et assassin. Et le silence se fit encore plus violent que le bruit des coups de feu qui éclataient. En face, plus aucun homme n'était debout, les chairs étaient arrachées et les corps à terre.

Rufo et ses camarades se regardèrent les uns les autres avec un air dévasté. Dans leur camp, ils étaient tous vivants, mutiques et désemparés. Pour certains, c'était la première fois qu'ils tuaient. Pour Rufo, il n'y avait aucune joie ni satisfaction. Ces hommes étaient des nationalistes, mais ces hommes étaient des Espagnols, comme lui, comme eux. Ce n'avait pas été une bataille, mais un règlement de compte, cruel et froid. Ils attendirent plusieurs heures derrière la butte en tenant leur position pour être prêts en cas de représailles d'une autre troupe ennemie, puis ils partirent. D'un air gêné, Félix leva son poing serré et lança :

— Pour la cause de la liberté, camaradas !

Personne ne renchérit. Le doute et l'incompréhension étaient plus accablants que jamais. Le poids du crime s'appuyait au-dessus de leurs crânes. Ils n'avaient pas réellement combattu, il n'y avait eu aucune bravoure. Dans cette bataille inattendue, ils avaient tous vu les signes du désastre. La troupe poursuivit son chemin dans un silence mortuaire. Tandis qu'il marchait, Rufo ne pouvait pas s'empêcher de repenser à cette tuerie. Sa conscience n'était pas dupe, elle ne le laissa pas sans remords. Dans un sursaut étrange, elle se fit implorante. Alors que Rufo avait déjà tué, alors qu'il aurait dû célébrer d'avoir vaincu des fascistes, il ressentit une étrange désillusion en lui. Quelque chose d'hideux s'y était insinué. Sa conscience n'était pas seulement ébranlée, elle était battue, frappée jusqu'à l'agonie. Elle expirait dans un dernier souffle. Et dans ce soupir, elle rappelait à Rufo des paroles funestes. Les mots d'Arturo se répétaient désormais en boucle dans sa tête : le destin condamne ceux qui tuent.

Quelques jours plus tard, les *guerilleros* atteignirent le Nord-Est du parc national de Cabañeros pour se rapprocher de Tolède qu'ils avaient prévu de rejoindre en trois jours. Ils seraient ensuite en zone républicaine. Soudain, dans un vacarme étourdissant, les balles se mirent à pleuvoir plus dures que la pluie de la Galice. Ils subissaient un assaut des patrouilles rebelles franquistes, une attaque par surprise. D'un bond, Rufo parvint à se cacher derrière d'épais buissons, des haies de ronces, dont les épines entaillèrent son visage et ses mains, mais qui le mirent à l'abri des salves de tirs. Il tenait fermement sa mitrailleuse, mais il ne tira pas de peur de toucher un soldat de son camp. Au loin, à sa droite, Domingo se fit faucher d'une balle dans le cou répandant un puissant jet de sang. Il s'affaissa au sol. À l'autre bout, Arturo courut à l'allure d'un lynx ibérique dans la direction opposée au guet-apens. Il fut si rapide qu'il avait disparu quand Rufo releva à nouveau la tête. Il chercha Baltasar, Félix et Ramón, mais il ne pouvait bien sûr ni appeler ni aller trouver ses camarades. Rufo resta immobile, les poings serrés, les mains ensanglantées et douloureuses. Il avait évité les tirs ennemis et il devait désormais éviter de respirer.

Quand les tirs cessèrent, la nuit était tombée. C'était une nuit noire et sans lune. Le vent sifflait, menaçant. Rufo avait froid, c'était la première fois de sa vie qu'il avait si froid. Son corps se pétrifiait. Ainsi paralysé, il ressentit pourtant son visage tuméfié par les buissons épineux. Il lui fit l'effet d'être déchiré, ses joues semblant mordues. Il entendait un homme geindre par intermittence, mais il ne pouvait qu'attendre. Quelques longues heures plus tard, le champ semblant libre, Rufo sortit de son abri. Il se leva, raide, sur ses jambes ankylosées et foula une plaine labourée par les tirs. Il marcha dans une flaque de sang caillé et vit le corps de Domingo gisant dans la terre. Son cou semblait tranché, son visage était blanc comme le marbre. La mort l'avait terrassé. Il n'y avait plus rien à faire pour lui. Domingo qui voulait expier sa honte passée s'était peut-être dit en voyant le trépas arriver qu'il avait racheté ses fautes et payé de sa vie son œuvre pour la république.

Rufo entendit de nouveaux gémissements alors à pas feutrés, il s'en rapprocha. Ils le guidèrent vers l'homme dont ils émanaient. Tandis qu'il avançait, il fut saisi d'un pressentiment sinistre. Il s'approcha d'un trou profond et qui devait être masqué par la végétation. Au fond, il découvrit Ramón. Il avait chuté d'au moins un mètre de profondeur après avoir reçu trois balles dans sa jambe valide et une au bassin. Ses jambes étaient des guêtres de terre sanguinolente. En s'approchant de son compagnon, une puanteur intense assaillit Rufo. L'odeur intenable de la putréfaction se répandait, même les rats la fuyaient. La décomposition du corps avait commencé des heures auparavant et envahissait Rufo d'une aigreur insidieuse qui se logea dans son estomac. Ramón était pourtant calme et résigné. Il geignait par instant, mais ne hurlait pas. Il inspirait de la dignité dans son agonie alors qu'il devait se savoir perdu. Seule sa poitrine trahissait ses souffrances, se soulevant péniblement et émettant un râle. Ramón fut subitement pris d'un spasme qui sembla se déplacer en lui à la manière d'une couleuvre. Il reprit le dessus et se figea tel un brave soldat au garde-à-vous. En sentant une présence à ses côtés, il ouvrit lentement les yeux et scruta Rufo. Fiévreux, Ramón lui murmura du fond de son trou :

— Rufo, sois un rouge jusqu'au bout...

Une forme de grandeur l'avait transcendé dans son dernier souffle. Rufo ressentit alors une peine intense. Ramón était un républicain valeureux et au fond de lui, Rufo savait qu'il serait peut-être la seule personne affectée par sa perte. Mais c'était certainement comme ça qu'il s'était imaginé mourir, sur le front, fier et déterminé. Sous le ciel vide et mélancolique, la respiration de Rufo devint saccadée. Il était happé par le trou où se trouvait le cadavre de Ramón. Puis il réalisa qu'il ne pouvait pas s'épancher dans son chagrin croissant, car les combattants nationalistes pouvaient revenir à tout moment. Rufo se ressaisit et se pencha une dernière fois sur le corps inerte de son camarade pensant qu'une étape venait pour lui de s'achever. Pourtant, sa chute ne faisait que commencer.

CHAPITRE 14

Les jours qui suivirent la tuerie de Cabañeros, la frontière entre la mémoire et les cauchemars se brouilla pour Rufo. C'était comme s'il n'avait pas réellement vu les cadavres de ses camarades tant les traits nets de leurs visages s'étaient effacés et les teintes pourpres du sang sur leurs corps s'étaient altérées. Pourtant, leurs images venaient le torturer la nuit. Après cette déroute, Rufo sombra dans un gouffre effrayant, telle une terre éventrée et désertée. Ce n'était pas un combat qu'ils avaient perdu, c'était une guerre qu'ils allaient perdre. Rufo avait déjà perdu ses certitudes.

Un jour, tout en continuant à marcher, il regarda ses bras et ses jambes avec incrédulité, touchant son abdomen et son visage, et constatant qu'il n'était pas estropié et qu'il n'avait aucune cicatrice des combats passés, ce qu'il venait de vivre ces derniers mois lui parut brusquement invraisemblable. Des égratignures au visage, ces si infimes séquelles, étaient les uniques marques physiques que cette guerre lui avait laissées. Rufo tenta de comprendre pourquoi il s'était accroché à un combat vain. Il pensa avec amertume que toute sa vie, il avait fait des mauvais choix. *Suerte*, lui avait dit son père. Le destin avait décidé de le protéger, il pourtant avait été épargné.

Rufo poursuivit son chemin, seul, avec son fusil pour compagnon. Il n'eut pas d'autre solution que celle de se cacher puisque tant que la guerre n'était pas finie, il ne pouvait pas retourner à Torrecampo et risquer les vies de Terencia et son enfant. Terencia avait la force d'attendre et de se battre pour deux. C'est ainsi qu'il se terra dans l'oubli, mais sans complètement s'égarer. Poursuivant le plan initial élaboré avec Ramón, il voulut rejoindre Barcelone, ville clé du camp républicain depuis laquelle l'armée rouge était commandée. Rufo passa plus d'un an à errer dans les campagnes espagnoles reculées de la zone neutre, allant de hameau en hameau et de vallée en vallée. Loin des bastions des rouges ou des fascistes, une réalité terrible le frappa quand il découvrit que la guerre civile n'était pas une préoccupation. Dans les fermes isolées où il s'arrêtait, il découvrit avec stupéfaction qu'on ne s'intéressait pas à la tempête qui ravageait l'Espagne. Les paysans qu'il rencontrait étaient détachés des considérations politiques, vivant dans un autre monde que celui de Rufo, un monde sans quête, mais un monde sans violence et sans mort. Tout à coup, son combat politique lui sembla vain. Il avait sacrifié sa terre et sa famille pour lui, mais c'était trop tard, il ne pouvait plus se retourner.

Des mois d'attente fébrile s'écoulèrent ainsi dans une relative insouciance qui permit à Rufo de survivre. Partout où il demanda à manger, on lui donna le couvert et même le gîte sans le sonder pour savoir s'il était un républicain. Il travailla dans les champs, aida à réparer les outils agricoles et vécut comme un commis parce qu'il ne pouvait plus être un soldat.

C'est à l'abri des délations et des conflits que Rufo apprit le 26 janvier 1939 la chute de Barcelone. Le 5 février, l'armée républicaine fut internée en France, puis les nationalistes occupèrent toute l'Espagne. À la prise de Madrid par les nationalistes, la république fut anéantie. L'Angleterre et la France reconnurent le gouvernement nationaliste de Franco et de la très catholique Espagne. La messe était dite, c'était un requiem. La jeune république espagnole fut balayée de revers de manches aux couleurs des uniformes des nationalistes, des costumes de la dictature. Trois années de guerre civile avaient brisé des familles, parfois divisées entre les deux camps. Les élans démocratiques étaient pulvérisés. Les espoirs de justice et les idéaux d'équité étaient dilapidés. Les années de quiétude avaient été passées au scalpel.

— Il n'y a plus de guerre, il n'y a plus d'armée.

Vicente, le paysan chez qui Rufo était logé au moment de la chute de Madrid, avait prononcé ces mots dépourvus de désillusion. Vicente était veuf et n'avait jamais quitté Naval, son village d'Aragón. Il parlait peu, ou ne parlait pas. Son regard était éternellement aussi sec et terne que ses terres. Cultivant seul une parcelle plantée de pommes de terre et de poivrons, il s'était habitué à son sol maigre et à sa rude besogne. Il chérissait sa ferme pourtant dépourvue de signe de vie humaine depuis la mort de sa femme. Il incarnait la constance, et inlassablement, il se levait, travaillait, mangeait, buvait, dormait, rythmé par une horloge imaginaire, sans moments de joie ou d'oisiveté. C'était comme si, depuis son enfance, on lui avait répété que son existence serait un mélange de malheur et de labeur de sorte qu'il les appréhendait sans plainte, parce qu'il s'y attendait.

— Mon fils unique, Paco... il voulait s'engager. J'ai tout fait pour l'empêcher de partir, car je ne croyais pas à ce combat.

Rufo le regarda en silence et perçut une lueur inhabituelle dans ses yeux. Les traits burinés par le vent et le soleil de Vicente semblèrent soudain plus épais. Le poids de la peine venait d'y laisser des marques que Rufo ne lui connaissait pas. Le paysan confia à Rufo que son fils était mort à la bataille de l'Ebro. Il n'en parlait jamais, parce que pour lui son fils était mort pour rien. Pour la première fois, dans le regard de Vicente, Rufo put y lire l'infortune à laquelle il semblait pourtant tant habitué. En cet instant, c'était comme si tous les paysages ravagés de l'Espagne s'y étaient reflétés. Vicente se leva et prit sa pioche afin de reprendre son labeur et de cacher son chagrin. Quand il tourna le dos, la première pensée de Rufo fut pour Matavacas Père, dont les avertissements n'avaient pas eu raison de l'obstination de son fils.

Depuis la chute de la république, de violentes insomnies ne laissaient aucun répit à Rufo. Pénétré par l'amère culpabilité d'avoir quitté Terencia et leur enfant pour une guerre que son camp avait perdu, il était assailli par d'intenses accès de colère. Il prenait conscience de son éloignement comme de son ignorance. Il ne savait pas comment sa femme et son fils allaient, si leur maison était intacte, si ses parents et ses sœurs avaient survécu. Parfois, lors de ces nuits entières sans dormir, Rufo vivait pêle-mêle ses souvenirs andalous qui s'enchevêtraient.

Une nuit, il perçut en songe l'habituel regard de Terencia rempli de compassion qui l'enveloppa et le plongea dans leur intimité. Soudain, ce regard fut envahi d'une noirceur qui lui dépeignit toutes les teintes obscures de la dévastation, le spectacle de ruines habitées par des fantômes, des veuves et des orphelins, rampant dans les rues lugubres des bastions républicains détruits. Rufo eut l'impression d'entendre les cris de victoire des franquistes qui vibraient au son effroyable de l'incantation phalangiste ¡ *Arriba España* ! Debout l'Espagne ! L'Espagne était à terre. Il devait s'agenouiller et condamner son orgueil. C'était lui, le véritable fautif. C'était lui, le vaniteux qui croyait pouvoir tout surmonter et connaître le front et la guerre par cœur. Mais dans cette guerre, tous les vices humains s'étaient rencontrés et déchaînés. Cette nuit, le jeune homme pleura. Abattu, Rufo se plia dans tous les sens, tandis que des larmes froides, dures et abondantes roulaient sur ses joues, sans s'arrêter. Il venait de comprendre qu'il ne pourrait plus jamais rentrer au village tant que Franco était au pouvoir. Lui qui pensait rentrer vite, le destin en avait décidé autrement. Un soldat républicain comme Rufo ne pouvait plus regagner sa famille. Il deviendrait une malédiction pour ceux qui lui étaient chers et ne pourrait pas échapper aux représailles du régime franquiste victorieux. Les soldats du Caudillo le poursuivraient, ils le tortureraient avant de le supprimer. C'est ainsi que la possibilité de quitter l'Espagne se présenta à lui comme la perspective de partir en reconnaissance pour trouver un avenir meilleur pour sa famille. De l'autre côté des Pyrénées, en France, dans un pays dont il ignorait la langue, il ne serait plus un rouge pour personne. C'était la promesse de ne plus jamais perdre. Cette nuit-là, Rufo décida d'abandonner son pays.

Le lendemain, quand Rufo annonça son départ à Vicente, il le sentit soucieux. L'homme s'était accoutumé à sa présence et à son travail.

— Pourquoi la France ?
— Ma femme et mon fils pourront facilement m'y rejoindre. Et j'ai combattu dans le Rif aux côtés des Français au moment où l'armée espagnole a repris le dessus après des années de défaite. Vicente, je vois la France comme une terre d'espoir !
— La France n'a pas aidé la république espagnole.

Le ton abrupt de Vicente était aussi surprenant que le sens de ses paroles. Rufo et lui n'avaient jamais eu une conversation de la sorte. Le paysan avait toujours voulu éviter ces sujets qui lui rappelaient son fils.

— La France a laissé la république désarmée face à Franco et à l'Allemagne nazie. Mais Vicente, aucune démocratie européenne n'est intervenue !

Vicente ne répliqua pas.

— Est-ce que nous pourrons trouver une vie plus sereine qu'en Espagne ? Est-ce que nos familles et notre terre ne nous manqueront pas ? Vicente, je n'ai pas de réponse à aucune de ces questions. Mais j'ai la certitude que je ne peux pas rentrer innocemment à Torrecampo pour m'y faire fusiller et mettre en danger ceux que j'aime. Ce n'est pas un choix que de se soumettre au bon-vouloir de la destinée. Tu as compris ?

Vincent comprit que Rufo était un rouge. Il saisit aussi que Rufo ne croyait pas à la Providence. En revanche, Rufo croyait au pardon de Terencia et de son enfant.

— En France, nous pourrons vivre tous les trois, sains et saufs, et heureux aussi.

— Heureux ?

À la question de Vicente, Rufo répondit d'un sourire confiant en hochant la tête. Il pensait alors qu'il pouvait encore maîtriser ce qui allait suivre. Il ignorait qu'il aurait dû mettre un mot sur le bonheur comme sur quelque chose qui appartenait au passé et que seule la mémoire pourrait vivre à nouveau. La guerre n'était pas terminée pour les perdants.

DEUXIEME PARTIE

CHAPITRE 1

« Pleure comme une femme pour un royaume perdu que tu n'as pas su défendre comme un homme. » Ces mots furent ceux d'Aicha Fatima, la mère de Boabdil, le dernier émir de la dynastie nasride qui, contraint à l'exil après la prise de Grenade par les rois catholiques en 1492, se retourna une dernière fois vers sa ville avant de pleurer. Rufo n'avait pas pu pas se retourner.

Les journées de voyage furent âpres, les heures de sommeil rares et les repas maigres, mais depuis Barcelone, Rufo n'était plus seul. De manière inattendue, il se retrouva avec des anciens soldats de la république et des civils espagnols qui, par milliers, fourmillaient jusqu'à la France. À travers les montagnes, à pied, à cheval ou en charrette, une kyrielle de réfugiés ayant quitté l'Espagne dès l'effondrement du front de Catalogne fuyait Franco telle une marée humaine. Autour de Rufo, une foule confuse révélait des corps chétifs et voûtés, des visages livides et apeurés, des âmes malades et amères. La désolation se pressait à la frontière dans un exode affolant.

Rufo marcha à côté d'un couple de Catalans, une femme et son mari qui devaient avoir soixante-cinq ans et qui avaient mis tout ce qu'ils avaient pu de leur vie dans une unique valise. Ils avaient tout perdu et seule leur fierté ibérique leur restait. En les voyant, Rufo eut une pensée pour ses parents, mais sa mère et son père, eux, n'étaient pas républicains, ce qui leur permettait de vivre dans leur pays sans risquer les représailles du franquisme. L'instant d'après, le regard de Rufo se posa sur une famille avec trois enfants. Soudain, les parents se décidèrent à abandonner leurs malles sur le bas-côté de la route pour porter chacun leurs deux plus jeunes enfants à bout de bras. Une jeune femme brune s'approcha d'eux et leur proposa de prendre une de leurs malles en lançant à Rufo un regard apitoyé. Quand il s'avança pour prendre une malle, la mère des enfants le remercia en lui adressant un regard aussi furtif que fané. Au bout d'un long cou maigre et nu que le froid était en train de dévorer, sa tête semblait désarticulée. Ses pommettes anguleuses, ses traits tirés et ses bras décharnés révélaient que la guerre l'avait rongé, l'angoisse l'avait écharpée.

— Merci camarade. Tu verras quand tu auras des enfants…

Quelque chose de cotonneux emplit les yeux de Rufo alors que son cœur se serra. La femme perçut le flottement dans son regard, car elle lui sourit d'un air navré. Pour rompre le malaise, la jeune femme à leurs côtés se présenta. Antonia venait d'Alicante et son fiancé était mort sur le front, mitraillé. À sa mine terrifiée, on pouvait lire qu'Antonia regrettait déjà d'avoir entrepris ce voyage seule. Mais tous continuèrent leur route, sans savoir où ils allaient. Malgré elles, les jambes de Rufo avançaient, mais il pouvait chanceler tant il était abasourdi par les tumultes des peines de l'Espagne martelant son crâne à lui en crever les tympans.

Lorsqu'ils arrivèrent à la frontière française orientale, à coup de cris et de sifflets, des militaires français prirent en charge civils et soldats et confisquèrent les armes. Les mutilés cachèrent leurs moignons pour ne pas se faire refouler alors que les mères montrèrent leurs enfants pour les faire passer en premier. Les Espagnols découvrirent qu'ils étaient confrontés à un effroyable plan de barrage, mis en place dans les Pyrénées-Orientales, à la frontière franco-espagnole, avec l'aide de l'armée. Ils ignoraient en ce temps que près d'un demi-million d'Espagnols rejoindrait la France depuis l'Espagne alors que la guerre civile était terminée. C'est ce qu'on appellerait la Retirada, la Retraite. Ils n'avaient pas reculé devant l'ennemi, mais ils étaient retirés de leur pays. Ce jour-là, des militaires et des gardes français encerclèrent Rufo et les centaines d'Espagnols autour de lui si bien qu'ils durent obtempérer. Rufo et ses compatriotes furent répartis en sous-groupes et durent marcher des heures durant sans savoir la destination vers laquelle on les emmenait.

Quand la nuit tomba, ils furent contraints à poursuivre leur chemin dans le noir. Les enfants pleuraient, épuisés, tandis que les parents les rassuraient, sans pouvoir cacher leur effroi. Des heures de marche plus tard, des gardes leur intimèrent de s'arrêter et leur donnèrent du pain et du lait concentré. Ils leur demandèrent de se coucher, et tous, effarés, comprirent que leur campement serait à terre. Leur première nuit sur le sol français fut un soir de gel avec un froid terrible à paralyser la poitrine. Transi par l'air glacial, Rufo mangea son pain rassis en grelottant, des frissons le parcourant jusqu'aux os. Il eut la sensation d'avoir les membres gelés et que ses idées n'arrivaient même plus jusqu'à son cerveau. Son regard fut attiré par les mouvements des hommes qui, plus loin, allumèrent des feux avec du bois qu'ils avaient trouvé. Des familles se rassemblèrent pour se retrouver au plus près des braises incandescentes. Le feu réchauffa les corps et les esprits, apportant courage et clarté. Pourtant, les lueurs de la flambée dévoilèrent les masses de visages pâles et inquiets et dessinèrent un horizon tortueux d'ombres et de lumières qui se balançait au vent glacial de cette plaine s'étalant à l'infini.

Au matin, la police les fit se lever et les poussa à continuer à marcher. Rufo voulut rester optimiste, mais chaque pas de plus l'éloignait de sa terre. Il s'attendit à une nouvelle journée de marche dans l'inconnu et la brume. Mais ce jour marquant leur avancée sur le sol français, il neigea. La neige fondante tomba sur le visage de Rufo et il avait si soif qu'il l'avala. Beaucoup, comme lui, virent la neige pour la première fois ce jour-là, si bien que des femmes et des hommes saisirent les flocons dans leurs mains tandis que des enfants ouvrirent leurs bouches et les gobèrent en riant. L'insouciance entra par effraction dans le chaos. Et ce ne fut que deux ans plus tard, au moment de son emprisonnement, que Rufo repensa à cet instant léger et le crut être le dernier.

Peu à peu, l'avancée devint plus lente. Les enjambées se firent lourdes et s'enfoncèrent dans le sol mou et humide : ils étaient sur une plage. Alors qu'une odeur fortement iodée prit Rufo au nez, il se rapprocha du bruit d'un léger clapotis de vagues. Il but de l'eau de mer pour s'hydrater, mais le sel assécha sa bouche et assena des coups à son estomac vide. Des heures plus tard, des gardes sénégalais leur montrèrent la voie. Rufo ne comprit pas, car c'était là, c'était encore dehors. La suite du chemin était une mer de poteaux dressés et de fils barbelés. Les vagues d'Espagnols déferlaient pour y pénétrer. Les gardes les firent rentrer dans l'enceinte clôturée. Ainsi, les républicains déjà écrasés en Espagne, qui fuyaient la misère, l'asservissement et la mort qui les attendaient sous Franco, furent enfermés en France dans un camp de l'exil, dans cet endroit inconnu qu'on leur dit s'appeler Argelès-sur-Mer et dans ce pays où ils étaient tous des étrangers.

Rufo se faisait enchaîner et enfermer. Contraint à attendre une issue, il se retrouvait condamné à ce camp d'exilés. C'était encore plus douloureux qu'il était aux portes de la frontière désormais infranchissable de son pays. Rufo n'avait cru à aucun pressentiment et n'avait pas pris les présages au sérieux. Il avait douté, mais il n'avait eu foi en aucun signe. Il croyait que les républicains allaient gagner cette guerre et que la liberté allait triompher. Lorsqu'il s'était retrouvé face à plusieurs sentiers, il avait mal choisi sa route. Leurs lignes poussiéreuses n'avaient cessé de s'estomper au fil des épreuves de la destinée, se confondant à mesure qu'il avançait dans des méandres infinis. Brisé par la culpabilité et l'amertume, Rufo s'était tant fourvoyé qu'il pensa ce jour avoir atteint un point de non-retour. Il fut secoué de spasmes de honte et de regret à l'idée de priver d'un père un enfant qu'il n'avait jamais vu. Rufo n'avait pas vécu le premier pas, le premier « papa », la première chute, le premier rire. Cette prise de conscience lui fit l'effet d'une violente décharge électrique. Il devait retrouver Terencia et Tomás. Il ne voulait plus jamais perdre, mais c'était le temps qu'il avait perdu et qu'il allait perdre encore. Il ressentit des secousses cadencées qui le firent frémir, tourmentant chacun de ses membres tel le tic-tac déchirant d'une pendule.

CHAPITRE 2

Les hectares de plaines de sable révélaient un décor lunaire. Sur cette plage lardée de barbelés, le soleil ne semblait jamais être au zénith. Les internés vivaient dans un dénuement que seule la misère pouvait tolérer tant les conditions de détention du camp d'Argelès-sur-Mer étaient déplorables et humiliantes. Ils étaient entassés, misérables, affamés, déshumanisés. Les premiers jours, des mères creusèrent de grands trous dans le sable glacé pour protéger leurs enfants des rafales de tramontane. Des semaines plus tard, des réfugiés harassés se mirent à construire des abris de fortune pour dormir isolés du vent. Mais c'étaient des amoncellements insalubres faits de tôle rouillée et de carton mouillé, sentant l'urine, dégorgeant de miasmes. Les Espagnols tentaient d'échapper aux maladies dont les noms eux-mêmes se répandaient.

Rufo et ses compatriotes étaient gardés de jour comme de nuit par des militaires français, qui passaient à pied ou à cheval, toujours armés, en les dévisageant et en leur jetant des mots violents que tous comprenaient être des insultes. C'était une insolite Espagne qui se créait au camp. Les Basques, les Asturiens, les Catalans et les Cantabres se mélangeaient, cohabitaient. Et pourtant, on les séparait, on les fragmentait, jusqu'à devenir des étrangers entre eux. Le camp fut organisé en plusieurs sous-camps, que les Français appelaient des îlots et qu'ils avaient séparés par du barbelé. Selon la catégorie d'internés à laquelle ils étaient assimilés, pareils à du bétail, ils regroupaient les Espagnols sur différents sous-camps : l'îlot des femmes et enfants, l'îlot des blessés, des mutilés, des Basques. Ils affectèrent Rufo à l'îlot des hommes aptes à travailler. C'est ainsi qu'il fut employé à poser les fils barbelés et à construire les baraquements qui serviraient de demeure aux prochains réfugiés, car de nouveaux exilés arrivèrent au camp avec une cadence fulgurante. Les pieds frappèrent le sol tandis que les têtes se tournèrent vers le ciel. Constatant que c'était une prison sans toit qui les attendait, les mains se crispèrent et les cœurs se serrèrent. Les cris et les pleurs s'élevèrent, trahissant les sentiments d'abandon et de désillusion qui percutaient violemment les esprits. C'était le *jaleo del exilio*, le tapage de l'exil, ces gestes et ces sons auxquels Rufo ne pourrait plus s'empêcher d'associer ce camp. Et avec l'arrivée de nouveaux exilés, la désolation continua à se répandre, pareille à une épidémie contagieuse dont les effluves diffusaient leur pestilence.

Le matin, Rufo suivait les gardes pour commencer sa corvée de la journée. Avec d'autres Espagnols, il travaillait à planter des piquets de bois avec une massue tandis que les gardes, craignant des révoltes, ne les lâchaient pas du regard. Pourtant, personne ne faisait le poids face aux mitrailleuses. Un mois après son arrivée au camp, un matin où le soleil semblait ne pas s'être levé, l'attention de Rufo sur son labeur déclina et ses yeux se posèrent au niveau de la ligne de barbelés où, un homme agenouillé fixait étrangement les clôtures de fer. Rufo interrompit sa besogne pour tenter de comprendre ce que l'homme faisait. Avec insistance, il regardait une femme et deux enfants qui s'approchaient de l'autre côté des fils de fer. Quand les réfugiés espagnols arrivèrent à Argelès-sur-Mer, ils ignoraient alors que les femmes et les enfants étaient séparés des hommes aptes à travailler et que les familles ne pourraient pas toujours se retrouver ensuite. Accroupi, fébrile, le père passa ses doigts à travers les barbelés pour toucher ceux de ses enfants. Puis dans une contorsion, il offrit sa bouche à sa femme de l'autre côté de l'enceinte. Elle voulut l'embrasser, mais la clôture l'en empêcha. Dans un enchaînement aussi rapide qu'étonnant, elle sourit, recula et se figea. Ses enfants firent un pas en arrière tandis que le père se releva d'un bond faisant face au garde français qui venait d'arriver et qui les toisait en caressant sa mitraillette avec une attitude menaçante. Le garde était de ceux qui prenaient plaisir à administrer la peur au camp de sorte que ses regards et ses gestes parlèrent comme si la haine avait une bouche. Lorsque, d'un air sentencieux, il regarda l'homme en passant l'index d'un côté à l'autre de sa gorge, l'Espagnol déglutit et sa femme poussa un cri. Le garde constata l'air tout angoissé du couple, et partit aussitôt comme s'il avait eu mieux à faire.

Dans la poitrine de Rufo, les battements de son cœur s'accélérèrent, mis en mouvement par le sentiment puissant d'injustice. Dans ses mains, la massue trembla, car il voulut frapper le garde et lui assommer le crâne d'un coup dont la violence n'aurait pas dépassé ce qu'il venait d'infliger à ce père devant sa femme et ses enfants. Pourtant, Rufo ne pouvait pas répondre à ses pulsions, il savait quel châtiment l'attendait. Mais comme il avait cessé de travailler, un patrouilleur le poussa dans le dos. De surprise, Rufo tomba de tout son poids à plat ventre, le visage dans le sable, puis se retourna sur le dos. Le Français lui posa sa botte sur le ventre pendant qu'il essayait de se relever. Se débattant comme un oiseau sauvage pris dans un filet, il cria et, fou de rage, cracha sur la botte sous le regard torve de l'homme qui lui jeta :

— Au travail, vermine.

Une nuit, une femme hurla. Elle semblait expulser sa souffrance tellement ses plaintes glaçaient le sang de Rufo. Il avait entendu murmurer que, la nuit, un des gardiens violait des Espagnoles. Il choisissait une femme différente à chaque fois qui, ne devait rien dire, sinon elle ne dirait plus jamais rien. Mais ce soir-là, Rufo décida de se lever. Il ne pouvait pas rester à attendre. Il ramassa une lourde pierre pour pouvoir frapper le coupable. En avançant, il fut interpellé par une lueur au loin dont il se rapprocha. Tandis qu'il marchait, Rufo fut abasourdi par les hurlements et vit, horrifié, qu'il y avait deux personnes autour d'une femme allongée à terre. Une femme accouchait sur le sable. Un homme l'assistait avec une valise à ses côtés, se montrant impassible aux cris comme à la sueur de la femme qui se tordait de douleur. En *castellano*, il lui demanda de pousser à nouveau. Malgré lui, Rufo ne cessa de s'approcher, ne pouvant s'empêcher de penser à Terencia. Au moment où il se retrouva à quelques pas d'eux au point d'en oublier son intrusion, une femme s'avança vers Rufo. Sur un ton terne, presque indifférent, elle lui expliqua que l'homme était médecin, qu'il était son mari et qu'ils avaient découvert que la jeune femme était seule ici, son époux ayant été envoyé au camp de Saint-Cyprien. Comme Rufo songeait toujours à Terencia et paraissait étrangement inquiet, la femme du médecin le rassura. Elle déclara que l'accouchement allait bien se passer, mais ajouta d'une voix navrée cette fois que, pour la dysenterie qui se répandait au camp, son mari était impuissant. Ils échangèrent un regard affligé et pour dissiper leur abattement mutuel, la femme du médecin se présenta. Elle s'appelait

Josefa et était journaliste. Dans la pénombre, elle montra de la tête le carnet qu'elle tenait dans ses mains.

— Depuis que nous sommes au camp, j'écris mon journal. Mes mémoires peut-être.

Elle regarda Rufo d'un air perdu et reprit :

— Pourquoi est-ce que tu écris ?

— C'est mon métier d'écrire et de raconter, mais je n'avais jamais écrit sur des événements de ma vie. Rufo, je ne sais pas ce qu'ils feront de nous, mais ces mots seront là pour témoigner de ce qu'ils nous ont fait. Camarade, nous sommes des asilés.

Josefa tendit à Rufo son carnet qui commença à le feuilleter. Il lut en silence quelques pages de son récit syncopé, au milieu de cette scène surnaturelle, où une femme espagnole accouchait sur une plage française. Josefa avait couché sur le papier le manque et le désespoir. À cette époque-là, Rufo ne pouvait pas écrire ne serait-ce qu'une lettre à sa femme, alors l'écriture d'un journal lui parut appartenir à une autre réalité. Il ne perçut pas sur l'instant le pouvoir de ces phrases. La seule certitude qu'il eut ce soir-là, c'était que Josefa avait raison, les fils barbelés étaient les barrières entre le monde de la banalité et le leur, celui des aliénés. Rufo était interné, confiné à la folie, dans cet asile de l'abandon.

CHAPITRE 3

En Espagne, la joie avait été asphyxiée par les épais tissus des soutanes. La clameur de la vie avait été étouffée par le sacerdoce. Au rythme des homélies, le peuple affamé et infirme avançait, sans but, trainant ses haillons. C'était un peuple amputé de ses hommes, morts au front ou mués en réfugiés. Les champs étaient en jachère et les ventres vides. Mais sans jamais se plaindre, le peuple poursuivait sa route, claudiquant dans les rues des villes devenues silencieuses. L'éclopé résistait et survivait, alors qu'une main se resserrait sur sa gorge, l'étreinte de la misère.

Dès qu'il accéda au pouvoir en avril 1939, Franco fonda une dictature militaire qui annula la Constitution de 1931. Il décida que son pays serait un symbole de fraternité et de travail, ce qui signifiait que l'Espagne devait être un pays dépourvu de parasites juifs, marxistes et communistes. L'État totalitaire dicta les droits et les devoirs d'un peuple que le Généralissime voulut unifier, instaurant un discours de la haine, un saccage verbal pour ceux qui passaient du côté des bannis. Le quotidien de Terencia et Tomás bascula. Dès lors, la femme et le fils de Rufo prirent la place des honnis.

Ainsi, à Torrecampo, une vie de labeur et de pestiférée défila devant les yeux de Terencia. Il devint plus difficile de se nourrir, non pas à cause de l'inflation, mais parce que les commerçants ne voulaient plus vendre des denrées à des rouges. Se privant pour Tomás, Terencia maigrit beaucoup. Pour gagner quelques pesetas, elle dut aller travailler dans un atelier de couture à plusieurs dizaines de kilomètres de Torrecampo, et même si elle en souffrait, la mère aimante et protectrice qu'elle était, laissa Tomás à garder aux parents de Rufo pourtant très affaiblis.

Terencia ne crut pas aux paroles d'Emilio. Non, Rufo n'était pas mort sur le front. Pendant un temps, elle ne porta plus de noir, parce que la dictature interdisait aux femmes de républicains d'afficher leur deuil et parce qu'elle n'acceptait que son mari ait pu être tué. Rufo ne pouvait que revenir. Elle supplia pour obtenir la moindre nouvelle de Rufo, mais personne ne put la renseigner. Pourtant, elle ressentait des signes lui témoignant que Rufo était toujours en vie. Elle percevait une intimité la rapprochant de lui, une force invisible qui lui permettait de continuer à avancer.

Certaine que son mari tiendrait sa promesse, Terencia laissa son tablier de forgeron à sa place dans le cellier et ne l'en déplaça jamais. Elle poursuivit la coutume et ne cessa d'aller nettoyer et orner de fleurs les tombes des aïeux de son mari au cimetière de Torrecampo, en pensant qu'un jour lointain, ils y seraient enterrés tous les deux, le plus tard possible. Elle, la descendante de juifs convertis et traqués, elle continua à se battre. Ayant reçu la force de subir pour héritage, la souffrance coulait dans ses veines comme un mauvais gêne.

Terencia se convainquit que Rufo reviendrait dès que les temps seraient meilleurs pour les anciens républicains. En attendant, il fallait supporter, encore et toujours. Dans l'Espagne puritaine et nationaliste de Franco, une femme seule faisait mieux d'attendre le retour de son mari que de chercher un nouvel époux. Au village, le bruit courait qu'une femme de *rojo* était à jamais souillée.

CHAPITRE 4

La vie au camp d'Argelès-sur-Mer était faite de latence et d'ingratitude. L'attente mangeait les âmes et les cerveaux, elle se bâfrait, l'affamée. Le souffle languissant de la tramontane contrariait les jours et les nuits. Le pain qui accompagnait les haricots blancs ou les lentilles était sec et moisi. L'eau saumâtre qu'on leur donnait à boire labourait les entrailles. Le matin, le café noir tapissait avec aigreur les gorges sèches et les ventres creux. Depuis son arrivée au camp, Rufo dormait sur des planches et des cartons installés à même le sable, abrité d'une simple couverture de laine rêche. Il s'était habitué à tout, même à l'odeur rance de sa propre chair. Mais la plus amère des émanations ne lui aurait pas fait oublier le parfum de Terencia.

Un matin, deux gardes sénégalais vinrent trouver Rufo, lui faisant comprendre qu'ils le déplaçaient. Comme les baraques de tôle construites par et pour les habitants du camp étaient désormais achevées, on lui attribua la sienne jusqu'à laquelle ils le conduisirent. Rufo les suivit à travers les allées jusqu'à une baraque devant laquelle ils s'arrêtèrent. Rufo s'introduisit dedans, perplexe, car il ne put se sentir à l'intérieur. Il n'y avait pas de plancher, pas de porte non plus, et elle devait mesurer quatre mètres de chaque côté. Pourtant, Rufo n'y dormirait pas seul. Un troisième gardien s'approcha d'eux et fit entrer un autre homme qui s'avança en tendant à Rufo une main ferme :

— *Holà camarada*, me llamo Miguel.

Rufo fut immédiatement surpris par le charisme de cet Espagnol. Il lui fit l'effet d'un homme politique bienveillant. Rufo se présenta à son tour en lui adressant un sourire franc. Sans qu'ils n'eussent le temps d'échanger davantage, un Sénégalais leur donna à chacun un bol de lentilles froides et une boîte de sardines tiède, en guise de déjeuner, et certainement de diner aussi. En silence, il se retira et laissa les deux réfugiés tous les deux.

Les jours qui suivirent, Rufo apprit à connaître son nouveau compagnon. Miguel Manrique de Alcócer était né dans une famille très riche et très catholique de Madrid. Il avait vu le jour dans ce genre de lignées qui ignorait la contingence. Il avait vécu dans ce type de maisons où l'on parlait de manière courtoise et sur un ton neutre, presque rectiligne, où l'on ne prononçait pas un mot plus haut que l'autre, jamais. Où l'on mangeait des mets onéreux parfaitement alignés sur une table ordonnée. Où des peintures des admirables ancêtres étaient impeccablement accrochées, en quinconces, sur les murs d'un blanc immaculé. Où les nombreux domestiques se tenaient droit et étaient vêtus plus élégamment que l'illustre maire de Torrecampo. Dans cet environnement policé, presque symétrique en toute part, avait grandi en Miguel un intarissable sentiment de révolte. Miguel avait été un enfant espiègle, un adolescent rebelle, un adulte belliqueux. Il aimait questionner l'ordre établi et réprouver tout ce que lui promettait la stabilité statutaire de son ascendance, pour plusieurs générations. Pour lui, suivre les règles, c'était accepter de se laisser berner. Se conformer, c'était nier l'existence du libre arbitre. La vie ce n'était pas ça ! ¡ *Joder* ! Depuis son plus jeune âge, il avait donc appris à passer maître dans l'art de se créer des problèmes, car sinon, il n'en aurait jamais eu de vrais problèmes. Il avait mis tout son esprit et son argent au service de la remise en cause de chaque chose de son monde. Après de turbulentes études de droit, il était devenu avocat à Madrid, puis il avait choisi de mettre son éloquence au service du combat politique. Il avait opéré une mue en athée convaincu, en républicain fougueux, en opposant franquiste des plus fervents.

Ce fut ainsi qu'un homme comme Miguel se retrouva à Argelès-sur-Mer, avec un forgeron communiste comme Rufo. Lui aussi, il dut vivre dans un camp de concentration pour réfugiés politiques, contraint aux privations et à dormir par terre, à même le sable. Mais Miguel ne regrettait rien, car il avait tout choisi, il n'avait jamais subi. Il ne s'était jamais soumis au fardeau familial, à ce fascisme qui, s'était étendu comme la lèpre parmi les vieux et les moins vieux de sa famille, et qui avait tout ravagé sur son passage, grignotant chaque petit bout de cerveau à coup de doctrines de l'intolérance et d'idéologies nationales-catholiques. En tant que républicain, Miguel avait été le caillou dans la chaussure en cuir hors de prix de son père, ce caillou dont il ne parvint qu'avec peine à se départir. Son père avait fini par le renier, pour se débarrasser de son fils *rojo* une bonne fois pour toutes.

Des semaines plus tard, Miguel apprit à Rufo que le Barcelonais Enric était parvenu à s'échapper du camp. Mais Rufo ne voyait pas comment Enric avait pu s'évader entre les barbelés et les patrouilles de la cavalerie. Miguel ne comprenait pas non plus, mais le Barcelonais n'était plus au camp et il était clair qu'il s'était évadé. Trois artistes catalans, des amis artistes d'Enric, aussi de Barcelone, un peintre, un architecte et un affichiste, tous des anarchistes de la FAI, s'étaient volatilisés également. Miguel qui s'était renseigné partagea à Rufo qu'ils avaient eu un ou plusieurs complices, ils avaient dû être aidés. Et mieux valait pour eux qu'ils ne fussent jamais retrouvés. La tentative d'évasion n'était pas une option pour Rufo, et il ne voyait d'ailleurs aucune issue à son enfermement. Se sentant impuissant, pendant que Miguel racontait, le regard de Rufo s'assombrit et ses traits se creusèrent. La détresse que son compagnon lut dans son visage l'obligea à marquer une pause. Le Madrilène demanda à Rufo :

— Pourquoi est-ce que tu es parti sur le front ? Tu avais besoin d'aventure ?

— Non, je ne suis pas un aventurier. Je suis un marginal, c'est moins glorieux...

Rufo n'était pas à l'aise de s'expliquer, pas certain de trouver les mots justes. Il réfléchit un instant tout en observant Miguel. Ses yeux s'arrêtèrent étonnamment sur sa chevelure, sur ses cheveux brillants et disciplinés malgré la détention et le manque d'hygiène. Ceux de Rufo à trente-quatre ans étaient du crin désinvolte, ils étaient disséminés, ils avaient été décimés par les forges et les fronts. Comme il l'aurait fait avec Terencia auparavant, Rufo se confia sans retenue sur son âme tourmentée, sur son goût irrationnel pour la liberté et sur sa haine infinie de l'inaction et de la soumission. Il parla à Miguel de son attrait pour les idées novatrices, pour celles qui éveillent les consciences, ainsi que de sa découverte de Marx. Rufo partagea que, grâce à lui, il avait compris qu'il était possible de se sortir des croyances majoritaires, de défier les systèmes et les traditions, et tout ce qu'il détestait.

— Je vois, camarada ! s'exclama Miguel. Ce ne sont pas les livres de chevalerie qui t'ont fait perdre la raison et ont déclenché ton départ pour l'inconnu, mais ce sont tes lectures sur la politique. Rufo, tu es un Don Quijote de la Mancha, en pauvre, et en communiste !

— Je me suis mis à voir des géants et des armées en bataille dans les régimes totalitaires et dans les peuples dociles. J'ai choisi pour fidèles écuyers le communisme et la république !

Miguel rit en regardant Rufo d'un regard indulgent. Il était étonnant de rire au camp, mais les deux hommes se comprenaient. Miguel était socialiste et croyait en l'intelligence du peuple. Il avait souhaité agir pour le mouvement et s'opposer à la coalition des riches qui faisaient régresser la société espagnole. Miguel ne se considérait pas riche lui-même, son père l'était, mais pas lui, et il ne voulait rien de lui. Ce qu'il voulait, c'était l'évolution sociale. Selon Miguel, il ne pouvait pas y avoir de justice si les liens de subordination entre les classes étaient maintenus. Il estimait que son père et ses pairs étaient des fascistes qui s'accommodaient de la dictature des institutions. Miguel aimait mener avec Rufo des conversations enflammées. Il débattait avec véhémence, pendant des heures. Aimant la verve puissante, il s'embrasait en citant les mots de Marx, de Proudhon ou de Rousseau. Il les citait théâtralement, ajoutait quelques pamphlets de l'Internationale, des vers de García Lorca ou Machado pour rythmer ses tirades fougueuses avec allure et panache.

Miguel était un bel homme brillant, à l'élégance madrilène. Grand, brun, avec le regard sibyllin et de belles dents blanches impeccablement alignées. Rufo en était à la fois un admirateur emporté et un ami exalté. Leurs clans et leurs races les opposaient, l'un était socialiste et l'autre communiste, mais ils partageaient des convictions et des visions politiques convergentes. Leurs lectures les avaient rassemblés, leurs élans révolutionnaires les avaient soudés pour affronter cette détention amère et humide tandis que le destin les avait réunis. Mais Rufo ne croyait toujours pas à la destinée en ces temps-là. Il ne savait pas encore le poids qu'aurait cette rencontre dans sa vie.

Miguel avait vu la France comme un fantasme, un idéal. Chez les Manrique de Alcócer, il était d'usage d'apprendre le français dès le plus jeune âge, et c'était la seule chose qu'il avait acceptée comme héritage de ses parents. Il avait embrassé cette unique tradition familiale, car pour lui, la France, c'était le pays où l'on avait coupé la tête du Roi. En ardent francophile. Miguel lisait en français, vibrait en français et jurait en français. Voulant transmettre son attachement à cette langue, il avait commencé à apprendre le français à Rufo, cet acte simple sans quoi tout aurait été si différent. Rufo apprit de Miguel que le gendarme qui, passait devant leur baraquement en vociférant, ne disait pas des paroles anodines.

— Saleté de rouge.

C'était ce que le gendarme français leur lançait. Mais au lieu d'enrager Rufo, cet instant renforça son sentiment d'impuissance. Il savait qu'il ne pouvait pas perdre son temps et son énergie à vouloir se venger et qu'il ne pouvait rien faire puisqu'ils étaient encerclés par toute l'infanterie. C'est ainsi que Rufo demanda à Miguel de lui enseigner le français, c'était la seule arme dont il pouvait disposer :

— Je vais leur montrer que je comprends et parle leur langue, et que je ne suis pas un vaurien !

Miguel donna à son camarade une accolade en lui adressant un regard rassurant. Mais Rufo sentait qu'au fur et à mesure de son internement, il éprouvait des pulsions de fureur qu'il parvenait mal à réprimer. De plus en plus, la colère remplaçait le désespoir comme le doute.

Le lendemain était un jour de tempête de tramontane où des nuances anthracite teignaient le ciel. Les mouvements des corps exposaient les chairs aux rafales de sable cinglant les peaux. Dans cette forteresse insensée menacée par les vents, les souvenirs de Rufo s'étaient peu à peu évanouis, balayés en volutes de sable. On disait au camp qu'il n'y avait pas de sang, mais il y avait ce sable, sa monotonie, sa tristesse, cette maladie granuleuse. Ce jour-là, Rufo repensa au scepticisme de Vicente quand il lui avait annoncé son départ. Pour lui qui avait combattu aux côtés de la France dans le Rif, la France avait incarné la victoire et l'espoir, mais la France niait désormais sa liberté. Dans un filet de voix, il confia à Miguel sa déception. Bien que la république espagnole fût la dupe de toute l'Europe démocratique et qu'aucune république ne l'ait aidée, la France démocratique avait de plus enfermé et affamé ce qu'il restait de la république espagnole. Mais dans sa désillusion, Rufo savait qu'il fallait l'accepter et attendre, il n'y avait rien d'autre à faire. Rufo avait pris conscience de ses défaites et était impatient de sortir du camp, mais ce n'était pas pour reprendre les armes. Pour Rufo, il n'y avait plus d'armées, il n'y avait plus de fidèles à la république. Il ne voyait pas pourquoi et pour qui il pourrait reprendre le combat pour le peuple. Miguel rappela à Rufo la présence de tous les brigadistes au camp qui n'étaient pas rentrés dans leurs pays quand les brigades internationales s'étaient retirées et qui allaient poursuivre la lutte aux côtés des Espagnols. Les anarchistes italiens du camp continuaient à scander : « Libertà o morte », la liberté ou la mort. Comme Rufo et Miguel, ils ne pouvaient plus rentrer chez eux. Les Italiens ou les Allemands qui s'étaient engagés aux côtés de la république espagnole avaient vu leurs pays basculer dans des régimes fascistes et étaient devenus apatrides parce qu'ils combattaient pour la liberté. Ils restaient par conviction et attendaient la suite aussi. Ils reprendraient le combat. Tandis que Miguel parlait, Rufo secoua la tête de droite à gauche pour dire non. Il n'y avait plus de combat.

— Miguel, je sais que les brigadistes sont avec nous. Mais la lutte est terminée et la liberté est morte.

— L'espoir n'est pas mort lui ! C'est ce qui nous tient debout jusqu'à ce que l'on puisse se venger des franquistes, des nazis et des fascistes italiens aussi ! Rufo, on se vengera.

Rufo se tut, car il n'était plus sûr de savoir ce qu'il voulait. Il était loin de comprendre ce qui allait se passer.

CHAPITRE 5

Quand je me suis rendue à Argelès-sur-Mer, j'ai d'abord pensé que cette plage aurait pu être comme n'importe quelle autre. Mais lorsque j'ai foulé ce sable, j'ai pensé à tous ces Espagnols dont les corps avaient été ensevelis sous mes pieds, dans ce sable synonyme de répression pour ceux qui en avaient réchappé.

Au mémorial du camp d'Argelès-sur-Mer, j'ai rencontré un descendant de républicains espagnols. Âgé d'une cinquantaine d'années, il cherchait lui aussi à savoir ce qui s'était déroulé dans ce camp pour réfugiés espagnols. On ne lui avait rien raconté et il avait tenté de deviner.

L'homme m'a raconté l'histoire d'un réfugié espagnol prénommé Jacques qu'il avait découverte alors qu'il s'était mis en quête de traces du passage de ses grands-parents au camp. Il avait appris que, comme ses aïeux, cet Espagnol avait résidé à Argelès-sur-Mer. Les parents de Jacques avaient rêvé de France et lui avaient donné ce prénom français signifiant l'espoir pour eux. Plusieurs fois depuis, je me suis demandée si quelque chose avait changé en Rufo après l'enterrement de Jacques. Tel un événement irréversible, ce moment avait pu marquer mon arrière-grand-père dans sa chair.

Jacques fut enterré un jour de juin 1939 et Rufo était présent. Ce jour-là, le cimetière des Espagnols s'était agrandi encore et les larmes avaient coulé à nouveau. Mais le soleil avait paru fier de poindre au-dessus des têtes, l'insolent. Il avait pénétré les visages graves et raides d'une lumière aveuglante, baignant les corps d'un halo blanc d'ivoire. Ce jour-là, le sol nacré et le ciel laiteux s'étaient confondus. L'horizon diaphane de sable et de fils de fer s'était recouvert d'un linceul. La dépouille de Jacques allait reposer dans son mausolée de sable. Jacques aurait dix mois pour toujours.

CHAPITRE 6

L'invasion de la Pologne par l'Allemagne déclencha la seconde guerre mondiale, et la troisième pour Rufo. Cette fois, il était derrière des barbelés. Pour tuer l'ennui et se rendre utiles, Miguel et Rufo s'engagèrent volontairement dans les compagnies de travailleurs étrangers. Les militaires français leur avaient expliqué que ces entités avaient été créées par le gouvernement Daladier afin d'assurer l'organisation de la nation en temps de guerre et qu'elles étaient sous l'autorité du ministère de la guerre. C'étaient des formations de l'armée française, affectées pour effectuer des travaux d'intérêt général dans les zones frontalières ou dans des camps militaires. En septembre 1939, Miguel et Rufo quittèrent Argelès-sur-Mer et furent envoyés au camp de Septfonds, dans le Tarn-et-Garonne. Sans rien choisir, ils intégrèrent la deux-cent treizième compagnie avec quelques deux-cent cinquante étrangers qui séjournaient dans différents camps sur le sol français et à qui la France avait proposé d'apporter à son armée des prestations sous forme de travail.

À Septfonds, la nourriture n'était pas plus abondante qu'à Argelès-sur-Mer, mais leurs conditions de vie avaient été jugées suffisantes par le gouvernement français. C'était un camp de travail constitué d'hommes, majoritairement de républicains espagnols et de quelques Juifs de l'Est, fuyant l'Allemagne d'Hitler. Quotidiennement, les internés étaient comptés et surveillés. Mais Rufo et Miguel pensaient que leur bonne volonté servirait forcément et qu'un jour la France serait reconnaissante de leur travail. Ils n'étaient pas des esclaves, car le travail était rémunéré d'une solde, cependant de misère. Comme beaucoup d'autres hommes du camp, Rufo y voyait la possibilité d'économiser de l'argent pour retrouver sa famille. Pendant des mois, ils furent employés à couper des arbres, à nettoyer des forêts ou à reconstruire des routes. Ainsi, le temps passa plus vite qu'à Argelès-sur-Mer, mais ils devaient rester dociles.

La défaite de la France fut aussi rapide que brutale. Fin juin 1940, à la suite de l'armistice, des soldats français convoquèrent les travailleurs du camp au réfectoire. Sans aucune cérémonie ni aucune emphase, en français, ils leur apprirent qu'ils seraient libérés. Ceux qui comprenaient la langue applaudirent alors que ceux qui ne la comprenaient pas, regardèrent les autres avec incompréhension. Miguel traduisit cette annonce en espagnol à Rufo, criant à moitié. Saoul de joie, les yeux rieurs, les joues rosées et le sourire niais, Miguel renversa sa chaise, gagné par l'entrain. Il tituba d'extase et sautilla d'enthousiasme au point qu'on eut dit une danseuse étoile dans un corps de lutteur. Miguel célébra leur libération prochaine tandis que Rufo resta complètement stoïque. Jamais il ne s'était préparé à cette défaite de l'armée française en quelques mois. La France était déchue quand le nazisme était vainqueur, l'emportant, encore une fois. La première partie de l'annonce avait été efficace et lapidaire, mais la deuxième partie de l'annonce ne vint pas. Finalement, les Français gardèrent leurs hommes à travailler, sans expliquer pourquoi ni pour quelle durée. En septembre 1940, La France ne proposa plus, et les compagnies de travailleurs étrangers furent remplacées par les groupements de travailleurs étrangers. Rufo et Miguel étant déjà engagés dans les compagnies, ils furent obligés de continuer à travailler comme main-d'œuvre dans des travaux de gros-œuvre sans savoir quand ils pourraient finalement être libérés.

Au moment où le camp accueillit de nouvelles catégories d'internés, Rufo entendit avec force l'orage de la révolte qui, jusqu'alors grondait discrètement. Des nomades français, des gitans espagnols et des Juifs arrivèrent par centaines. Il se disait que le gouvernement de Vichy les avait identifiés comme suspects, dangereux pour l'ordre public et indésirables. Ils étaient des nouveaux exclus. Depuis son arrivée en France, Rufo avait compris qu'on avait privé les Espagnols de leur dignité, allant de l'injustice à l'oppression au point que la colère muette devait finir par hurler sa haine. On leur avait inoculé la rage.

Un jour de froid automnal, Rufo et Miguel travaillaient sous un vent glacial avec d'autres Espagnols à remblayer une route. Miguel était courbé, la tête face au sol. Pour avoir été élevé dans une famille aussi riche et éminente que la sienne, il était paradoxalement très dégourdi et habile de ses mains. Ce jour-là, alors que les gardes s'éloignèrent, il lança à Rufo :

— Rufo, ce sont les camps de la honte !

Pour Miguel, le gouvernement français avait reconnu la dictature de Franco, il était aussi allé jusqu'à se corrompre avec le national-socialisme d'Hitler. Rufo regarda Miguel l'air désabusé. Vu comment les Français les avaient parqués à coup d'insultes à leur arrivée à la frontière française, la libération avait paru intangible à Rufo. Déçu par la France, il s'était convaincu que les Français détestaient les Espagnols parce que les républicains avaient fait front pendant trois années face à l'armée allemande qui avait mis en déroute la prestigieuse armée française en une poignée de mois. Après lui avoir confié qu'il était écœuré, Miguel ajouta qu'il n'était pas le seul à l'être et qu'il sentait la révolte arriver. Il en avait entendu d'autres parler, et tous comprenaient ce que les nazis étaient en train de faire et comment la France participait à l'infâmie. Pour Miguel, un certain De Gaulle et sa France libre représentaient l'avenir. Le Madrilène était aussi dégoûté qu'impatient : c'était selon lui le prélude d'une grande bataille. Rufo savait quelle était cette nouvelle bataille. Sa colère enflait chaque jour, mais il n'arrivait pas à se dire qu'il allait reprendre le combat et encore moins à s'en réjouir. Il n'était pas encore certain de vouloir suivre De Gaulle. Ainsi, à aucun moment, il ne partagea l'ardeur de Miguel. Il aurait aimé pouvoir parler à Terencia, car il ne pouvait pas oublier qu'il lui avait promis de revenir vite.

— Les récents internés espagnols disent que le Généralissime est plus fort que jamais. Tu ne peux pas renter Rufo ! Pas toi, pas moi, ni aucun de nous ici. Pas tant qu'il y a Franco !

— J'aimerais rentrer au village et pouvoir protéger ma femme et mon enfant.

— Les protéger ? Tu le sais très bien qu'ils vont te fusiller ! Rien n'a changé depuis la fin de la guerre. La répression s'est même amplifiée pour anéantir les anciens rouges. Tu ne t'es pas encore risqué à écrire au village depuis que tu es en France, alors ne crois pas que tu as le choix ! Je sens qu'au fond de toi, tu le sais que c'est de la folie de rentrer.

Ça aussi, Rufo le savait, mais il ne pouvait pas s'empêcher de douter.

— Rufo, pour les protéger, tu dois continuer à lutter pour la liberté, malgré les incertitudes. La question de t'engager ou non ne se pose même pas ! Terencia t'a choisi en connaissant ton caractère et ton combat, parce que tu es un homme entier et courageux, qui est fidèle à ses idées, et à ses valeurs.

Rufo eut l'impression d'être agité et inconstant, les idées s'emmêlèrent dans sa tête. Il eut préféré ne pas s'accrocher à son combat, ne pas vouloir le continuer, ne pas avoir cette obsession pour des idéaux. Pour protéger sa femme et son fils, il lui fallait continuer à lutter contre les idéologies qui répandaient la haine et les massacres. Pourtant, il craignait aussi de ne plus arriver à retrouver Terencia et son enfant à force de s'éloigner d'eux. L'Espagne était si près et pourtant les frontières de son pays semblaient si loin à Rufo. Face à ses doutes, Miguel déclara sur un ton solennel :

— « La plus grande audace est fille de la plus grande peur ».

Rufo fixa Miguel avec un air interrogateur.

— Ce sont les mots de Francisco de Quevedo.

— Je n'ai pas peur, Miguel ! cria Rufo. C'est que j'espère vraiment pouvoir les retrouver. Je sais que je suis un fou et que je ne suis pas un lâche. J'ai choisi le combat pour la dignité, l'humanité et la liberté. Je ne crains pas de lutter !

Rufo venait de réaffirmer son combat. Miguel posa sur son camarade un regard satisfait, il applaudit et déclara bruyamment :

— Rufo, tu es et tu resteras un républicain dans l'âme. Que tu sois en Espagne ou en France. Tu n'es pas un vendu ! Tu es un vrai rouge, tu m'entends ?

— Oui, je t'entends. J'entends surtout la résistance qui gronde. Et une fois la France libérée, l'Espagne sera la prochaine sur la liste de la libération !

Au loin, un garde adressa aux deux Espagnols un regard de reproche qu'ils décidèrent d'ignorer. Les mots de Miguel et de Francisco de Quevedo encouragèrent Rufo. Il était évident qu'il ne pouvait toujours pas rentrer tant que Franco était au pouvoir, et il ne pouvait pas non plus rester en France tout en étant spectateur de la débâcle.

— Vive la France libre !
— Vive l'Espagne libre !

La haine envers l'oppresseur s'était diffusée dans les camps comme une rengaine. La conscience résistante s'était forgée à force d'usure et de corps ratatinés. Rufo finit par reprendre les armes pour le peuple tout en devinant ce qu'il lui en coûterait. Il sentit qu'il était aux prises avec son destin, entraîné dans l'ouragan d'horreurs qu'une Europe perdue et remplie de contradictions était en train de connaître. La guerre civile espagnole n'en avait été que le souffle du commencement. Rufo était coupable, encore une fois. Mais sa quête pour la liberté n'était pas terminée. Alors la voie qu'il devait prendre lui apparut comme une certitude, cette vérité s'imposant à lui. Le chemin de sa vie, tortueux, fut fait de dilemmes et de choix. Pour Rufo, reconquérir la France, c'était recupérer l'Espagne.

CHAPITRE 7

Rufo savait qu'il pouvait mourir n'importe quand dans cette arène des nations et dans cette guerre qui n'était pas la sienne, ni celle de son pays, car il n'en avait plus, ni celle de sa religion, car il n'avait jamais cru. Il avait compris qu'il ne pourrait plus rentrer chez lui, alors ses convictions étaient devenues les sentiers familiers qu'il suivait aveuglément. Rien d'autre ne l'importait. Pas même la vie. Mais il n'était pas un fou, il était un rouge exilé.

En janvier 1941, Rufo et Miguel prirent le chemin de la résistance. Après seize mois de travail, ils avaient pu quitter le camp de Septfonds qui avait été réorganisé pour accueillir de nouveaux réfugiés. Ils choisirent Moulins, dans l'Allier, dans la Zone Nord occupée, pour y rejoindre un groupe de résistants spécialisé dans les sabotages. Moulins devait être une ville de passage sur la route de Rufo, une étape d'un trajet, pour quelques mois seulement. Il ne pouvait pas savoir que cette étape deviendrait la halte la plus importante de sa vie.

À Moulins, partout, la présence militaire de l'occupant allemand se ressentait. Les soldats patrouillaient sur les routes, arpentant les rues tandis que leurs chiens aboyaient les passants.

Chaque déplacement devait être pensé et calculé, car la tension était un peu plus palpable d'un jour à l'autre.

Un soir de brume de février, Rufo et Miguel marchaient en direction du Pont Régemortes, sur la rivière Allier. À la nuit tombée, ils allaient repérer, à proximité du pont, le lieu de passage de la Ligne de Démarcation, quand soudain, au bout de la rue Louis Blanc, ils croisèrent un gendarme français. Sous le réverbère, d'un air dur et froid, l'homme leur fit signe de s'arrêter. Il était là pour effectuer des contrôles d'identité. Les deux Espagnols venaient juste d'arriver à Moulins de sorte qu'ils étaient encore sans papiers et sans armes, mais ils ne songèrent même pas à s'enfuir. Les lèvres de Miguel laissèrent échapper des paroles que Rufo put percevoir, il lui murmura de rester calme et de le laisser faire. Miguel s'adressa au gendarme dans un français impeccable et expliqua qu'ils rentraient chez eux avant le couvre-feu. Mais le gendarme ne répondit pas. Dubitatif, il les fouilla du regard. Miguel précisa qu'ils n'avaient pas leurs papiers d'identité sur eux, ils sortaient du travail et travaillaient à l'Atelier de Chargement d'Yzeure. Le gendarme répondit qu'il n'allait pas les arrêter ce soir-là, qu'ils finiraient par être convoqués par la préfecture, alors qu'il leur valait mieux se présenter de leur plein gré dès le lendemain à la mairie pour montrer leurs cartes d'identité. C'est alors qu'avec un ton étrangement navré, le gendarme ajouta que les deux hommes devaient être recensés.

— Recensés ?

La voix de Miguel avait été haut perchée. Rufo comprit des bribes de mots de la conversation et saisit qu'elle venait de prendre une tournure imprévue. Pourtant, Miguel ne montra aucun signe de protestation.

— Vous êtes espagnols, non ?

Miguel n'acquiesça pas.

— Je n'ai rien contre vous, mais vous devez figurer sur le recensement de la Préfecture de l'Allier des « Réfugiés espagnols indigents qui ne veulent pas être rapatriés ».

Le visage de Miguel se paralysa en une moue étonnante, une lueur inhabituelle flottant dans ses yeux. Le gendarme se contenta de répondre qu'il n'y avait qu'une classification, ils étaient étrangers, ils étaient en France et s'ils voulaient y rester, ils devaient entrer dans cette catégorie. Miguel hocha la tête, avalant difficilement sa salive. Il salua ensuite l'agent et le remercia, puis fit signe à Rufo de s'en aller calmement. Il attendit plusieurs mètres de recul pour raconter à son camarade en détail ce qui venait de se passer. À cet instant-là, tout pouvait encore se jouer et la suite aurait pu être évitée. Ce que le gouvernement français leur disait avec ce registre des réfugiés espagnols indigents, c'était qu'ils étaient des parias, des apatrides et qu'on les dénoncerait à l'occupant allemand, peut-être même à Franco.

Un soir de la même semaine, à la nuit noire, près de la rivière Allier, Rufo et Miguel avaient rendez-vous avec Antonio Guillarte Barrios, un Espagnol d'Albacete aussi entré en résistance. Antonio s'était installé près d'Aurillac, dans le Cantal en juin 1940. Là-bas, il avait connu les Maquisards du Cantal et était entré au Mouvement « Front National ». Il était à Moulins depuis quelques mois déjà et assurait les contacts et les liaisons entre les organisations française et espagnole. Antonio parlait à voix basse et s'interrompait par instant en regardant furtivement autour de lui. Il avoua ensuite à Rufo et Miguel qu'il se savait être surveillé. Depuis l'Armistice, l'occupant avait été de plus en plus autoritaire au point que, petit à petit, Antonio et son groupe avaient vu leurs libertés se restreindre et leur champ d'action se rétrécir. Ils pouvaient être inculpés pour l'édition et la distribution de tracts, et jugés par le Tribunal de Guerre. Les Allemands punissaient également les attroupements dans les rues et l'organisation de manifestations qui n'auraient pas été préalablement approuvées par le gouvernement nazi. Prenant tour à tour la parole pour poser des questions à Antonio, Rufo et Miguel étaient captivés et bouillonnants. Mais l'instant d'après, le regard d'Antonio s'assombrit.

— J'ai déjà été vu avec un camarade qui a été arrêté. Il aimait bien faire du bruit et nous avait encouragés à participer à la manifestation des républicains espagnols à Moulins. C'était il y a deux mois. Pendant des heures, on a brandi fièrement une pancarte et on a scandé notre slogan à tue-tête : « Tant que Franco sera aux Pyrénées, la France sera en danger » !

Malgré lui, Miguel laissa échapper un rire. Puis il félicita Antonio sur un ton amical. Rufo lui, était fébrile, il aurait tout donné pour participer à une manifestation comme celle-ci. Antonio avait réussi à s'échapper en courant, les autres aussi, seul un de leurs camarades n'y était pas parvenu, et avait été pris. Ce camarade, Antonio ne l'avait plus jamais revu, il se disait qu'il avait été arrêté pour distribution de tracts, et qu'il était à la Mal-Coiffée, la prison militaire allemande à Moulins. Antonio devinait qu'avec le registre qui recensait les Espagnols, les nazis le connaissaient désormais. Il avait préféré avouer à Rufo et Miguel cette contrainte avant de les mêler à lui.

— Antonio, nous n'avons pas peur.

Miguel lui adressa un sourire franc et fraternel qu'Antonio lui a rendit. Les paroles sincères de Miguel vibrèrent en Rufo qui poursuivit :

— À peine sortis de notre guerre civile, à peine arrivés sur le sol français, des hommes comme toi Antonio sont entrés en résistance. Je me dis juste que nous te rejoignons trop tard !

Là encore, il était possible de reculer, mais Rufo ne pouvait toujours pas rentrer à Torrecampo. S'il devait rester en France, il voulait participer à sa libération. Ainsi, il se raccrocha à son combat parce qu'il était son refuge et son espérance. Il imaginait qu'il serait aussi sa délivrance. Sciemment, il passait à côté de tous ces souvenirs bruyants et colorés d'Andalousie qu'il ne pourrait peut-être plus jamais se créer et perdait tous ces moments qu'il ne vivrait plus avec Terencia et Tomás. Il choisit le manque et l'abandon pour un temps tellement il était convaincu qu'il les retrouverait ensuite. Il croyait qu'un jour, Hitler serait renversé, puis que ce serait le tour de Franco.

Rufo vit un tunnel qui capturait la lumière, la tension du crépuscule, le péril qui rôdait. Il pénétra dans l'abîme, sans palpitations ni regards affolés. Serein et même impatient, il savait pertinemment ce qu'il faisait. Il resta à Moulins parce qu'il s'y sentait utile, vivant, en oubliant que c'était la mort qui l'attendait.

Une nouvelle période s'était ouverte quand, en juin 1941, l'Allemagne avait envahi l'URSS. Les actions des résistants espagnols avaient pris un goût différent et une puissance nouvelle : ils luttaient contre l'ennemi ultime, Hitler, et contre les collaborateurs de Vichy. Ce soir-là, le catalan Joan Martí Pujol était arrivé chez Miguel avec un véritable entrain et avait lancé ces mots d'un air heureux comme s'il n'en ignorait la portée :

— J'ai récupéré les explosifs à la poudrerie de Moulins !

Rufo et les camarades résistants appelaient Joan « le balafré ». Depuis la bataille de l'Ebro, la guerre civile l'avait marqué à vie, lui laissant une large cicatrice rougeâtre sur le visage telle une épaisse larme écarlate et boursouflée qui descendait sur sa joue droite jusqu'à son oreille, cette même oreille qui avait été arrachée par un impact de balle pendant un assaut et qui avait été mal recousue. Avec un groupe d'Espagnols, Joan s'était évadé du camp de Saint-Cyprien à l'automne 1939, puis il avait rejoint les rangs des FTP-MOI, les Francs-Tireurs et Partisans Main d'Œuvre Immigrée. Joan était employé à l'Atelier de

Chargement à Yzeure où il avait tissé un réseau solide parmi les résistants. Joan ne se cachait pas devant ses camarades, il était amoureux. Comme ses compatriotes espagnols, il ne pouvait ni envoyer ni recevoir de lettres, mais il paraissait attendre avec impatience des lettres imaginaires de sa fiancée, Mercè, restée à Tarragone depuis deux ans. Il avait pu correspondre avec elle tant qu'il était soldat de la république. Juste avant son départ pour la France, il avait ouvert la dernière lettre de Mercè dans laquelle elle lui avait adressé seulement quelques lignes lapidaires en réponse à une lettre enflammée longue de plusieurs pages. C'était un jour où il avait fallu cacher les grenades parce que Joan aurait pu faire n'importe quoi tant qu'il faisait mal.

Après la déclaration joyeuse du balafré, Antonio et José se mirent à applaudir. Quant à Miguel qui, s'était naturellement imposé comme l'organisateur et le penseur du groupe, il observa Joan en silence, semblant inquiet.

— Tu as suivi le plan ? À la lettre ? Pas de débordement ? Tout s'est déroulé comme prévu ? interrogea-t-il d'une voix fébrile.

— J'étais voué à croupir à Saint-Cyprien et j'ai réussi à m'en échapper, je peux bien sortir d'une poudrerie avec des explosifs !

La tension dans les traits de Miguel se dissipa aussitôt. Les autres hommes sourirent à Joan tandis que Rufo le félicita pour son action. Sous leurs regards attentifs, Joan raconta comment il avait trompé les gardes de la poudrerie. C'était une bataille gagnée pour leur groupe de résistants.

Le lendemain, Miguel devait retrouver le camarade Virgilio des FTP-MOI et identifier comment leur groupe pouvait aider à la libération du camp de Fourchambault. Rassuré, Miguel ajouta qu'il avait un cadeau pour eux tous. Il suggéra que ce présent scellerait le souvenir du jour heureux où le balafré avait obtenu les explosifs.

Miguel se baissa et sortit d'un carton un large appareil brun qu'il posa sur la table du salon : c'était un poste de radio. Rufo et les autres résistants espagnols remercièrent Miguel dans un brouhaha gai et applaudirent avec excitation. En ces temps-là, Radio Paris relayait fidèlement la propagande du gouvernement de Vichy et il était illégal d'écouter des programmes de radio qui n'étaient pas approuvés par les Allemands, les écouter entraînant d'être puni par une sanction qui n'était pas précisée. Cet objet représentait un risque de plus.

— J'ai acheté ce poste au marché noir, ajouta Miguel, et je le laisserai ici pour que nous écoutions ensemble les émissions de la Radio Pirenaica.

La Radio Pirenaica était la radio espagnole indépendante et avait été créée par le Parti Communiste Espagnol. La première émission avait été diffusée le 22 juillet depuis Moscou alors qu'Hitler commençait sa croisade contre le communiste et qu'il envahissait l'Union Soviétique. La Pirenaica était retransmise depuis Moscou parce que ses fondateurs avaient voulu garder l'illusion. Jamais on ne devait savoir où se trouvait la voix, elle était peut-être en France, ou en Espagne, à Toulouse ou à Huesca, mais personne ne le savait de sorte qu'elle était devenue une sorte de légende. Rufo reprit son nom en souriant. Sans ce poste de radio, la Pirenaica n'était qu'un mythe pour lui, un mystère qui venait de s'incarner. Il était gorgé de vivacité. Les semaines qui suivirent, les camarades se retrouvèrent chaque jour chez Miguel pour suivre les programmes de la Pirenaica. Ils écoutaient la voix de la Pasionaria, la voix des exilés communistes, la voix de la reconquête de l'Espagne, celle de son retour à Torrecampo.

CHAPITRE 8

Au village, des enfants appelèrent Tomás *abubillo*, du nom de cet oiseau malodorant et malaimé. Il avait quatre ans quand on lui jeta des pierres dans la rue, lancées par des enfants, mais aussi par des adultes, parce que son père était connu pour avoir été un fervent républicain. Sous Franco, les enfants de rouges étaient des proies faciles. Blessé, mais silencieux, Tomás encaissa. Il ne répliqua pas, restant sage et patient.

Au fil du temps, Tomás avait appris à avaler la douleur. Il tirait profit de ce qui lui venait des autres, de cette souffrance qui lui était causée par son monde. Il pillait cette haine, engrangeant les peurs et les maux comme autant de biens précieux qu'il dérobait. Ils le rendaient plus fort à chaque fois. Ainsi, il s'attachait à ne rien oublier et à méticuleusement se rappeler. Aussi tristes fussent-ils, ses souvenirs étaient son butin, et eux, on ne les lui prendrait pas.

Grâce à l'insistance de ses beaux-parents, le curé du village accepta de devenir le professeur de Tomás, car son fils ne pouvait pas, pour sa sécurité, être dans la même classe que la progéniture de la dictature. Le curé lui apprit à lire et à écrire parce que c'était un enfant, en faisant mine d'ignorer que c'était un enfant *rojo*. C'était peut-être l'un des seuls ecclésiastiques d'Espagne de l'époque qui n'était pas vendu à la barbarie franquiste, peut-être l'un des seuls qui n'avait pas du sang au lieu de l'eau bénite sur les mains.

De l'église San Sebastián de Torrecampo, Tomás conserva un profond respect que Rufo n'aurait pas compris s'il avait été avec lui. Elle lui inspirait la connaissance dont le curé lui faisait bénéficier. Il lui avait enseigné qu'ailleurs, plus loin que les confins de l'Andalousie, au-delà des frontières de l'Espagne, des édifices semblables habitaient les villes et les villages. Ces colosses de pierres et de croyances renvoyaient les fidèles au lien indéfectible avec le passé.

En secret, Terencia pria le Dieu de ses ancêtres juifs pour que son fils fût moins turbulent et moins têtu que son père. Tomás apprit comme un sage. Sans une plainte, il grandit dans le silence et dans le manque. Il était un enfant qui ne faisait jamais de caprice parce qu'il grandissait dans un monde où l'envie et la volonté n'avaient pas leur place.

Terencia et Tomás continuaient à *aguantar*. Il n'y eut pas d'étau assez étroit pour les empêcher de lutter. Ils attendaient Rufo alors qu'il allait encore s'éloigner d'eux.

CHAPITRE 9

Les victoires, on les chante, on les crie, on en rit. Les défaites, on les chuchote à peine. La veille de leur arrestation, José rentra haletant chez Miguel :

— La Feldgendarmerie a arrêté un des Espagnols de l'Atelier de Chargement à Yzeure ! Ils l'ont pris pendant une de ses liaisons entre Moulins et la Nièvre. Il transportait des explosifs.

José lança ces mots dont le sens avait produit une terrible secousse. Le silence fut vertigineux. L'air devint oppressant, prenant un goût âcre, celui de la chute. Le jour d'après, ils furent arrêtés lors de l'opération Porto. Le 18 octobre 1941 fut un jour où se produisit l'événement qui allait bouleverser le cours de la vie de Rufo pour toujours. Un jour qui allait tout changer de manière irréversible, mais pas brutale, car ce compte à rebours avait commencé longtemps auparavant. Ce qui s'était passé avant n'avait été qu'une répétition tragique et ce qui se passerait après, il ne le savait pas, ce serait une vie d'égratigné, d'écorché vif.

Le groupe de résistants espagnols était chez Miguel, au numéro 10 rue d'Enghien, à Moulins. Ils furent incarcérés pour « passage d'agents et de matériel de guerre à la Ligne de Démarcation », c'était ce qu'on leur avait dit. Ils avaient été dénoncés par des Français, on ne leur avait jamais dit, mais ils l'avaient deviné. Il s'agissait d'une grande vague d'arrestations menée par l'Abwehr, le service du contre-espionnage militaire allemand. Les Allemands se vantaient qu'ils étaient en train de réaliser la plus vaste opération de déportation au départ de Paris. Depuis l'été 1941, cette opération sévissait dans toute la Zone Nord occupée. Elle était de plus en plus crainte et redoutée parmi les résistants, mais elle ne les empêchait pas de continuer.

Le 18 octobre 1941, ils étaient sept camarades résistants chez Miguel, tous des *rojos*. Les hommes s'étaient regroupés pour aborder le passage d'armes et d'explosifs à la Ligne de Démarcation. Miguel parlait, comme toujours, avec des phrases emphatiques et des gestes puissants, avec les idées d'un républicain espagnol et d'un résistant français portées par son charisme de président, de véritable chef d'état, mais à l'allure cordiale et paternelle. Ils avaient pris leurs habitudes lors des réunions. Rufo, Joan, Carlos et Antonio débattaient à en perdre haleine, ils jetaient des idées à ne plus s'entendre, ils s'emportaient comme les vieux couples ne se supportant plus. Aussi bruyants qu'impétueux, ils avaient toujours quelque chose à dire. Eduardo, lui, n'était jamais d'accord avec aucun plan, mais ne proposait jamais rien pour autant. Il n'avait pas été d'accord avec la proposition de faire passer des armes au Sud, à Clermont-Ferrand, et quand Joan avait proposé une opération pour aider à l'évasion de prisonniers du camp de Fourchambault, il avait trouvé que ce n'était pas une bonne idée, mais ses camarades ne surent jamais comment il aurait fait lui. Heureusement qu'il y avait le Basque, José, plus tempéré qu'eux tous réunis, le bon élève qui écoutait et acquiesçait tout le temps, il n'était pas contrariant. Et quand Miguel parlait, avec son air affable et protecteur, tous se taisaient et l'écoutaient. À la lueur de ce soir d'automne, Miguel exposa son plan à ses camarades. Carlos, l'Asturien, l'éternel homme à femmes de la bande, s'était épris d'une employée de la maison De Villars et lui rendait visite avec assiduité. De Villars était le préfet de l'Allier et savait tout sur tout dans la Zone Nord occupée. Cette amourette arrangeait bien leurs affaires, Carlos prenait du bon temps et de bons renseignements. Trois jours plus tard, ce serait le moment idéal pour établir la liaison avec leurs camarades à la Ligne de Démarcation. Pour Miguel, c'était limpide, la voie serait libre :

— Nous allons pouvoir mettre en œuvre notre dispositif, leur dit-il de sa voix de stentor. Joan et José se sont proposés pour prendre la route en camion avec le matériel. Il nous faudra à nous tous baliser le chemin jusqu'à la ligne de Démarcation. J'ai trouvé des renforts parmi les camarades résistants français pour établir la liaison.

Mais cette fois, José n'eut pas le temps d'acquiescer et Eduardo ne put dire qu'il n'était pas d'accord avec le plan. Les hommes entendirent un immense fracas et la porte d'entrée de la maison tomba tout net au sol. Dans l'embrasure de la porte, dans une nuée de poussière, apparut, en file indienne, une douzaine de soldats nazis. Armés de fusils mitrailleurs MP-40, ils se tenaient face aux résistants qui étaient sept et sans armes.

— ¡ No pasarán ! cria Miguel en espagnol.

Il se mit à courir vers l'arrière de la pièce qui donnait sur une cour. José et Antonio le suivirent sans réfléchir quand soudain, Antonio fut abattu. Puis une scène surréaliste se joua. Tout se passa en quelques secondes. Miguel se retourna, puis se figea. C'était bien sûr ce qu'il ne fallait pas faire, mais son âme de chef bienveillant lui dictait de prendre le pouls parmi l'assemblée. Il regarda les soldats que leurs uniformes disaient être de l'Abwehr. Ils étaient fiers et calmes, rangés, presque emboîtés. Miguel tourna ensuite la tête et observa intensément ses compatriotes. L'air devint irrespirable. Quant à Rufo, il était tétanisé. Il regardait avec effroi le corps d'Antonio gisant à terre. Ils avaient réussi à le cribler de balles en un temps record, ils avaient dû tous s'y mettre afin de répandre leur haine à travers les salves de tirs. Le visage d'Antonio était méconnaissable, c'était un amas de chair déchiquetée, maculée de sang. En suivant Miguel dans sa course, il n'avait pas eu le temps de complètement tourner le dos aux soldats ennemis qui l'avaient pris de profil. Les balles avaient transpercé ses joues. Sa bouche était déchirée. Ses yeux étaient lacérés. Des larmes de sang coulaient le long de son cou. Rufo était atterré. Pourtant, dans le Rif comme dans les plaines espagnoles de la guérilla, il était déjà tombé plusieurs fois sur un soldat de son camp qui s'était fait mitrailler sur le champ de bataille, le fusil à la main. Mais il n'avait jamais vu un camarade se faire ainsi exécuter, sans arme, dans une maison, au sein même de leur Q.G., désormais profané.

¡ No pasarán ! Cette phrase résonna en Rufo, mais ces mots de républicains espagnols en lutte contre les rebelles nationalistes appartenaient à un autre temps et à un autre lieu. Il était évident que la fuite n'était plus une issue. Peut-être pourraient-ils s'évader plus tard ? Peut-être auraient-ils droit à un jugement équitable ? Certainement pas. Mais avaient-ils le choix ? Rufo fixa Miguel dont les yeux continuaient à chercher et à sonder silencieusement chacun d'entre eux. Son regard n'avait jamais été aussi clair et intelligible. À nouveau, il fit face aux soldats allemands. Et là, Rufo comprit ce qu'il leur restait à faire : ne rien faire.

CHAPITRE 10

Breslau était le second siège du tribunal en charge des opérations « Nuit et Brouillard » par lesquelles les résistants devaient disparaître. Rufo rejoignit Breslau, en Silésie aujourd'hui polonaise, vers l'automne de l'année 1943, presque deux ans après son arrestation à Moulins. Mais il n'avait plus aucune notion du temps.

Au début de sa détention, il n'était pas seul, il était avec mes camarades, José, Eduardo, Joan, Carlos, et son ami Miguel. À partir de leur arrestation à Moulins, les nazis les avaient internés de prison en prison. Ils les avaient déportés à la prison de Nevers, puis de Fresnes. Ils avaient ensuite été emprisonnés à la fin de l'année 1941 à Essen, à trente kilomètres de Düsseldorf. Puis sans savoir pourquoi, Rufo avait dû quitter Essen pour rejoindre Wittlich, près de Cologne. Il n'avait alors plus eu de nouvelles de son ami Miguel et n'avait plus vu les autres camarades non plus depuis qu'il avait rejoint cette nouvelle prison. Depuis le début, il s'était douté que d'autres vagues d'arrestations de résistants suivraient en France et qu'un jugement les attendrait en Allemagne, un jugement qu'il avait tant attendu, mais qui n'est jamais venu. Rufo ne pouvait pas imaginer ce qu'il allait vivre.

Ils étaient déportés N.N. : « Nacht und Nebel », Nuit et Brouillard. La procédure Nacht und Nebel avait été instaurée en décembre 1941 pour des actes délictueux comme l'espionnage, le sabotage, ou encore la détention illégale d'armes. Les soldats du contre-espionnage nazi les avaient transférés par train en Allemagne en vue d'un jugement dans le secret absolu. Ils devaient les faire disparaître, dans « la nuit et le brouillard », c'est-à-dire sans laisser de trace.

Les premiers mois, Rufo avait terriblement peur, car il n'y avait plus de justice. Ce n'était plus un combat, il avait rendu les armes et luttait à mains nues. Il était préparé pour la mort, mais pas pour la prison nazie. Personne ne l'était. Cette détention était une lente agonie, une attente terrible. Parfois son rythme cardiaque s'emballait et venait à s'accélérer à l'idée d'un présage morbide, du spectre tragique d'une fin pourtant tellement attendue au fond de son âme. Ce qui l'effrayait, c'était l'intervention d'un risque étranger, d'une menace inconnue alors qu'il pensait avoir envisagé toute issue possible. Rufo ne connaissait pas le brouillard avant la France. Mais depuis le 18 octobre 1941, il vivait véritablement dans la nuit et le brouillard, dans un amas invisible et fétide, dans une couche humide d'un voile opaque de crasse et de fange. Dans les prisons nazies, la haine des gardiens se mêlait aux latrines putrides et à la défiance des autres prisonniers. La faim griffait les entrailles de Rufo qui se serraient dans une épaisse ceinture de désespoir. La nuit était froide, rugueuse, lugubre, sempiternelle. Elle giflait son visage de sa main de glace.

Depuis son arrivée à Wittlich, Rufo n'avait pas pu échanger le moindre mot, pas même une seule fois. Là-bas, on ne se perdait pas en palabres, si bien que les seules paroles qui étaient adressées aux prisonniers étaient des ordres lancés avec virulence par des soldats nazis à l'air patibulaire. De nature insoumise, Rufo ne se plaignait jamais, car il ne voulait pas leur offrir le plaisir de son désespoir en plus de sa dignité. Son désarroi était pourtant consternant. Il tenta de mettre des mots sur le manque et la solitude, mais ce fut comme essayer de nager dans un cours d'eau asséché. Tout n'était qu'absence et vide autour de lui. Le jour, le licol du silence le brisait et l'oppressait. La nuit, les hurlements des autres prisonniers le réveillaient, les détenus révélaient l'indicible avant de devenir à jamais des ombres.

Ainsi, avec le regard perdu du jeune mendiant n'osant plus lever plus ses yeux au-delà du sol, Rufo demeura tapi dans ces prisons de l'oubli. Mais dans cette souffrance, il comprit qu'il lui fallait une stratégie de survie. La vengeance n'était plus de ce monde, car là où il se trouvait, il n'y avait plus de frontière entre le bien et le mal.

Un jour, un soldat lui jeta des vociférations infâmes dans sa langue. Ce fut comme un crachat au visage. Rufo devina qu'il venait de l'insulter et il pouvait aussi déjà savoir qu'il allait être battu. Il allait lui faire payer pour sa plus grande faute, celle de continuer à exister. D'un coup de pied derrière le genou, le soldat nazi le mit à terre. Tandis qu'il hurlait en allemand, il lui asséna un coup de botte dans le bras et un autre dans la poitrine. Il criait encore et encore alors que Rufo se relevait péniblement, impuissant. Une fois debout, toujours haletant, les jambes flageolantes, il ressentit quelque chose d'inattendu. Il était déboussolé, mais ce ne fut pas à cause de la douleur, ce fut une sensation curieuse qu'il découvrit en lui. Les coups, eux, n'étaient pas importants, ils n'avaient rien de surprenant. En cet instant, il aurait presque pu sourire si la situation n'avait pas été si désastreuse. Tandis que le soldat lui aboyait dessus, il resta face à lui sans ciller, ces vibrations sonores et stridentes le sortirent du silence sinistre auquel il était condamné. À cet instant-là, il se sentit vivant parce ce qu'il avait entendu le son d'une voix dirigée vers lui.

C'est ce jour-là que Rufo décida qu'il devait continuer à vivre. Il ne perdrait pas d'énergie à se plaindre ou à ressasser le passé, et encore moins à se rebeller. Son combat pour les idéaux avait échoué, ce qui le résigna à accepter son sort. Il en vint à penser que la désolation était vaine, et la nostalgie une calamité. Il avait plus que jamais perdu la bataille pour la liberté. Il devait laisser derrière lui ses choix à l'origine de sa souffrance et qui le hantaient. Il n'allait pas se révolter contre les soldats nazis, il ne devait pas non plus songer à son village et à ses jours heureux. Tout ce qu'il lui restait de force et d'esprit, il lui fallait l'employer à survivre, c'était la seule lutte qui comptait désormais. Il se persuada qu'ils ne lui prendraient pas sa vie. Il devait retrouver sa femme et son fils. Il aurait tout donné pour pouvoir leur écrire une lettre, pour signer de mots fermes qu'il ne lâcherait rien. Rufo avait un crime à expier si bien que, comme un pacte avec son propre corps, il se promit qu'il survivrait, car pour se faire pardonner, il devait vivre. Terencia serait la boussole qui le guiderait.

À partir de ce jour, Rufo fit tout ce qu'il put pour ne pas penser à ses souffrances pour résister et se préparer à supporter encore davantage. Il laissa suppurer la rage qui dégoulinait de tout son être. Les yeux baissés, il courba l'échine. Docilement, il exécuta les ordres. À grands coups de dents, il avala sa douleur. Il n'invoqua pas la pitié des gardes que la ruse et la sournoiserie commandaient. Au mieux, ils le gratifiaient de leur indifférence et lui épargnaient les insultes et les coups. Rufo ignora même le froid nocturne qui crucifiait sa chair.

Le savoir-faire de forgeron et de maître armurier de Rufo était utile aux nazis. Rufo en était conscient, ce qui lui permit de demeurer confiant. En passant de prison en prison, il fut étonnamment habité par une forme d'espoir qui le fit résister au manque cruel de nourriture et à l'abondance de mauvais traitements. S'il était affaibli et amaigri depuis le camp d'Argelès-sur-Mer, il était plus robuste que beaucoup d'autres détenus. Ainsi, sa force physique était un atout de plus pour travailler. Ses camarades n'avaient pas autant de chance que lui.

À Breslau, Rufo retrouva Miguel dont il avait perdu sa trace à la suite de son départ pour Wittlich. Miguel et Rufo avaient réussi à créer un moment pour se parler. Ce fut étrange, car ils vivaient dans un abîme qui les tuait sournoisement, mais ils étaient comme des enfants tellement ils étaient heureux de se retrouver. Se souriant, ils en étaient presque à oublier dans quel enfer ils se trouvaient. Miguel commença à raconter à Rufo ce qu'il s'était passé durant les longs derniers mois où ils ne s'étaient plus vus. De Wittlich, Miguel avait été interné dans les prisons d'Untermassfeld, puis de Schweidnitz, avant de rejoindre Breslau et le destin de Rufo à nouveau. Il avait été conduit d'un cachot à l'autre, comme un chien famélique et bourré de tiques, comme une bête malodorante et enragée dont on avait voulu se débarrasser à la moindre occasion. Les nazis semblaient s'efforcer à brouiller les pistes des Espagnols résistants. Miguel avait appartenu au groupe de détenus qui avaient été utilisés à creuser des galeries, dans des conditions inhumaines et dégradantes. Mais dans cette prison, il avait retrouvé deux de leurs camarades, José et Carlos, qui étaient également prisonniers de Schweidnitz. Soudain, Miguel eut le regard dans le vide et l'air pensif. Il donnait l'impression de se demander s'il allait tout raconter ou s'il trouverait les mots pour le faire tant ils avaient souffert.

Après un long silence que Rufo n'interrompit pas, le Madrilène continua son récit sur un ton grave. Sans plus aucune trace d'enthousiasme dans sa voix, ni de sourire à ses lèvres, il expliqua que les nazis les avaient laissés six mois, sans voir le jour, à coucher à même le sol, à serrer les dents et à mordre la poussière. Couverts de poux et de plaies, rongés par le froid et par le désespoir, ils étaient devenus des animaux répugnants. José et Carlos étaient restés à Schweidnitz. Miguel en venait à penser que les nazis les séparaient pour éviter les rébellions. Le Madrilène avait maigri et vieilli. Ses grosses chaussures malmenées semblaient moulées dans la boue. Il nageait dans son pantalon, une guenille fripée, maculée de gadoue. Son crâne était devenu échevelé, parsemé de caillots de sang. Les mauvais traitements que Miguel avait subis étaient une négation totale de son humanité, mais aussi surprenant que cela pût paraître, tout cela lui semblait lui glisser dessus. Malgré les privations et le travail forcé, il était toujours aussi charmant. Son visage était devenu épouvantablement émacié et abîmé, mais son air fraternel et ses traits harmonieux étaient intacts. Sa dignité n'était même pas amochée. Miguel parlait bruyamment, choisissant avec précision chaque mot comme s'il eut prononcé son dernier. Ainsi, avec des mots justes et rassurants qu'il assemblait avec une dextérité de chef-d'orchestre, il avoua qu'il était faible, mais qu'il n'avait pas peur, qu'il lutterait jusqu'au bout, qu'il resterait debout jusqu'à la dernière goutte de sueur et de sang. Rufo comprenait Miguel. Depuis son arrestation, il se sentait privé d'une partie de lui, mais son caractère opiniâtre lui dictait que, coûte que coûte, il devait affronter la mort. Tous deux se cramponnaient à la vie comme des nourrissons à leurs mères.

Le printemps de l'année 1944 n'eut rien de radieux. Rufo fut transféré à Gross-Rosen, un camp de concentration né de l'expansion du Reich vers l'Est. Les détenus savaient juste qu'ils allaient travailler dans un autre site en Pologne. Celui qui affirmait qu'il savait ce qui les attendait était un menteur, car ils ignoraient tout et ne pouvaient pas imaginer ce qui suivrait. Gross-Rosen était une forteresse perchée sur les hauteurs d'une colline de haine. Franchir ses remparts, c'était pénétrer dans le bastion imprenable de la cruauté. En son enceinte, l'absence de morale prospérait. Aussitôt arrivé, Rufo comprit que tout ce qu'il avait vécu et enduré jusqu'alors l'avait préparé à ce qu'il allait vivre désormais.

Sur la place d'appel, un campanile supportait une cloche qui rythmait la vie et la mort au camp. Son bruit sinistre retentissait pour rompre la monotonie des tâches ménagères, pour rappeler l'injonction des corvées dans les carrières voisines, ou pour annoncer la sentence des fours crématoires. L'impitoyable son clamait le carnage.

Au camp, tous les sentiments finirent par se ressembler. Autour de Rufo, il n'y avait plus de joie, bien sûr, mais il n'y avait plus de tristesse, plus de dégoût, plus de chagrin, plus de désespoir. Tout n'était plus que terreur. Elle était partout, le jour comme la nuit. Alors, le silence se fit éloquent, devenant l'expression mutine de la peur.

Les déportés juifs arrivèrent à Gross-Rosen de Pologne et de Hongrie. Il y avait des femmes, nombreuses, et Rufo ne comprenait pas pourquoi ils faisaient venir tant de femmes pour le travail forcé. Jour après jour, le manque d'hygiène et de nourriture décima les prisonniers. Quand Rufo observait les autres détenus, son cœur se fendait en deux, sentant son âme se déchirer à la vue des corps qui se disloquaient, flanqués d'os saillants, les membres désarticulés, fantoches de chiffon. La chair braque et molle s'éparpillait.

Un matin, Rufo retrouva Miguel qui arrivait à Gross-Rosen par un nouveau convoi. Le Madrilène s'empressa de lui souffler à voix feutrée :

— Ce sont des maquignons ! Combien de rouges tués ? Combien de rouges disparus ?

— Qu'est-ce qu'il t'arrive Miguel ? Bien sûr qu'ils nous supprimeront quand ils l'auront décidé. Le travail forcé c'est juste pour nous affaiblir et pour qu'on devienne tellement faibles qu'on ne puisse même penser à riposter !

— On va perdre un des nôtres. Un autre espagnol qui va s'évaporer parce qu'il était républicain en Espagne et résistant en France. Qu'ils nous enferment, qu'ils nous affament, qu'ils nous fassent travailler... on s'y attendait, mais qu'ils nous séparent avant de nous tuer, c'est incompréhensible ! Ils veulent éliminer les traces de nos passages dans les camps.

— Les nazis feront tout pour nous effacer.

Ce qui maintenait Miguel aussi vif jusqu'alors, c'était de continuer à croiser au camp des compagnons espagnols, certes, dans un état affligeant, l'un ou l'autre de la bande de Moulins, ou au moins d'apprendre par quelqu'un qu'ils étaient toujours là, quelque part. Il semblait désormais accablé. Quant à Rufo, il fixa Miguel d'un regard placide et lucide, ne comprenant pas immédiatement ce qui flottait dans les yeux de son camarade.

— Joan vient d'être envoyé dans le Kommando de Bautzen. Il a la diphtérie.

C'était le deuil que Miguel portait dans son regard. Joan n'aurait bien sûr plus jamais de nouvelles de Mercè, sa fiancée restée dans leur Catalogne natale. Il ne la verrait plus jamais. Mercè s'était très probablement déjà mariée à un autre homme et Joan serait mort avant de savoir que la femme qu'il aimait ne l'attendait plus.

Un soir, après le travail forcé dans la carrière de pierres, les soldats nazis de Breslau ordonnèrent aux internés de se regrouper. Formant un essaim menaçant, leurs sifflets furent assourdissants et leurs cris bourdonnèrent dans les oreilles. Miguel, au loin, adressa un signe discret de la main à Rufo. Un soldat-lieutenant SS dominant de sa taille le cortège de soldats s'approcha du groupe de prisonniers auquel Rufo appartenait avec un air d'aversion. Son visage de pierre était d'une blancheur inouïe, il faisait l'effet d'une statue funéraire. Son regard était froid et hostile, ses pupilles étaient insignifiantes, presque inexistantes. L'aigle métallique déployé sur son uniforme et sa casquette étaient rutilants. Tout à coup, le lieutenant SS hurla des ordres aux autres soldats. Ses cris furent féroces, mais les traits de son visage ne bougèrent pas d'un millimètre. Au lieu de cela, une sorte de lueur effrayante émana de cet homme. À cet instant-là, la haine sembla ancrée dans tout son être comme si on l'y avait été martelée au burin. Le cœur de Rufo se mit à battre la chamade. Il se sentit fébrile et eut le pressentiment étrange que quelque chose de terrible allait se dérouler.

Autour de lui, les soldats s'alignèrent, formant deux groupes. Miguel se retrouva dans le même que celui de Rufo et ils furent dirigés vers l'entrée du camp. L'autre groupe fut conduit plus loin, et soudain, des salves de tirs retentirent. Des corps s'affaissèrent à terre dans des jets de sang. Il n'y eut même pas un hurlement tellement ce fut bref. Ils venaient de fusiller les prisonniers devenus trop faibles pour continuer. Le corps tout entier de Rufo se contracta, prêt à vaciller, même l'air flageola. La terreur sur les visages des déportés se répandit. Un homme se mit à pleurer tandis qu'une femme s'urina dessus. Rufo chercha le regard de Miguel qu'il ne trouva plus. Dans son trouble, il ne se rendit même pas compte qu'il continuait à marcher, sa conscience asphyxiée par l'instinct de survie.

Après des dizaines de minutes de marche, les détenus arrivèrent sur un quai. Ils furent ensuite entassés dans des trains qui partaient pour une destination inconnue. Ce qui suivit, ce fut une effroyable traversée, serrés les uns contre les autres comme du bétail, sans eau, sans nourriture. L'air aussi manquait, circulant par de maigres interstices qui convoyaient des odeurs nauséabondes. Dans le wagon de Rufo, des détenus périrent, à bout de force et d'espoir. Dans l'indifférence, les cadavres gênaient, prenant davantage d'espace à terre. Autour de Rufo, des cris épouvantables s'élevaient dans toutes les langues. Autant qu'il le put, il essaya de réfréner son affolement croissant, mais il paniquait, parce qu'il ne comprenait plus.

CHAPITRE 11

L'afflux de déportés à Gross-Rosen généra une surpopulation à l'origine d'une épidémie de typhus qui causa de si nombreux morts qu'ils durent évacuer les vivants. Au début de l'année 1945, Rufo arriva au camp de concentration de Buchenwald-Dora, en Allemagne. Ce jour-là, le froid recouvrait l'horizon et les peaux. Sous une lumière glacée, Rufo découvrit Buchenwald-Dora, un camp dirigé par les SS, un nom qui sortait du néant. De l'enfer. Rufo chercha Miguel, mais ne le retrouva pas, ignorant alors qu'il ne le verrait jamais plus. Il fouilla de ses yeux les détenus pour trouver son ami et fut surpris de découvrir les fins pyjamas rayés qui recouvraient les corps squelettiques des prisonniers exposés au froid et à la déchéance. À leur regards vides et à leurs visages émaciés, Rufo sut que, dans ce dernier camp, il allait perdre ce qu'il lui restait de dignité.

Les soldats nazis rassemblèrent les nouveaux prisonniers dont Rufo faisait partie. Les SS les firent se déshabiller dans une immense salle blanche et vide, puis ils confisquèrent et rassemblèrent leurs vêtements. Comme les autres prisonniers, Rufo resta complètement nu, dans le froid de la pièce, à attendre le pire. Des hommes s'approchèrent d'eux, des rasoirs à la main. Rufo tressaillit, mais aussitôt, un des hommes l'accrocha à lui en l'empêchant de bouger. De ses mains rugueuses, il lui rasa méticuleusement le crâne avant de lui raser le corps. Au bout d'une vingtaine de minutes, il ne resta à Rufo que les cils et les sourcils. Ce fut une scène grotesque. Les cheveux et les poils s'amassaient au sol, les corps nus grelottaient en silence et le sang dégoulinait des peaux qui venaient de subir le passage des lames ébréchées. Ensuite, les SS conduisirent les prisonniers dans une autre salle où de grands bassins occupaient la majeure partie de l'espace. Toujours nus, ils les firent plonger, les uns après les autres, dans les baignoires qu'ils ignoraient alors être des bassins de désinfection. Quand son tour vint, Rufo était tellement épuisé qu'il ne songea pas à protester. Sans chercher à comprendre, il entra dans l'immense baignoire dont le liquide lui piqua sa peau blessée par le rasoir. En sortant des bassins, les nazis leur donnèrent des vêtements et des chaussures. Chaque détenu avait une chemise, un caleçon, un pantalon, une veste à rayures, un calot rond et une paire de sabots en bois. Enfin, ils firent des piqûres aux détenus qui ne comprenaient rien à ce qu'il se passait. Aucun d'entre eux ne pouvait savoir ce qu'on leur injectait et personne ne pouvait les refuser. Poser une question aurait signé une condamnation. À la suite de ces opérations, Rufo fut placé en quarantaine avec les autres nouveaux du camp.

Une fois la quarantaine terminée, Rufo fut affecté au Kommando d'Osterode, sous le matricule N° 110754. Il devait apprendre son matricule en allemand, c'était son nouveau nom dans ce monde où une vie humaine était une série de chiffres avant de vaciller vers la mort.

Les prisonniers logeaient dans des dortoirs épouvantables de saleté et de promiscuité, installés près d'une galerie du tunnel de Dora. Il leur fallait se tasser à deux ou trois par lit, dans les châlits à étages.

Les internés dormaient six heures par nuit seulement, dans l'obscurité des châlits, les poux et les puces pullulaient, se répandant comme des plaies invisibles sur les corps meurtris et purulents.

Le matin, les visages pâles grimaçaient parce que les corps peinaient à se lever, car c'était le jour, le véritable cauchemar. Les âmes étaient accablées de se réveiller dans un monde où l'indulgence n'existait pas. Ils mangeaient de la soupe deux fois par jour, constituant une eau insipide qui, une fois par semaine, était plus consistante. De jour comme de nuit, ils devaient respecter les interdits. Dans la journée, il leur était interdit de rester dans le block, quand la nuit, il leur était interdit d'en sortir, même pour aller aux faire leurs besoins. Les W-C. étaient une grande fosse en ciment. Dos à dos, ils s'asseyaient sur une poutre au-dessus de la fosse et il fallait se concentrer pour ne pas perdre l'équilibre et tomber dans les excréments.

Ainsi, les jours et les semaines passaient au camp. Chaque jour vécu était une victoire sur la mort et sur la honte. Les humiliations du quotidien auraient suffi à décimer les prisonniers, mais c'était sans compter le travail forcé.

Situé à soixante kilomètres au Nord-Ouest de Nordhausen, Osterode était le Kommando des KL Buchenwald-Dora. Ce camp enregistrait des milliers de détenus qui travaillaient dans deux Kommandos. Rufo participait aux travaux souterrains effectués pour le raffinage d'huiles minérales à Petershütte. Le travail forcé était aussi abominable qu'insupportable de cruauté et de souffrance. Chaque jour comptait douze heures de travail, et certaines semaines, Rufo ne voyait même pas la lumière du jour. Les douleurs physiques du travail forcé s'imprimaient dans ses membres, pareille à une encre brune indélébile. L'odeur de la poussière du sol qu'il creusait se mêlait à celle des cadavres à terre qu'il évitait pour marcher. Il fallait être rapide, car les soldats nazis infligeaient une cadence indescriptible tout en toisant leurs prisonniers de regards de haine, fourbes et angoissants. Il fallait être docile, car les saboteurs étaient pendus ou étranglés. Un jour, un soldat arrêta de regarder Rufo et s'approcha de lui. Pendant que deux de ses collègues le tinrent par les bras, il décocha des coups secs de crosse à l'estomac. Les chocs produisirent sur Rufo la sensation que ses entrailles avaient explosé. Il eut si mal qu'il tomba à terre. Assailli par une souffrance atroce, il cracha du sang et vomit sa douleur. Courbé et recroquevillé, l'aigreur de l'injustice brûlait jusque dans ses veines.

Quelques jours plus tard, les nazis levèrent les déportés en pleine nuit pour aller travailler. Tandis qu'ils creusaient dans la galerie, un détenu français se plaignit, laissant sa pelle tomber à terre et s'affaissant d'épuisement et de désespoir. Mais au camp, la plainte était un appel au châtiment : c'était un suicide. Un détenu russe fit signe au Français de se remettre immédiatement à sa corvée. Comme il ne se relevait pas, le Russe lui flanqua une gifle, puis le mit debout. Il lui donna sa pelle. Mais le Français semblait à bout de force, il ne tenait plus debout. Quand les soldats nazis vinrent à leur rencontre, tous surent que c'était trop tard. Le Russe recula et le Français gémit alors que les Nazis l'attrapèrent. Ils le déshabillèrent, découvrant sa peau déjà damassée de plaies. Ils le traînèrent ensuite au sol sur une centaine de mètres jusqu'au milieu du tunnel tandis que le Français pleurait. Il implorait la merci, car il voulait mourir sans souffrir. Sa voix se mêla aux aboiements des soldats. Son visage se couvrit de morve. Son corps devint sanguinolent à force de frotter le sol. Les SS enfoncèrent un bout de bois entre les mâchoires du Français, le maintenant serré par deux cordelettes qu'ils nouèrent derrière son cou. Ils le pendirent par cette corde. Rufo détourna le regard pour ne pas voir cette mise à mort. Mais ce fut encore pire, parce qu'il imagina le supplicié délirant de douleur. Il eut même l'impression de tout voir quand il entendit les os de sa nuque se briser, puis les os de la mâchoire craquer. Ce fut un bruit infernal qui résonna dans ce tunnel des ténèbres. Le Français finit par succomber. Le Russe allait être pendu aussi. Il se disait que les Russes et les Français avaient une espérance de vie de moins de six mois à Dora. Les autres déportés continuèrent à travailler. Ce moment n'était qu'un instant de plus qui cristallisait les séquelles de l'agonie.

Le vent de Buchenwald-Dora charriait la mort. L'air du camp avait une densité singulière, cavalant au gré du vent, chargé du poids des cadavres qui se répandaient, de l'odeur de chair brûlée. Le ciel était en larmes, sombre, sanglotant. Il se déversait sur la terre et les âmes comme une veuve éplorée. Rufo ne pouvait pas l'imaginer, mais leur destin était déjà scellé. Himmler avait donné l'ordre ultime : personne ne sortirait vivant de Buchenwald-Dora. Ceux qui entraient dans ce camp devaient souffrir et ne pas survivre. La seule façon de quitter Buchenwald-Dora, c'était par la cheminée du four crématoire.

Les forces du républicain espagnol s'oxydaient. La faim et la soif le faisaient divaguer et sa vue se brouillait. Il avait la sensation de ne plus rien discerner que les ténèbres autour de lui. Tout semblait s'être fané et assombri. Tout était sec, aigre, stérile. Le froid, le labeur, le gris pour seul horizon, la douleur, la mort. Le camp était un cimetière sans cercueils et sans tombeaux. Dans ce camp de la mort, Rufo fut frappé par la vérité et par l'horreur que vivait l'Europe. Elle était prise dans un cauchemar aussi grotesque que morbide. L'orage menaçant n'en finissait pas de gronder. Le tonnerre de la haine s'abattait sur la vie, des rafles comme d'impitoyables éclairs. Des vies humaines étaient enfermées par milliers. Des âmes captives de leurs destinées tragiques. Des hommes, des femmes, des enfants, comme les ancêtres de Terencia, ils étaient juifs. Leur sang avait coulé dans leurs veines et leur croyance avait vibré dans leurs cœurs. Partout au camp, résonnait le son de l'innocence. L'espoir était fugitif. L'optimisme devenait un fantôme.

Rufo pouvait lire les doutes ultimes dans les regards qu'il croisait. Ils disaient :

— Faut-il vraiment continuer à lutter ? À quoi bon résister ?

Des dizaines, puis des centaines de ces internés juifs disparaissaient chaque jour. On les appelait, on les alignait, on les emmenait. Ils ne revenaient jamais. Rufo perdait ses codétenus, un à un, il devinait l'hécatombe. La solitude le rongeait tel un rat qui grignotait des restes nauséabonds. Ses camarades espagnols avaient disparu. Disparus, c'était pire que morts. Il aurait préféré les voir fusillés que de les imaginer errer et souffrir, mutilés et agonisants. Antonio, il n'avait pas vraiment souffert au moins.

Rufo aurait aimé savoir, en parlant aux uns et aux autres que, par exemple, Eduardo avait été évacué de Dora vers le Kommando d'Harzungen. Situé à quelques kilomètres de Dora, ce Kommando dont l'activité principale était l'installation d'une usine souterraine dans la colline du Himmelberg. Rufo aurait préféré connaître qu'Eduardo avait ensuite été évacué vers Bergen-Belsen. Le 4 avril 1945, il était entré à l'infirmerie de la prison d'Harzungen, la jambe effroyablement blessée pendant le travail forcé. Sa jambe avait alors démarré une lente et insidieuse putréfaction. Il souffrait, c'était terrible. Il geignait le jour et hurlait la nuit. Il se plaignait de la douleur et de l'odeur de sa jambe, dont les chairs se décomposaient. Retourné par la souffrance intense, il se convulsait, il vomissait sa bile, puisqu'il n'avait plus que ça dans le ventre. Il n'y avait bien sûr pas de morphine pour les prisonniers, on les abandonnait quand ils n'étaient plus bons à travailler, les laissant seuls avec leur agonie. Pourtant, Eduardo résistait. Il attendait. Car il avait entendu des rumeurs des nouveaux détenus qui disaient que les Britanniques approchaient du camp de Bergen-Belsen pour le libérer. On chuchotait que ce n'était plus une histoire de semaines, c'était une question de jours. Ainsi, Eduardo restait patient. La nuit du 10 avril

1945, il fut éventré dans son lit par un SS. Le 15 avril, le camp fut libéré. Même ça, Rufo aurait préféré le savoir.

    Un matin, une averse violente s'abattit sur le toit de la baraque fétide où Rufo dormait. Il se réveilla ce matin-là plus faible et plus vulnérable encore que la veille. Quand il sortit de la nuit, dans un état de confusion délirante, ses membres tremblèrent. Il eut soudain l'impression d'avoir été roué de coups pendant son sommeil. Sa tête lui fit mal et le lança au point qu'il eut la sensation qu'on était en train de cogner sur son crâne tuméfié. En sortant de la baraque, il crut voir passer devant ses yeux embrumés le visage osseux de son ami Miguel. C'était une vision étrange, ou la suite de sa nuit. Miguel lui semblait être devant lui. Rufo pouvait remarquer à ses traits que le travail souterrain l'avait esquinté. Il était complètement brisé. Le président avait trop fait campagne, il avait trop occupé de mandats. C'est alors que Rufo ressentit une déchirure intérieure. On lui arracha la poitrine. Et quand il regarda autour de lui, il n'y avait pas Miguel, mais des prisonniers qui le regardaient d'un air aussi ahuri qu'apeuré comme s'ils avaient su ce qui venait de se passer en lui. Ce matin-là, c'était la mort de Miguel que Rufo avait perçue comme s'il y avait assisté.

    Miguel avait été transféré au Kommando de Nordhausen. Il allait y tirer sa révérence dignement, en marge des réunions et des actions, ce serait le lieu de sa retraite politique. Il allait y périr au cours d'un bombardement. Ce Kommando regroupait des prisonniers devenus inaptes au travail. Là-bas, les nazis en finissaient avec ceux qui n'étaient plus utiles. Quelques jours après l'arrivée de Miguel et de ses codétenus, les bombardements commencèrent. Du premier bombardement, Miguel sortit vivant et sans blessure, miraculé. Il avait subi un violent coup d'état, mais s'en était tiré indemne, presque grandi.

Trois jours s'étaient écoulés quand un deuxième bombardement déferla. Celui-ci dura plusieurs dizaines de minutes, peut-être même une heure, une heure si longue qu'il laissa des cadavres ravagés de toutes parts. Pour les nazis, c'étaient des charognes qui allaient demeurer là à pourrir. Ils les abandonneraient aux vautours qui viendraient s'en nourrir. Des corps inertes, fragmentés, presque dépecés, et des entrailles éparpillées s'étalaient sur un sol aux couleurs du sang et de la mort, sur une terre éclaboussée et retournée comme l'entre-jambes d'une vierge brutalement déflorée. Le corps de l'ami de Rufo se trouvait là, ou du moins, ce qu'il en restait. Des morceaux de chair endommagés, c'était tout ce qui subsistait du bel homme brillant, grand, brun, au regard sibyllin, aux belles dents blanches impeccablement alignées et à l'élégance madrilène. Miguel avait tragiquement quitté l'assemblée une fois pour toutes. Il n'avait jamais connu la disgrâce et la mort avait finalement été son seul vrai problème, le seul qu'il ne s'était pas créé lui-même.

CHAPITRE 12

J'habitais encore à Paris quand j'ai commencé à écrire sur Rufo. J'avais lu les nombreux témoignages d'anciens déportés qui m'avaient laissée à court de mots justes, sans voix. Les jours d'après, des insomnies et des palpitations clandestines avaient parlé pour moi. Pourquoi est-ce que je m'infligeais cette souffrance du passé ? Pour moi, tout avait déjà été écrit sur les camps de concentration nazis. Qu'est-ce que je pouvais apporter ? Ces récits étaient des ombres intruses dans un présent qui ne voulait pas se replonger dans la douleur. Mais je ne voulais pas renoncer, je savais que dans ma famille tout n'avait pas été raconté. Je m'acharnais.

J'avais remarqué les pavés *Stolpersteine* qui jonchaient certaines rues parisiennes. Et un jour, je m'étais arrêtée pour observer le pavé de mémoire de la rue des platanes, tout près de chez moi. Le même jour, en cherchant sur internet, j'avais découvert l'existence de l'Amicale des Anciens Déportés de Buchenwald-Dora, dont le siège était également proche de mon appartement. J'avais interprété la présence autour de moi de faits anodins comme des indices laissés sur mon chemin. J'en étais venue à penser :

— *Ojalá*, pourvu que je trouve ce qu'il nous manque.

J'étais en congés quand, fébrile, j'ai contacté l'Amicale des Anciens Déportés pour la première fois. Après deux mois d'investigations, la secrétaire générale m'a appelée pour me dire que les bénévoles de l'association n'avaient pu trouver qu'une unique preuve du passage de Rufo dans les camps de concentrations nazis. Pour elle, c'était décevant, mais pour moi, la plus infime information avait beaucoup de valeur. Émue, je l'ai remerciée. Mon interlocutrice m'a ensuite expliqué que l'orthographe des prénoms et noms de famille des déportés espagnols n'avait pas été fidèlement retranscrite dans les registres allemands de sorte qu'à l'association, ils rencontraient des difficultés pour retrouver en particulier les déportés espagnols. Aussi, les Espagnols avaient deux noms de famille, ce qui compliquait encore plus les démarches.

— On peut dire que leurs noms ont contribué à la perte de leurs traces dans les camps.

— Leurs noms, c'était pourtant tout ce qui leur restait.

Mon interlocutrice a laissé échapper un soupir. Pourtant, elle devait être habituée à l'expression de la désolation des familles de déportés. Pour dissiper notre affliction mutuelle, je l'ai interrogée sur sa trouvaille. Elle m'a parlé de cet unique document : une carte d'échanges postaux, vide, trouvée dans les archives Arolsen. Sur du papier jauni, à l'entête du camp de Mittelbau Dora, étaient inscrits à l'encre noire la date de naissance, le numéro de matricule de Rufo et son identité :

Name : Lopez
Vorname : Rufo

Les nazis n'avaient même pas pris la peine d'écrire son nom complet. C'était tout ce que j'avais retrouvé de Rufo depuis son arrestation en octobre 1941. Hélas, la vérité ne se construit pas avec une poignée de mots.

CHAPITRE 13

Depuis quelques jours, au camp de Dora-Buchenwald, le matin était le prélude d'une journée d'incertitude et de chaos, parce que quelque chose avait récemment changé. Les SS avaient senti arriver la débâcle. Ivres pour oublier leur déroute, ils commencèrent par brûler toutes les archives, à saccager ensuite tous les approvisionnements en habits et en vivres, puis ils coupèrent l'eau courante et l'électricité, laissèrent déborder les latrines. Le travail forcé fut interrompu sans explication, ce qui généra des journées d'incompréhension, que les détenus passèrent allongés, épuisés, impatients. Le mot délivrance flotta dans les esprits, mais il ne se lisait pas sur les lèvres tant personne n'osait le prononcer dans sa langue. La liberté appartenait à un autre monde, à celui des vivants.

Au bout de quelques jours, l'anarchie laissa place à l'action, mais à Buchenwald-Dora, l'action était une funeste mise en mouvement. Voulant éviter des rébellions, les soldats nazis rassemblèrent sur la place d'appel les quelques milliers de détenus russes, y compris les prisonniers de guerre. Les détenus russes et leurs gardiens allemands partirent du camp le mardi 3 avril 1945. Le 7 ou le

8 avril 1945, les SS convoquèrent tous les prisonniers demeurant au camp sur cette même place d'appel pour les obliger à former des files. Les Juifs et les Français furent regroupés ensemble, puis les SS les conduisirent dans un autre endroit inconnu. Rufo comprit qu'eux aussi, il ne les reverrait jamais.

Le 11 avril 1945 était un matin où l'aube ne devint jamais lumineuse. Quand Rufo sortit de sa baraque, la panique avait gagné les Allemands. Les derniers SS étaient en train de déserter le camp. Dans l'affolement, sur son passage, un soldat nazi tira sur les détenus trop faibles pour se lever et qui jonchaient le sol. Rufo frémit, mais pour la première fois, en voyant les SS quitter le camp, il se permit de croire à la libération. En début d'après-midi, Rufo fut interpellé par le brouhaha qui s'approchait du camp. C'étaient le bruit des moteurs de tanks et les cris des masses de détenus qui avaient commencé à s'entasser à l'entrée du camp. Lorsque les véhicules gigantesques et vrombissants pénétrèrent l'enceinte du camp, les milliers de corps misérables et faméliques se regroupèrent pour les accueillir tandis que Rufo se demanda si ce n'était pas une hallucination, car il n'était pas certain de comprendre tant la scène était irréelle. Les « houra » exclamés en de multiples langues montèrent à l'unisson alors qu'il restait toujours interdit tellement il avait de mal à croire à ce qu'il se passait. Des drapeaux flottaient sur les tanks et se balançaient au vent glacé de Dora : des drapeaux américains ! C'étaient les Américains qui venaient libérer le camp ! Avec les autres internés, ils se regardèrent les uns les autres. Ils avaient passé plus ou moins longtemps à Buchenwald-Dora, mais tous, se sentaient morts tout en étant vivants. Et vivre était la seule chose qui importait à cet instant-là. Autour de Rufo, les prisonniers qui pensaient ne plus avoir de voix se surprirent à crier de joie, ceux qui pensaient ne plus avoir de force pour tenir debout sautillèrent d'exaltation et ceux qui savaient n'avoir plus que de la chair sanguinolente en guise de mains applaudirent à en perdre leurs membres. Ce fut ainsi que, l'espace d'un instant, Rufo qui était pris par les tenailles de la souffrance depuis années, n'éprouva plus la douleur. Il avait survécu et il eut l'impression d'être tiré d'un cauchemar épouvantable. Au fur et à mesure que Rufo prit conscience de la puissance de ce moment, son cœur affaibli battit la chamade dans sa poitrine à lui en faire mal. C'était un miracle ! Ce camp gorgé de souffrance et de fange était libéré dans la liesse !

Les Américains, eux, semblèrent ne pas comprendre où ils étaient, ni qui étaient les déportés. N'ayant visiblement pas été préparés à découvrir la réalité d'un camp de concentration, la pitié dans leurs regards finit par prendre le dessus sur l'incompréhension. Ils rétablirent l'eau courante et l'électricité, puis donnèrent aux prisonniers de la nourriture. Rufo, comme d'autres, se jetèrent sur les barres au chocolat, mais manger faisait si mal qu'il préféra la faim à la douleur. Ensuite, les Américains classèrent les déportés par nationalité et tous les Espagnols furent groupés ensemble dans une baraque. Rufo chercha ses anciens camarades de Moulins, car dans l'imbroglio de la libération, il espérait pouvoir revoir ses compagnons espagnols et retrouver Miguel, mais sans succès.

Un mois se passa avant qu'il pût être évacué du camp. On alignait les anciens prisonniers, on les comptait, et on les alignait encore. Le chaos était total dans cette Tour de Babel habitée par des âmes malingres errant au milieu des macchabées.

À partir de fin avril, les Français partirent, étant les premiers à quitter le camp après la libération. Mais pour les Espagnols, le départ était une question insoluble. Les Américains refusaient de les laisser partir parce qu'aucun gouvernement ne les réclamait. Ils ne pouvaient pas rentrer en Espagne et ils n'avaient nul autre pays où aller en sortant du camp. Rufo et d'autres espagnols restèrent ainsi des semaines de plus au camp à attendre. Ils étaient encore bloqués, à macérer dans le camp de la mort, et cette attente ultime était insupportable pour Rufo.

En mai 1945, avec une partie des autres anciens détenus, Rufo fut finalement rapatrié en camion par le centre d'Hirson, dans l'Aisne. Ce jour-là, il recommença à éprouver des sensations fugaces, mais vibrantes qui l'assaillirent de toutes parts. Avec confusion, il discerna tout d'abord le bruit du frottement des roues du camion, le rugissement nerveux du moteur et les chaos de la route défoncée. Peu à peu, il distingua plus clairement les odeurs fortes des hommes, la lumière diaphane et les paysages de campagne pâles et érodés. Rufo eut l'impression de retrouver l'usage de ses sens jusqu'alors endormis.

Entassés debout devant l'entrée du camp d'Hirson, les anciens déportés de Buchenwald-Dora arrivèrent sur le sol français qui était, pour beaucoup d'entre eux, une terre d'origine ou d'élection. C'est alors que la libération se fit plus matérielle. Ils étaient tous là, las, mais libres, en France libre. Ce n'était pas croyable. Les sentiments de bonheur et d'euphorie s'emparèrent d'eux, mais sans effacer totalement leur incompréhension. Ils vivaient un moment surréaliste, s'observant les uns les autres avec des regards hagards, comme des étrangers. Rufo se trouva à nouveau en face de ce jeune homme qu'il avait connu nerveux et impétueux, aux muscles puissants. Il le revoyait pour la première fois depuis le début de sa détention, quatre ans avant cet enfer glacial et venimeux. Ce n'était pas que l'homme n'était plus le même, c'était qu'il n'était plus du tout. Dans son visage désincarné, Rufo ne vit que des cernes profonds, des pupilles lasses, un teint terne, des lèvres rouge sang et crevassées telle une carcasse endommagée. Ce jeune homme énergique d'un autre temps était devenu un vieil homme maigre et fané, aux traits maladifs, à l'allure décharnée. Son regard terrifié était celui du condamné à mort qui avait vu l'échafaud et en était sorti miraculé, mais qui ne se remettrait jamais de la confrontation avec son bourreau. Rufo masqua ses yeux humides, tremblant d'effroi devant le spectacle de l'être moribond qu'il avait face à lui : c'était lui. Le visage aux traits maladifs qu'il fixait dans le rétroviseur du véhicule américain, c'était le sien. La silhouette à l'allure décharnée qui se reflétait, chancelante, sur la carlingue, c'était la sienne. Il était bouleversé par sa propre image. C'était bien lui, mais son apparence ne lui appartenait pas. Dès lors, Rufo sut que, cette fois, rien ne serait plus comme avant. Il avait quarante ans, vingt ans de guerres derrière lui et six années de prisons et de camps gravées en lui, abyssales et pénétrantes. Son passé était couleur de cendre, et il était tellement faible qu'il ne pouvait même pas hurler sa douleur.

Quand Rufo rejoignit le centre d'Hirson, il pesait quarante kilos et n'avait nulle part où aller. Surtout, il n'avait personne à qui raconter. Il était apatride et seul. Franco régnait toujours en Espagne de sorte que Rufo ne pouvait toujours pas écrire à Terencia. Et puis, pour lui dire quoi ? L'homme fort et fier qu'elle avait toujours connu ne pourrait jamais lui décrire ses souffrances. Mais il devait retrouver Terencia et Tomás. Il comprit que ce serait sa prochaine quête. Rufo était un ancien prisonnier qui voulait être un homme à nouveau. Il devait revivre parce qu'il avait survécu. Lui qui s'était toujours joué du sort, la destinée l'avait épargné. Ce jour-là, Rufo se dit qu'il pouvait s'autoriser à croire au destin. Désormais, il allait s'en remettre à lui les yeux fermés pour retrouver le chemin de sa famille.

TROISIEME PARTIE

CHAPITRE 1

Un jour de juin 1945, à Hirson, une conversation avec un déporté français donna un tournant imprévisible à la vie de Rufo. Avec nostalgie, le Français lui raconta son passé heureux dans le Sud-Ouest de la France. Il lui dit venir du Gers et évoqua les campagnes verdoyantes de sa région natale, les décrivant comme une terre de cocagne. D'un ton honnête, il lui parla ensuite de la ville de Bordeaux, où il n'était allé que deux fois, mais pour lui, cette ville avait quelque chose de spécial, dans ses ruelles, ses places, ses quais et son port. Il y avait un port important à Bordeaux d'où des énormes bateaux partaient pour le sud de l'Atlantique, au Brésil et en Argentine. Aussitôt, Rufo se plongea dans une rêverie déroutante, mais il ne songeait pas à Bordeaux, c'était l'Argentine qui l'intriguait. De ce pays argentin, il se mit à imaginer des eaux vigoureuses émergeant au milieu de forêts tropicales et des plateaux immenses et exubérants. Il se dit que ce pays était à la fois si loin de la dictature de Franco et de l'Europe corrompue, mais si près de sa langue natale. Là-bas, il pourrait oublier tout ce qui lui était arrivé, mais sans renier ses racines. En Argentine, il pourrait refonder un foyer avec sa femme et son fils, et il pourrait être qui il voudrait : un philosophe, un agriculteur, un menuisier, un sourcier, et peut-être même un professeur. Il ne serait plus un rouge.

    C'est en pensant à cette terre sans passé que Rufo fut gagné par une euphorie aussi grisante qu'incontrôlable et qu'il en vint à frapper dans ses mains d'un air ingénu. Il se passa ensuite quelque chose d'inattendu. Le Gersois ne connaissait pas Rufo, mais il parut profondément touché de retrouver dans un autre homme un semblant de joie après ce qu'ils venaient de vivre à Buchenwald-Dora. Il le regarda, pareil à un enfant candide et heureux, et d'un coup, presque par surprise, Rufo se mit à rire. Il s'esclaffa, hilare, sentant que sa raison ne fonctionnait plus. Pourtant, il reconnut avec délectation ce son léger, cette sensation plaisante dans sa gorge et cette tension agréable de sa bouche élargie et de ses yeux devenus humides. C'était comme si le nœud qui s'était immiscé au creux de son estomac depuis des années s'était détendu un peu plus à chaque seconde. Et à entendre son rire, le Gersois rit aussi au point que Rufo éclata de plus belle, sans pouvoir s'arrêter, car cela faisait des années qu'il n'avait pas ri. C'est ce jour-là, en riant de tout cœur et en oubliant la peine l'espace d'un court instant, que Rufo décida de reprendre son chemin avec l'Argentine pour destination. La prochaine étape de la route commencerait à Bordeaux, dans une ville dont il ignorait tout.

    Un vendredi de juillet, un peu plus de deux mois après la libération de Buchenwald-Dora, Rufo quitta le centre d'Hirson, entreprenant ainsi son premier voyage d'homme libre. Il ne parvint pas totalement à réaliser ce qui était en train de se passer quand il prit un bus, de nuit, avec en poche son bon de transport donné par le gouvernement français aux anciens déportés. Lorsqu'il se réveilla, le chauffeur lui dit qu'ils étaient à Bordeaux, quais de Brienne. Rufo descendit du véhicule, les jambes engourdies, l'esprit confus, il n'avait plus aucun repère. Mais il était arrivé à destination, celle qu'il avait voulue. Rufo longea les quais de Brienne dans la direction d'un lointain clocher d'église, en se disant qu'il le mènerait certainement au centre-ville. Le ciel était nébuleux et laissait apparaitre d'infimes parties azurées. L'air était chargé d'une moiteur qui était étrangère à Rufo, il faisait chaud et une brume tiède recouvrait l'horizon. Les pavés fumants semblaient baignés du passage d'une averse diluvienne. Le long du fleuve, le port était animé et les bateaux à quais semblaient prêts à démarrer leur prochaine traversée. Des hommes se pressaient pour les charger, se bousculant et criant en français des mots que Rufo ne saisissait pas toujours. L'esprit délesté, il se surprit à essayer de deviner quels bateaux partaient pour l'Argentine. Il ne savait pas encore qu'il n'y partirait jamais. Il ne pouvait pas se douter que ce port serait son dernier point d'ancrage et que, le port de la Lune, comme les Bordelais l'appelaient, marquerait la fin des sillages.

Ce premier jour à Bordeaux fut des plus troublants pour Rufo tant la sensation de liberté lui était devenue singulière. Dans la rue, il demanda son chemin comme s'il avait su où il voulait aller. Au gré de ses pas aléatoires, il arriva sur une place, où il interpella un homme qui lui indiqua qu'ils se trouvaient entre le quartier Saint-Michel et le cours de la Marne, et que, plus loin, se situait le marché des Capucins. Rufo se sentit immédiatement envahi d'une sensation chaleureuse et emprunte de curiosité. Il était terriblement fatigué, mais il se dirigea à pas désormais assurés vers le marché. Sous des halles immenses, des galeries de verre et de fer laissaient circuler des effluves chargés d'odeurs aussi intenses que dissonantes. Il n'y avait pas de miels, de figues et de poivrons, mais des fromages, des viandes et des poissons qui étaient éparpillés sur les étals. Des commerçants et des passants circulaient et s'amassaient dans les allées. Entre les discussions et les rires, Rufo fut un témoin silencieux de la vie qui s'agitait dans ce lieu de rencontres, de paroles échangées et criées. Confiant, il s'approcha du banc du boucher et s'adressa à lui d'un air déterminé. Avec un Français appliqué, Rufo expliqua que son père était boucher-charcutier et qu'il connaissait bien le métier. Il sollicita ainsi du travail, car pour lui, travailler c'était être occupé à oublier, c'était aussi redevenir un homme avant de retrouver sa femme. Le boucher-charcutier sourit tout en auscultant Rufo du regard. Il lui demanda l'origine de son accent et pourquoi il parlait français, ce qui lui fit penser à Miguel, le cœur empli de gratitude. Sans être assuré que cette information ne serait pas dénuée de conséquences, Rufo révéla sa nationalité. Le boucher-charcutier sourit, pensif, son attitude n'en devint pas hostile. Bien qu'il n'eût pas de travail à proposer à Rufo, il avait envie de l'aider. Pendant qu'il parlait, ses yeux le parcouraient des pieds à la tête, décelant qu'il faisait un effort pour se tenir droit et cacher son épuisement. Le boucher savait que presque toute la ville de Bordeaux dépendait du port, toutefois pour être employé à décharger les bateaux, il fallait une certaine force physique. Il y avait la vigne aussi, mais il était préférable d'avoir un dos solide pour la travailler. À court d'idées, il finit par demander quel était le métier de Rufo en Espagne.

— J'étais forgeron et maître armurier, fit Rufo fièrement.

Le boucher-charcutier parut satisfait de cette réponse et demanda à Rufo de revenir le voir la semaine suivante, le même jour et à la même heure, ce que Rufo accepta en souriant. L'homme lui tendit un saucisson et lui confia ensuite la raison pour laquelle il était si aimable. Les unités de guérilleros espagnols avaient libéré Agen d'où le boucher-charcutier était originaire de sorte que, pour lui, c'était comme s'il devait quelque chose aux Espagnols. Rasséréné par ces paroles, Rufo se retira et commença à manger le saucisson par petite bouchée. Au centre d'Hirson, il avait réappris à s'alimenter, il avait entraîné son corps à recevoir à nouveau de la nourriture. Malgré la fatigue, il resta à se perdre dans les allées du marché. Il eut l'impression de reprendre vie alors qu'il revenait de l'enfer.

À Bordeaux, les oranges étaient des raisins. Les soirées que Rufo avaient fantasmées à Séville avec Terencia sur les bords du Guadalquivir devenaient des déambulations solitaires le long des berges sombres et brumeuses de la Garonne. Les ruelles grouillaient de mendiants, d'hommes saouls et de prostituées. Empêchant la lumière de pénétrer les rues et les places, les hauts bâtiments de pierre faisaient à Rufo l'effet de se refermer sur lui. Tout l'oppressait, les bruits, le monde et l'agitation à toute heure du jour et de la nuit. Pourtant, il y avait cette solitude accablante. Ce fut une fois libre que Rufo éprouva un sentiment qui ne le quitta plus de sa vie : la nostalgie. Son Andalousie lui manqua plus que jamais dans cette nouvelle ville étrange et étrangère pour lui. Les premiers temps, il n'y avait pas une heure où il la trouvait familière. Le fait que rien ne ressemblait à son village amplifiait la sensation fatale d'éloignement au point que, partout, il cherchait des repères andalous. Rufo aurait dû se réjouir d'avoir tout traversé, d'avoir tout survécu, mais il avait tant eu sur les épaules qu'il ne parvenait plus à marcher droit et à regarder devant lui. Les yeux fixant le sol, le corps recroquevillé, il vagabondait dans l'inconnu en songeant aux mots de García Lorca : « *No hay nada más vivo que un recuerdo.* »

Fin juillet 1945, sur la recommandation du boucher des Capucins, Rufo commença un travail qui allait jouer un rôle décisif. Il devint ouvrier à l'usine des chantiers métallurgiques de Bordeaux bordant la Garonne, dans le quartier de Bacalan, du côté Nord de la ville. À l'usine, les Français n'adressaient la parole à Rufo que pour lui donner des ordres. Les regards de dédain accompagnaient les gestes du quotidien. Logés dans les yeux des contremaitres, toujours français,

Rufo lisait le mépris, traduisant qu'ils ne s'étaient toujours pas habitués aux immigrés espagnols devenus pléthoriques dans leur ville. Lorsque pour la première fois Rufo entendit parler espagnol, il tressaillit. Il fouilla autour de lui, puis sourit à l'homme à ses côtés qui venait de s'exprimer. Ces paroles dans sa langue lui apportèrent une sensation familière qui se répéta à chaque fois que Rufo entendit son *castellano* parmi la foule enivrante des travailleurs de l'usine. Ce sentiment s'accentua au fur et à mesure que Rufo s'habitua au tapage entêtant des machines et à l'agitation aussi nerveuse que moite des centaines d'ouvriers vigoureux qui œuvraient en cadence. Plongé dans ce vacarme ininterrompu et dans cet air épais comme une *mantilla*, Rufo vint à apprécier qu'il n'y eût nulle place pour le silence et l'oisiveté.

Un mois après avoir commencé à l'usine, à la pause du matin, un homme s'approcha de Rufo en lui tendant un journal.

— On m'a dit que tu parles français toi aussi.

L'homme l'avait interpellé en français, mais poursuivit en espagnol :

— Je suis Ignacio Esteban Torres. Tu dois te demander ce que je fais devant toi.

Ignacio expliqua à Rufo qu'on l'appelait l'Aragonais. Il était arrivé à Bordeaux en 1936, à peine la guerre civile déclarée, dix ans auparavant. Il était comptable à Teruel et depuis dix ans, il n'avait pu être embauché dans aucune entreprise à Bordeaux pour exercer son métier. Il avait appris le français, il le parlait et l'écrivait également, mais on lui avait dit que, pour être comptable en France, il fallait être français, comme si les chiffres avaient une nationalité. Ignacio était devenu ouvrier, parce que c'était le seul emploi pour lequel on l'avait accepté. L'Aragonais marqua une pause dans son récit alors que Rufo resta interloqué. Dans une succession de gestes fluides, l'homme sortit ses lunettes rondes de son nez, attrapa un chiffon dans la poche droite de son pantalon, essuya les verres de ses lunettes avec des mouvements d'une précision étonnante, puis leva la tête vers Rufo :

— Je viens te trouver, car je voulais parler à un vrai rouge, ça ne court plus les rues.

Le lendemain, Rufo alla à la rencontre d'Ignacio à la pause matinale. Ignacio lui parla de Radio Pirenaica et lui conseilla d'écouter les émissions de la radio espagnole indépendante et clandestine. Ces mots firent à Rufo l'effet d'un saut d'eau glacé jeté à la figure, le réveillant d'un coup. Ignacio venait de le capturer telle une proie en lui parlant de liberté. Souriant, il se tenait droit, avec une raideur de capitaine, tendu, prêt à dégainer la phrase adéquate, en fixant son interlocuteur de face, sans ciller, avec un regard qui perçait au travers de ses lunettes posées sur son nez busqué. C'est ainsi qu'Ignacio apprit à Rufo l'histoire récente de Bordeaux. Pendant l'occupation allemande, plusieurs hauts fonctionnaires de la région y avaient traqué les francs-maçons, les communistes, les républicains espagnols, les résistants, et bien sûr les Juifs. Des centaines de familles juives avaient été déportées de Bordeaux à Drancy, puis à Auschwitz. Le nazisme et les déportations en région bordelaise, c'était du passé proche. Le Fort du Hâ avait servi de prison politique, les nazis y avaient enfermé des résistants, les avaient soumis à des interrogatoires, et les avaient transférés au camp du Fort de Romainville, à l'est de Paris, puis les avaient déportés à Mauthausen et à Ravensbrück.

— Ignacio, je ne veux plus entendre parler de tout ça.

— Alors n'en parle surtout pas ! Même pas un peu ! Tout se sait à l'usine.

Ignacio conseilla à Rufo de rester prudent et discret sur son passé parce qu'il y avait des anciens collabos partout autour d'eux. Aussi, à Bordeaux, les rangs de la Résistance avaient été rejoints par de nombreux immigrés espagnols qui s'étaient réfugiés en France à cause de la guerre civile. Ignacio se lança dans une tirade dont la longueur n'allait pas épuiser le sens.

— Rufo, tu as combattu pendant notre guerre civile en Espagne et tu es entré en Résistance en France. Les Bordelais vont t'assimiler à ceux qui ont recueilli des renseignements sur eux et qui ont fait des sabotages à la base sous-marine. Tu sais Rufo, quand tu dis aux Français que tu as quitté l'Espagne entre 1936 et 1939, tout de suite, pour eux, ça en dit long sur qui tu es. Pas besoin d'explications et encore moins de longs discours. Ils savent immédiatement et totalement qui tu es... Enfin, ils ne savent pas qui tu es, ils savent plutôt qui tu n'es pas ! C'est que, quand tu as quitté l'Espagne entre 1936 et 1939, pour les Français, tu es forcément non catholique, non marié, ou peut-être marié, mais non monogame, non fiable, non riche, non de droite, non bien élevé, non cultivé, non propriétaire, non travailleur, non courageux...Tout ça, c'est faux, bien sûr. Mais tu le verras, le moins tu en diras aux Français et le mieux tu te porteras. Rufo, il ne faut plus œuvrer pour les Français. Il faut penser aux Espagnols avant tout et à nouveau. Elle sera là, la place que tu pourras occuper.

Rufo fut sidéré par ce qu'Ignacio venait de lui raconter. Tout accabla Rufo dans les paroles d'Ignacio : le débit, les détails et les avertissements. Secouant la tête, il n'arrivait pas à y croire. Il avait choisi de rejoindre une ville de collabos pour prendre un nouveau départ. Il avait envie de prendre sa tête entre ses deux mains pour la supporter tant elle devint lourde. Pour la première fois de sa vie, il ne sut pas quoi répondre, pris au piège par le poids des mots. Il continua à fixer Ignacio et de se mit involontairement à observer ses mains. Elles étaient fines, des mains de pianiste. Ce n'était pas un homme d'action, mais il semblait être capable d'utiliser sa ruse à bon escient, pour mettre les autres en mouvement. Rufo eut un pressentiment étrange, mais pas désagréable. Il sentit que cet homme n'était pas entré dans sa vie sans raison.

Le jour d'après, les deux Espagnols se retrouvèrent à l'usine. Rufo se souvint de son pressentiment de la veille. Soudain, comme s'il ne put pas faire autrement, alors qu'Ignacio ne lui avait rien demandé et qu'il le lui avait déconseillé, Rufo se mit à lui confier son histoire. Rufo lui livra son parcours jusqu'à son arrestation, ces fragments de vie épars de Torrecampo à Moulins. Puis il s'interrompit brutalement, incapable de poursuivre. Haletant, il eut la sensation de chercher à avancer et qu'une main invisible le retenait vers l'arrière. Rufo n'arrivait pas à parler des prisons et des camps de concentration nazis. Il se tut, égaré, presque apeuré. À ce moment-là, il aurait tout donné pour que ses souvenirs fussent dévorés par le temps. Les années à Torrecampo étaient les seules qu'il voulait garder en mémoire.

— Ignacio, je dois retrouver ma femme et mon enfant. C'est pour eux que j'ai survécu.

Rufo expliqua à Ignacio son projet de rejoindre l'Argentine avec eux et la nécessité de gagner de l'argent pour entreprendre le voyage, c'était la raison pour laquelle il travaillait à l'usine. Mais le plus dur pour Rufo, c'était de retrouver leurs traces. Ignacio fixait Rufo, ému, mais mutique. Puis il lui sourit avant de reprendre :

— Je vais t'aider, je te le promets.

— Ne fais pas de promesse en l'air, camarada ! Comment tu veux m'aider ? Je ne peux même pas leur écrire…

— Je n'ai pas dit que ce serait facile, j'ai dit que j'allais t'aider. Mais avant ça, j'ai besoin de toi.

CHAPITRE 2

Les premiers temps, je ne comprenais pourquoi Rufo avait choisi Bordeaux. Mon arrière-grand-père avait décidé de se reconstruire dans une ville qui avait été militairement occupée depuis l'armistice par la VIIe armée allemande, dans la deuxième plus grande ville de France en zone occupée après Paris, une ville où les Allemands avaient utilisé des républicains espagnols comme main d'œuvre pour construire une base sous-marine intégrée au dispositif de l'organisation Todt.

À défaut de savoir ce qui avait guidé les choix de Rufo, j'ai voulu les imaginer, sentir, vibrer. J'avais décidé d'être lui, juste un jour, pour tenter de comprendre. J'aurais aimé avoir ce flash lumineux, foudroyant, que l'on voit souvent dans les films et où tout s'éclaire soudainement.

C'était un matin de mars, je vivais à nouveau à Bordeaux depuis un an déjà. Ce matin-là, je me suis réveillée, fébrile, peinant à ouvrir les yeux, car j'avais peu dormi. Mon réveil indiquait qu'il était six heures trente et le soleil perçait mollement à travers les volets. Je me souviens encore de cette lumière pâle de fin d'hiver, de la fraîcheur de l'aube et de mon étourdissement matinal quand je suis sortie de chez moi. Les boulangeries commençaient à ouvrir leurs rideaux métalliques. Les bruits de mes pas lents résonnaient sur les pavés des rues bordelaises encore endormies. La rosée du matin recouvrait les arbres et les réverbères.

À l'angle de la rue Porte-Dijeaux, j'ai tourné à gauche pour descendre la rue Vital Carles en direction de la Place Pey-Berland. Je connaissais parfaitement cette place, mais ce jour, c'était différent. Je me suis arrêtée devant l'hôtel Ballande, comme si c'était la première fois. Je me suis demandée si, quand Rufo s'était tenu pour la première fois devant cet hôtel particulier, lui aussi, il savait que c'était le siège de la Stadt Kommandantur, le commandement militaire allemand. J'ai continué mon chemin, mais je ne déambulais pas au hasard des rues, je savais exactement où j'allais. J'ai marché jusqu'à la Bourse du Travail, cours Aristide Briand, observant cet imposant bâtiment art-déco en béton armé où la Feldgendarmerie avait élu résidence. Est-ce que Rufo l'avait su ? J'ai avancé sur les traces de mon arrière-grand-père, encore, un peu plus loin, attirée par ce qui me manquait, cette vérité.

De l'autre côté de la cathédrale Saint-André, c'était le Palais Rohan, l'Hôtel de ville de Bordeaux. C'était ici que l'élite politique bordelaise avait décidé de l'organisation d'expositions ainsi que de la diffusion de films anticommunistes et antisémites. Est-ce qu'au communiste convaincu qu'était Rufo, on avait raconté le succès de l'exposition sur « Le Bolchevisme contre l'Europe » ? Est-ce qu'il avait préféré ignorer l'hostilité et la haine installées pendant des années à Bordeaux ? L'empreinte de son bourreau était partout.

Cours de l'Intendance, j'ai imaginé Rufo marcher, pensif, et au coin de la rue Condillac, observer le théâtre « le Français » qui avait été transformé en Soldaten Kino sous l'occupation, un cinéma pour les soldats. C'était comme s'il pouvait voir les défilés quotidiens de soldats nazis et les panneaux de signalisation écrits en allemand qui bordaient le cours jusqu'au 27 août 1944, le départ des troupes de l'occupant. C'était si récent quand Rufo arriva à Bordeaux. Seulement quatre ans avant, il avait été arrêté par l'Abwehr, le service du contre-espionnage allemand, qui avait ouvert une antenne ici-même, face à lui. C'était dans cette ville qu'il avait voulu se reconstruire, et je n'en saisissais pas la raison.

  Ayant besoin de réfléchir, je me suis assise sur un banc de la place Gambetta. Absorbée par une réalité appartenant à un autre temps, j'ai attendu un déclic, une intuition, et finalement une heure. Bouleversée, je me suis sentie si proche de Rufo et à la fois si loin de percer ses secrets que j'en ai oublié où je me trouvais. Quand les odeurs réconfortantes de café brûlé et de croissant chaud parvenant de la terrasse d'à côté ont pénétré mes narines, elles m'ont ramenée au présent. Je me suis levée pour retourner chez moi, car j'avais déjà compris que Rufo ne pouvait pas ignorer le passé de cette ville pendant l'occupation, ni les traces des nazis à chaque endroit. La lutte n'était pas finie pour lui. C'était pour ça qu'il était là. Dans cette ville, les usines de métallurgie embauchaient par dizaines les vaillants immigrés venus d'Espagne s'installer à Bordeaux pour sa proximité des Pyrénées. Ils étaient d'anciens républicains, comme Rufo. Il avait été gagné par un sentiment qui lui était étranger depuis son départ de Torrecampo. Pour la toute première fois, il avait l'impression de retrouver, de reconstruire. En décidant de rester à Bordeaux, il avait aussi abandonné ses chimères et Buenos Aires. Les années tumultueuses de la lutte acharnée et des causes à défendre n'étaient pas tout-à-fait terminées. Rufo n'avait jamais eu peur de mourir, mais il était terrorisé à l'idée de rendre définitivement les armes, ce serait admettre qu'il avait perdu. Son combat de *rojo* n'était pas encore derrière lui.

CHAPITRE 3

À Bordeaux, Rufo accepta sa première mission politique d'homme libre. C'est Ignacio qui la lui donna. Sérieux et travailleur, l'Aragonais incarnait la précision comme personne. D'une rigidité métallique, ses remarques pointues, presque aiguisées, piquaient Rufo par surprise. C'était toujours l'homme de la situation, celui qui disait ce qu'il fallait dire quand il fallait le dire et de la manière dont il fallait le dire. Rufo avait souvent admiré ces personnes-là, parce qu'elles étaient tout ce qu'il n'était pas lui.

Ignacio avait constitué à Bordeaux un groupe d'Espagnols anciennement républicains qui se rassemblaient aux brèves pauses et après les journées de travail, près des quais de la Garonne. Ce qu'ils avaient en tête, c'était de mettre à mal la dictature de Franco depuis la France. Ignacio avait convaincu Rufo de participer, voulant que le groupe profite de son expérience dans l'organisation d'opérations. En contrepartie, il devait le mettre en relation avec les bonnes personnes pour retrouver sa femme et son fils, ainsi que pour entreprendre son voyage en Argentine. Comme autrefois, Rufo s'engagea dans l'action politique, mais parce que cette fois, il y voyait un moyen d'obtenir des retrouvailles. Il était loin d'imaginer à quel point le combat était déjà fini.

Un soir d'hiver de l'année 1946, après la journée de travail à l'usine, les Espagnols étaient une dizaine à se réunir au Burdigala, un bar animé et fréquenté par les ouvriers du quartier Saint-Michel. Comme les autres Espagnols du groupe, Rufo s'était affilié au Parti Communiste Français. Dans une atmosphère de chahut général, les hommes débattaient sur la lutte des classes, ils chantaient l'Internationale à tue-tête, ils enchaînaient les cigarettes et les verres de vin avec excitation, ils tapaient du poing sur la table avec échauffement. Rufo se sentait exalté et vivifié à nouveau. Sa fougue était revenue de manière éclatante. Il avait retrouvé le goût familier et plaisant des réunions de la cellule du parti communiste de la Valle de Los Pedroches. Rufo et les autres Espagnols du groupe d'Ignacio écoutaient les diffusions de la Radio Pirenaica. Assidument, ils suivaient les avancées d'un projet de loi en Espagne qui renforcerait le pouvoir de Franco en tant que chef de l'Etat, fondant son organisation et sa succession. Le Caudillo trouverait les moyens de conserver les rênes de son pays.

— Et nous aussi, nous avons des moyens, camarades ! lança Joaquín.

À ces paroles, le grand Andrés se leva d'un bond, se cabrant à moitié, car il n'était pas question pour lui de reprendre le combat. Mais Joaquín non plus n'avait pas en tête de prendre les armes, ils savaient tous qu'il était exclu de revenir en Espagne comme soldats. Ceux qui étaient rentrés au pays n'en étaient jamais revenus, il se disait qu'ils avaient été exécutés. Joaquín marqua un temps mort, sans bouger son large corps de sa chaise tandis qu'Andrés, resté debout, le fixait les yeux écarquillés. Puis Joaquín reprit lentement :

— Nous n'avons plus l'âge de faire la guerre ou la révolution pour le peuple, messieurs, alors j'ai pensé à une action à notre portée : j'ai pensé à l'information.

— L'information ? répéta Andrés d'un ton agacé face au calme de Joaquín.

— Oui, il nous faut informer, et pour ça, je propose de distribuer des tracts aux Français et de leur dire ce qu'il se passe à leurs frontières...

— Mais ils vont nous dénoncer ! s'exclama Andrés.

— Nous dénoncer pour quoi ? Pour être étrangers ? Pour être terrés dans le silence ? Nous ne sommes fautifs de rien d'autre que de notre inaction. C'est ce qu'il nous faut camarades, il nous faut informer ! rétorqua Ignacio avec ferveur.

Ignacio était assis, son regard était incisif, sa concentration aiguë. Tapotant sur la table en bois de ses doigts filandreux, il battait la mesure. Soudain, il prit une profonde inspiration et rappela d'une voix pénétrante que les Français sortaient d'une guerre humiliante contre Hitler, qu'ils avaient souffert, qu'ils voulaient passer à autre chose, oublier l'occupation, les nazis et le régime de Vichy.

— Mais comment faire table rase du passé avec un dictateur fou toujours à leurs portes ?
Au Sud des Pyrénées, la redoutable menace fasciste est encore debout !

Les hommes applaudirent Ignacio et Joaquín lança des borborygmes de satisfaction.

Joaquín était le colocataire de Rufo. C'était un homme à la barbe rousse hirsute, plus épais que grand, et à l'air flegmatique. Il avait dû toujours faire vieux même quand il était jeune. Taciturne, il avait une allure à la Victor Hugo, mais sur le déclin et en plus ibérique. Quand il parlait, ses mains tournoyaient mollement dans les airs et ses sourcils broussailleux se figeaient dans une surprenante grimace. Mais il ne parlait pas vraiment, il grognait. Rufo s'était souvent demandé ce qui avait pu arriver dans sa vie pour qu'il soit si rustre.

Les deux Espagnols vivaient ensemble dans un appartement minuscule et humide du quartier de Bordeaux Nord, une partie de Bordeaux peuplée d'étrangers, des Espagnols, des Portugais, des Italiens, tous des immigrés, des apatrides qui n'étaient pas acceptés dans les beaux quartiers de la ville. Joaquín vivait dans ce logement depuis son arrivée en France. Il avait souvent changé de colocataire, mais rien d'autre que l'un de ses occupants n'avait varié dans cet appartement. Joaquín n'avait acheté que le strict nécessaire, presque au jour le jour, comme s'il se préparait à repartir n'importe quand en Espagne. Pour Rufo, le strict nécessaire était un luxe. Il avait retrouvé la chaleur d'un lit et la protection d'un toit, c'était tout ce qu'il lui fallait. Avec Joaquín, ils partageaient les repas, les verres de vin bon marché, les fous rires, les idées, la solitude et les coups de sang. Quand il lui prenait l'envie de bavarder, Joaquín parlait d'un passé récent ou du présent. Il évoquait peu l'Espagne qu'il avait connue, et encore moins celle qu'elle était devenue. C'était comme si sa mémoire avait été partiellement effacée. Il était de Salamanque, où il avait été mécanicien automobile. Son embonpoint lui venait de s'être installé à Bordeaux dès sa sortie du camp de réfugiés de Barcarès.

— Je suis célibataire.

La déclaration de Joaquín ce soir-là avait pris son colocataire de court. C'était un diner comme un autre à l'appartement, Joaquín mangeait bruyamment, la bouche ouverte. Rufo ne saisit pas immédiatement ce qu'il voulait dire, parce qu'il ignorait alors que c'était ce que disaient tous ces hommes mariés exilés qui n'avaient pas voulu retrouver leurs femmes. Elles étaient restées au pays et n'avaient plus jamais eu de nouvelles de leurs époux. Joaquín était marié. Sa femme s'appelait Benita, la blonde Benita. Une lueur avait parcouru les yeux de Joaquín quand il avait prononcé ces mots. Puis il s'arrêta, remarquant que Rufo le regardait d'un air curieux. Lorsqu'il avait quitté Salamanque après la chute de Barcelone, Joaquín n'imaginait rien de la suite. Qui pouvait se douter de ce qui allait se passer ? Il avait voulu rejoindre la France, il était parti en premier et avait laissé Benita avec ses parents en pensant lui proposer de venir une fois sa situation plus stable. Il avait choisi la France parce qu'il n'avait pas d'autre endroit où aller. En sortant du camp de réfugiés de Barcarès, il s'était installé à Bordeaux, comme beaucoup d'internés du camp et comme des milliers d'Espagnols avant. Il aurait pu choisir Toulouse, c'était ce qu'avaient fait certains, mais c'était Bordeaux pour lui. Ensuite, Joaquín n'avait pas écrit à Benita, car il lui avait menti. Il lui avait parlé de la France comme une terre accueillante et synonyme d'avenir. Il n'avait pas voulu lui parler des camps de réfugiés, lui dire que les Espagnols avaient été traités tels de la vermine, lui avouer que les Français les avaient appelés les indésirables. Il n'avait pas pu lui raconter le racisme à Bordeaux.

Joaquín marqua une nouvelle pause. Rufo ne l'avait jamais vu si affligé. Puis il hocha la tête de gauche à droite pour dire non, il n'avait pas pu écrire à Benita pour lui parler de tout ça. Joaquín avait pensé à ce qu'il fallait faire pour elle, parce qu'il l'aimait. Elle était mieux chez ses parents qui bénéficiaient d'une bonne réputation, car ils étaient plus proches de la Phalange que des rouges. Benita ne craignait rien en Espagne, elle serait même protégée. C'était d'ailleurs pour cette raison qu'il pouvait lui écrire sans problème. Joaquín avait appris de source certaine que, juste après la victoire des nationalistes, les épurations de républicains étaient quotidiennes. Les anciens rouges et leurs familles étaient fusillés tous les jours par les hommes de Franco, et lui, il ne voulait pas mourir. Ainsi, Joaquín était resté à Bordeaux, tout seul.

— Une fois qu'on est partis, on ne peut plus revenir.

C'était ce qu'il avait dit à Rufo ce soir-là. L'Espagne, c'était fini pour lui. Benita, c'était devenu le passé aussi. Joaquín ne s'était jamais remarié. Il était conscient d'avoir fait des choix qui n'étaient pas dénués de regrets. Malgré sa peine, Joaquín ne s'était jamais plaint devant Rufo, parce qu'il estimait qu'il était chanceux, lui il n'avait pas connu quatre années dans les camps de concentration nazis, ni la promesse du peloton d'exécution. Après s'être livré, Joaquín demanda à son colocataire de reparler des tracts pour ne plus parler de Benita. Rufo demeura immobile, bredouillant quelques paroles inaudibles, n'osant pas expliquer à Joaquín qu'il ne s'était pas retrouvé dans son discours. Depuis qu'il était à Bordeaux, dans les moments où Rufo flânait, il aimait penser à Terencia, parvenant même à se rappeler de sa voix. Parfois, il la voyait comme si elle avait été avec lui. Il adorait imaginer ce qu'elle devait être en train de faire. Comme auparavant, il aurait aimé lui confier ses pensées secrètes, ses rêveries inavouables, c'était ce qu'il avait toujours fait à ses côtés. Ces évocations lui faisaient le sentir fort à nouveau. En songe, Rufo s'était rapproché de Terencia et avait peu à peu oublié l'Argentine. C'était à Bordeaux qu'il voulait refaire sa vie avec sa femme.

Puisqu'il n'était plus illégal d'éditer et de distribuer des tracts en France, les ouvriers espagnols décidèrent de communiquer des messages de papier et d'encre pour dénoncer le sang que faisait couler l'oppression franquiste. Ignacio trouva des formules percutantes, s'inspirant des tirades de Dolores Ibárruri, *la Pasionaria,* tandis que Rufo organisa les tournées de distribution des camarades. Lui et ses camarades voulaient remettre des tracts dans le centre-ville de Bordeaux, rue Sainte-Catherine, Place de la Victoire, Place de la Comédie, Cours de l'Intendance, Place des Quinconces, en allant même jusqu'au quartier des Chartrons. Ils se mobilisèrent pendant plusieurs semaines consécutives, dans le froid et sous la pluie. Mais après un mois de tournées, Rufo commença à saisir que la dignité des Espagnols se confrontait à l'indifférence des Français. Un samedi matin, aucun passant ne leva même les yeux vers lui comme si personne ne s'intéressait à ce qui se passait en Espagne. Au milieu de la rue, Rufo se figea, abasourdi et anéanti. Face à l'insensibilité, il s'affaissa par terre, s'assit sur les pavés, incapable de rester debout. Plusieurs minutes plus tard, un homme vêtu d'un élégant manteau noir passa devant Rufo. Il s'arrêta et le toisa avec un regard de dédain. Très lentement, il se baissa à sa hauteur. Accroupi, il se mit à lire les tracts qui gisaient à ses pieds. Se relevant sans un mot, l'homme les piétina et partit. Il laissa derrière lui un silence insolent qui fouetta le visage de Rufo d'un vent glacial et sans pitié. Au moment où l'ancien déporté essayait de se reconstruire, le souvenir de l'échec venait de le frapper pareil à la balle qu'un soldat tire pour achever son adversaire. C'était une souffrance d'outre-tombe qui l'atteignait, faite de remords et de repentirs, soudain redevenue intacte.

Quelques jours plus tard, au Burdigala, les camarades de l'usine affichaient des mines si affligées que Rufo comprit qu'il n'était pas le seul que l'opération des tracts avait laissé terriblement amer. Joaquín, qui ne s'émouvait pas aisément, paraissait étrangement peiné. Son regard attristé faisait l'effet d'être perdu dans le vide. À sa droite, le grand Andrés avait un air misérable. Se tenant courbé, c'était comme si sa colonne vertébrale s'était brusquement brisée. Ángel reconnaissait que c'était un échec cuisant. Quant à Andrés, il estimait qu'ils avaient perdu leur temps. Les autres camarades acquiescèrent, hochant la tête à l'unisson. Pourtant, pour Ignacio, si les tracts n'avaient pas eu l'effet escompté, leur action n'était pas terminée. Les républicains avaient été vaincus, mais ils ne devaient pas se sentir humiliés. Confiant, il cherchait à rassurer en rappelant que l'Espagne avait toujours besoin d'eux. Manuel divagua ensuite sur une union avec les dockers du port de Bordeaux qui étaient majoritairement des Espagnols, il parlait de se grouper avec leur syndicat. Face à cet acharnement qui lui sembla absurde, Rufo se sentit encore plus acculé. Gagné par un abattement profond, il prit finalement conscience qu'il n'avait plus sa place dans ce groupe. Il sortit d'un air nonchalant sans adresser la moindre parole à personne tandis qu'Ignacio lui emboîta le pas.

Dehors, sous une pluie fine et la lumière blafarde d'un réverbère, Ignacio scruta Rufo avec un regard acéré. Fébrile, Rufo expliqua qu'il ne voulait plus des idéaux et des actions, car pour lui, tout cela ne menait plus à rien. Bien qu'il n'eût oublié ni Franco ni la dictature en Espagne, il comprenait que ce n'était pas depuis la France, et encore moins depuis Bordeaux, qu'ils feraient tomber un dictateur que même les Espagnols d'Espagne ne parvenaient pas à éradiquer. Il avait pu constater en essayant d'impliquer des Français qu'ils n'avaient pas le moindre intérêt pour le sort de l'Espagne et Rufo n'avait plus la force de lutter, encore moins pour des causes qui lui semblaient désormais perdues d'avance. Face à lui, Ignacio s'obstinait parce qu'il était convaincu que rien n'était perdu : il fallait continuer à informer les Français, et d'autant plus les Bordelais, ces habitants d'une ville anciennement occupée. Ignacio marqua une pause pour calmer son emportement. Ombrageux et empli d'irritation, il observa son camarade avec un air proche du dégoût.

— Qui es-tu, Rufo ? fit-il d'une voix tranchante.

— Tu sais très bien qui je suis. Je n'ai pas changé ! C'est mon monde qui a changé ! Il y avait le monde d'avant, celui où je n'avais pas peur, celui où je défendais ma terre, ma famille et la liberté au péril de ma vie. Dans le monde d'après, tout s'est déjà écroulé, les massacres ont déjà eu lieu. Et moi, je suis seul et accablé. Tu me vois peut-être invulnérable, mais je n'oublie pas les coups et les blessures que j'ai reçus. Je n'en veux plus des défaites et des souffrances ! Je suis en train de me reconstruire. Tu n'as pas été dans les prisons et les camps nazis toi !

— Je n'ai pas connu l'enfer des camps, non, mais je sais ce que tu as vécu et...

— Non, tu ne sais pas. Ce n'est pas vrai, tu ne peux pas savoir ! Les morts ne peuvent pas raconter ! Et ceux qui en sortent vivants ne veulent pas parler !

Après avoir beuglé ces paroles, Rufo se tut. Il avait souffert à cause de ses idées, parce qu'il avait été communiste en Espagne et résistant en France. Il n'avait jamais reculé, mais il avait déjà trop sacrifié.

— Tu es celui qui m'a raconté ne pas supporter l'oppression et la soumission. Alors tu ne vas pas me faire croire que tu peux oublier ce qu'il se passe au pays !

— Je peux faire semblant...

À ces mots, Ignacio resta sidéré, une étincelle étrange flottant dans les yeux. Il pouvait devenir mauvais. Lui qui se servait peu de ses dix doigts si fins, il aurait pu frapper Rufo d'une gifle d'acier. La pluie hivernale dégoulinait sur son visage sans refroidir sa colère.

— Retrouver ma femme et mon fils, ce sera mon nouveau combat, et le dernier. Je ne suis plus un soldat ni un prisonnier. Je suis un mari et un père. Ce n'est pas une trahison pour les batailles passées, c'est que l'affrontement n'a plus de valeur à présent. Je suis allé au bout de mon serment de rouge.

Rufo s'arrêta et regarda Ignacio dont la posture à cet instant précis était une négation de tout ce que Rufo lui avait connu jusqu'alors. L'Aragonais qui, d'habitude, se tenait si droit, s'était recroquevillé. Il avait blêmi sous les lueurs blanches, presque métalliques, de la rue, et était resté bouche bée, avec son habituel regard perçant qui était devenu vide. Rufo profita de son trouble pour lui tourner les talons. Il avait choisi son dernier combat sans savoir qu'il pouvait encore échouer.

CHAPITRE 4

Rufo ne revint jamais plus aux réunions de militants espagnols. À l'usine, Rufo et Ignacio s'évitèrent habilement, chaque jour, pour ne pas en venir aux mains. Pourtant, Rufo ignorait qu'Ignacio n'avait pas oublié la promesse qu'il lui avait faite. Quand Ignacio se fiança avec sa petite amie, une Française du quartier huppé de Caudéran, il lui fit transmettre par Joaquín un faire-part pour leur mariage. Lorsque Rufo ouvrit l'enveloppe de papier soyeux de couleur ivoire, il découvrit l'invitation, et surtout qu'Ignacio avait aussi laissé un court mot écrit à la main, à son attention :

Rufo,

Je t'ai compris, camarade. Je veux t'aider à retrouver ta femme et ton enfant sans danger. Tu peux écrire à l'homme dont l'adresse est écrite derrière, c'est un passeur andalou. Il parle français, il s'occupera de remettre tes lettres et d'organiser leur passage en France.

J'espère que tu seras victorieux dans ce monde d'après.
Ignacio

Depuis sa libération de Dora, Rufo avait voulu renaître, mais il ne savait même pas si Terencia et Tomás avaient été épargnés. En revanche, il savait que sous le régime de Franco, des anciens républicains espagnols étaient morts de faim ou de maladie dans leur maison, dans leur pays. Rufo aurait aimé prier le Dieu auquel il ne croyait pas pour retrouver sa femme et son enfant sains et saufs. Comme le courrier était toujours contrôlé en Espagne sous la dictature, Rufo attendit beaucoup avant de se décider à écrire au passeur. Un jour de froid sec de janvier 1947 où le gel de l'hiver avait figé les brins d'herbe des jardins, Rufo posa du papier blanc sur la table du salon. Il devait tout d'abord adresser une lettre à sa mère. Il avait évidemment beaucoup à raconter, tant à expliquer, mais il n'était même pas certain que sa mère fût encore en vie. Il se censura et prit simplement des nouvelles de sa famille à Torrecampo, et surtout de sa femme et de son enfant. Les jours qui suivirent l'envoi de sa lettre au passeur, Rufo attendit un courrier venant d'Espagne avec impatience et fébrilité. Passant des journées et des nuits tourmentées, à mal dormir, il refusait d'imaginer que sa femme et leur enfant aient pu ne pas survivre. Quand il reçut la réponse de sa mère transmise par le passeur, Rufo lut sa lettre comme un dément :

Mon fils,

Quel bonheur d'apprendre que tu es en vie ! Toutes mes prières ont été exaucées, je peux désormais m'en aller en paix. Aucun fils ne doit partir avant sa mère. Ton père, lui, nous a quittés l'an dernier, d'un infarctus. Je sais qu'il n'approuvait pas tes choix et que vous n'étiez pas tout le temps d'accord, mais il a parlé de toi jusqu'à son dernier jour.

Si c'est ce que tu veux savoir, Terencia s'est bien comportée et elle t'a attendu. Elle t'attend toujours, je le sais. C'est une bonne personne et elle est très travailleuse. Elle est une mère tendre et aimante pour ton fils. Oui, tu as un fils, et Terencia l'a appelé Tomás, comme ton père. Grâce à Dieu, petit Tomás est en bonne santé. C'est un garçon délicat et intelligent. Il a appris à lire et à écrire.

Tes sœurs vont bien également, elles vivent à Séville. Elles ont fait de bons mariages et de beaux enfants. C'est une bénédiction. Tout le monde n'a pas eu autant de chance. Terencia a été très courageuse. Ce fut terriblement dur pour elle au village, mais je ne pense pas nécessaire de te raconter maintenant. Aussi, dans sa famille, ce fut une hécatombe. Dionisia, sa sœur, elle est morte de faim. Son frère Luis, l'orpailleur, si grand et si robuste, il est mort après avoir mangé des herbes qu'il avait ramassées et qui devaient être son seul dîner, il n'avait plus que ça pour manger. Tout l'argent qu'avait cette famille s'est transformé en papier mouillé quand le gouvernement de Franco a mis en place deux pesetas, la monnaie des franquistes et celle des républicains. L'argent rouge comme ils ont dit, c'est celui qui ne valait plus rien.

Je sais que tu ne peux toujours pas revenir à Torrecampo, mais je sens que, deux Espagnols de plus voudraient rejoindre la France. Terencia n'attendra qu'un signe de toi, maintenant que tu as une situation.

Pourvu qu'ils puissent te retrouver, c'est tout ce que je vous souhaite à présent. ¡ Ojalá !

Ta mère qui t'aime.

Rufo lut les mots de Francisca frénétiquement une première, puis une deuxième fois. Il laissa ensuite tomber la lettre, se sentant vidé. Traversé par des émotions aussi violentes qu'indéfinissables, il trembla intensément. Des larmes confuses commencèrent à ruisseler sur ses joues. Son pays était devenu ignoble et abject, il le savait déjà, mais ce qu'il retint de cette lettre c'était que son père était mort et que Terencia et son fils vivaient. Son père était décédé et leurs conflits passés étaient achevés aussi. La tristesse de la perte se mêla à la joie d'apprendre qu'il avait un fils et au soulagement de savoir que la confiance de Terencia était demeurée infaillible. Ils l'avaient attendu, par amour et par conviction, et malgré ce qu'ils avaient pu subir.

Depuis la lettre de sa mère, malgré une attente qui lui parut interminable, Rufo organisa l'arrivée en France de Terencia et Tomás. Ils devaient se retrouver sur le quai de la gare de Perpignan, dans les Pyrénées Orientales. Grâce à l'intervention de son cousin Emilio, Terencia fut aidée par sa patronne qui lui avança de l'argent pour payer le passeur et entreprendre avec Tomás un voyage de presque mille kilomètres. Ils allaient partager cette route éprouvante avec un groupe de six autres Andalous voulant rejoindre la France, guidés par le passeur que Rufo avait contacté. Le périple s'annonçait périlleux, parce qu'ils étaient tous des rouges en Espagne et seraient des réfugiés en France.

Quand ils partirent de Montilla, au Sud de Cordoue, le passeur les rassura. Calmement, il leur expliqua qu'il avait fait déjà plus de dix fois le passage et qu'il connaissait parfaitement les sentiers les moins dangereux. À défaut d'autres options, tous eurent envie de le croire. Ils venaient de villages différents où ils étaient nés, de hameaux plus ou moins pauvres qu'ils aimaient et qu'ils avaient longtemps cru être les lieux où ils s'éteindraient. Parfois, pendant les longues heures de calèche, de camion et de marche, ils se racontaient des anecdotes légères qui permettaient à leurs compagnons de voyage de se figurer les environnements qu'ils avaient connus. Un palefrenier raconta qu'il avait pour habitude de se frayer un chemin à la Plaza de Toros de Pozoblanco pour assister aux courses endiablées des puissants chevaux de pure race espagnole pour lesquelles il ne pouvait se permettre d'acheter des tickets, mais il n'aurait perdu pour rien au monde ce spectacle où tout le monde criait et applaudissait. Un travailleur agricole du canton de Málaga se lança dans le récit de ses promenades au jardin botanique de La Concepción de Málaga dont les cascades jaillissaient au milieu de palmiers centenaires et de ficus gigantesques. Non sans fierté, Terencia parla du jour où Tomás fit ses premiers pas dans le patio de leur maison en tournant autour de l'olivier d'une démarche assurée, avant de rapidement s'aventurer sur les pavés de la Calle Góngora. Même si les voyageurs ne se reverraient jamais, ces récits nostalgiques les soudèrent autant qu'ils les confortèrent. Aucun d'eux ne fuyait, ils étaient trop attachés à leur Espagne et à ses traditions pour s'en détourner. Ce qu'ils cherchaient tous, c'était simplement de trouver mieux, temporairement, que la misère et la faim.

    Après plusieurs jours de voyage à travers les routes espagnoles, ils réussirent à éviter toutes les difficultés d'un très long trajet ainsi que tous les contrôles, arrivant sains et saufs à la frontière franco-espagnole. Le jour où ils parvinrent au tant attendu point de contrôle, ils furent confrontés aux gendarmes français, auxquels ils s'étaient attendus également. Le plus gradé alla à leur rencontre d'un pas résolu. Cet homme au visage harmonieux, avait les yeux bleus, la peau claire, les cheveux blonds parfaitement coiffés, le torse large et l'allure altière. Son physique avantageux avait marqué Terencia au point que, parmi ce qu'elle n'oublierait jamais de sa vie, il y avait cet homme, ce visage, ces yeux, associés à un souvenir amer. Ce gendarme était Lieutenant-Colonel et allait démontrer une assurance et un zèle insolents. C'était un homme à qui on avait toujours dit qu'il était beau, toute sa vie, depuis ses parents, jusqu'à ses camarades de l'école de la gendarmerie, en passant par ses trop nombreuses maîtresses, et qui avait développé une confiance extraordinaire. Il n'avait donc nul besoin d'user de son pouvoir pour exister, mais il avait nourri une terrible aversion pour ces innombrables étrangers qui se battaient pour rentrer dans son pays, sa France à lui. Ces Espagnols arrivaient aussi dépourvus de manières que gorgés d'espoir, et il ne s'était jamais habitué aux scènes affligeantes auxquels il assistait quand cette croyance que la France allait régler leurs problèmes suppurait de tous les regards ibériques et harassés. C'était presque par compassion qu'il en refoulait certains, il leur évitait une indigence pire que celle de leur pays pour ces futurs sans papier qui ne sauraient jamais parler la noble langue de Molière.

Ce jour-là, le gendarme se mit à tous les observer avec un mépris qu'il ne prit pas la peine de contenir. Au contraire, de ses yeux, il manifesta, pareil à un cri du cœur, qu'il ne les aimait pas, ces vermines, et porta ostensiblement sur ses neuf espagnols à la fois épuisés et pleins d'espérance un regard hautain et dégradant, comme s'il eût affaire à des bêtes de somme. Il se demanda ce que des miséreux si faméliques et fatigués pourraient bien apporter de bon à son pays. C'en était trop ! Poussé par une envie rageuse et irrépressible, il décida qu'il ne les laisserait pas passer, pas eux, c'était non. Il regarda celui qu'il identifia être le passeur avec un air d'absolue conviction, il se montra infaillible, incarnant l'inflexibilité de ses ordres. Il savait que les femmes, les hommes et les enfants qu'il avait face à lui ne parlaient pas un mot de français, alors pour communiquer sa fatale décision, il croisa les bras, fit non de la tête et rabattit la barrière. Il finit par appeler ses collègues incrédules pour venir faire rempart. Lisant une incompréhension grandissante autour de lui, il répéta, plusieurs fois, et de plus en plus fort, qu'il n'y avait pas de passage aujourd'hui. Il n'y eut pas de moqueries ni de paroles blessantes, le gendarme resta professionnel, mais il parla de manière puissante, il cria leur rejet, hurlant l'humiliation : la France ne voulait pas d'eux.

C'est ainsi que ce passage prit une tournure inattendue. Le passeur devint blême. Il eut des palpitations et avala péniblement sa salive. Il se retourna vers les huit autres Espagnols, comme un père de famille, et les regarda intensément, avec un air qu'il voulut rassurant et qui communiquait que tout n'était pas perdu. Pourtant, il savait que l'espoir de toutes ces personnes venait de fondre comme la neige de la Sierra Nevada en juillet. Il les observa et ne put s'empêcher de constater sur leurs visages toutes les nuances de la consternation, de la peine, et de la détresse. Il décida de tenter une négociation polie avec le gendarme à qui il brandit d'une main assurée les faux justificatifs qu'il avait préparés. Le Lieutenant-Colonel lui rendit les papiers sans même les avoir étudiés, expliquant qu'il devait respecter les ordres de sa hiérarchie, confirmant qu'il n'y aurait pas de passage pour eux. Il avait jeté ces mots avec haine, bouffi d'arrogance. Le ton de ses paroles fit comprendre qu'il n'y avait pas de place pour les négociations ou les manigances avec lui. Il remit les documents au passeur avec indifférence.

— Pas de passage jamais ou pas de passage aujourd'hui ?

— Pas de passage, c'est tout. Je dois vaquer à mes occupations, je vous demande donc, à vous et vos amis, de bien vouloir libérer la voie pour les personnes autorisées à passer.

Les neuf Espagnols ne bougèrent pas, paralysés par l'incompréhension.

— Libérez la voie sinon je vous rends à la police espagnole !

Ils saisirent le ton sans comprendre le sens et obtempérèrent. La protestation et encore moins la rébellion ne les auraient sortis de cette impasse. Cependant, la déception et le désespoir envahirent inéluctablement le groupe. Mais pour le passeur, il ne fallait pas encore abandonner.

Terencia, Tomás et leur groupe se cachèrent aux abords de la frontière des jours durant. Ils se sentirent comme des proies en fuite, vulnérables. Leurs vivres diminuaient cruellement. Se languissant, ils se morfondaient d'une échappatoire qui était si proche, mais que le destin leur avait refusée. Chaque matin, le passeur allait guetter, subrepticement, en espérant le remplacement du Lieutenant-Colonel. Il revenait dans leur cachette avec la désillusion de celui qui portait le poids de l'échec. Pourtant, il n'avait pas encore renoncé. Un jour, il décida de conduire le groupe du côté du passage de Prats-de-Mollo, par lequel il n'était jamais passé, mais dont il en avait entendu parler. Quand ils atteignirent la frontière où seulement deux gendarmes étaient en place, le passeur ne se réjouit pas tout de suite pour autant, c'était trop tôt pour crier victoire. Il resta concentré, calme, déterminé. Il sépara ses huit concitoyens en deux sous-groupes, les femmes et les enfants d'un côté, les hommes de l'autre. Il les accompagna tour-à-tour à la frontière en montrant à nouveau leurs papiers. Et ils passèrent, presque trop facilement, alors que cette fois, personne n'y croyait. L'allégresse les gagna, les visages se détendirent et les corps se décrispèrent. La joie fut portée dans les cœurs légers et soulagés. Ce fut la délivrance après des journées d'inquiétude furieuse, à se cacher et à attendre le pire. Les yeux étincelant d'espoir, Terencia étreignit et embrassa Tomás qui ne sembla pas tout-à-fait saisir ce qu'il leur arrivait. Mais ils étaient en France, en France ! Et ils déjà étaient impatients de découvrir ce que la France allait leur offrir.

CHAPITRE 5

Sur le quai de la gare de Perpignan, le jour où Rufo devait retrouver Terencia et Tomás, il ne les trouva pas. Supposant qu'ils n'avaient certainement pas pu franchir la frontière à temps, Rufo ne voulut pas céder à la panique. Il évita de penser à ce qui aurait pu leur arriver de mal et continua à croire qu'ils arriveraient prochainement. Pendant six jours qui lui parurent interminables, il retourna sur le quai de la gare et attendit sur un banc jusqu'au crépuscule. L'angoisse monta chaque fois davantage jusqu'à devenir un sommet d'inquiétude grandissant en lui, recroquevillant ses membres et comprimant son cerveau. Le cœur tassé, le corps de Rufo fut pris en étau, arraché par les tenailles de l'attente.

Un jour où Rufo attendit sur le quai, il devina que c'étaient eux, là-bas. Enfin ! Tout à coup, il fut pris dans un tourbillon d'émotions renversantes. Jusqu'alors, il s'était refusé à imaginer comment ces retrouvailles pourraient se dérouler, mais il trépignait maintenant d'impatience autant qu'il tremblait d'anxiété. Il était partagé entre la hâte brulante de retrouver sa femme et son fils et la crainte effroyable de lire leur déception en le voyant, car dix années s'étaient écoulées, et son visage comme son corps portaient toujours les stigmates des maux qu'il avait endurés. Terencia avait une dizaine de jours de voyage derrière elle. Pourtant, il n'y avait aucune trace de fatigue ni aucune hésitation quand elle s'avança. Seuls ses vêtements, affreusement abîmés, traduisaient la difficulté du périple qu'elle venait de vivre. Elle avait la certitude et la détermination des premiers jours dotées d'une maturité nouvelle que Rufo lui découvrait. Bien qu'elle ne fût plus la Terencia qu'il avait laissée en 1937, elle avait une forme de présence puissante qui le transporta immédiatement à Torrecampo. Son air à la fois timide et franc fit tressaillir Rufo. Il se rapprocha davantage d'elle, et lui qui, à l'accoutumée, agissait avec précipitation, il prit le temps et la mesure de ce moment, souhaitant en savourer chaque seconde. Se tenant très droite, Terencia portait une robe qui dévoilait sa taille qu'elle avait gardée très fine, à cause des années de privations. Elle resta digne et réservée. Elle pleurait, mais ses sanglots étaient tranquilles. Elle ne dit rien, mais c'était comme si elle avait tout dit. Son mari reconnut cette sensation plaisante et ce sentiment familier. En l'espace d'un instant, toutes ses souffrances lui semblèrent oubliées tant il eut l'impression que le souvenir de son enfermement était évacué.

Terencia ne lui sauta pas dans les bras, elle ne l'embrassa pas non plus. Rufo mit sa distance sur le compte de sa pudeur. Devinant la confusion de Rufo face à sa retenue, elle s'approcha de lui jusqu'à l'effleurer. Elle lui adressa un regard pénétrant et ses yeux enveloppèrent chaudement Rufo comme si elle l'eût serré dans ses bras. Cette étreinte du regard bouleversa Rufo au point de provoquer en lui l'impression d'une secousse intérieure. À cet instant, Terencia perçut que quelque chose avait changé en Rufo. Le flottement dans ses yeux avait pris la place du feu du combattant. Elle discerna que les émotions s'emmêlaient en lui. Il était soulagé de les avoir retrouvés, il se sentait chanceux, mais il n'était pas ivre de bonheur. Il aurait dû être comblé, euphorique, ravi par la gaieté. Pourtant, il n'y croyait pas tout-à-fait, ne pouvant oublier que dix ans s'étaient écoulés. Comment condenser dix années d'absence en quelques phrases ? Même les plus beaux mots que Rufo aurait pu prononcer ne pouvaient être qu'insuffisants, injustes, intolérables. Je t'aime. Tu m'as tant manqué. Je ne t'ai jamais oubliée. Chaque jour j'ai pensé à toi. Je suis désolé. Rien de ce qu'il aurait pu dire n'aurait pu traduire la béance creusée par l'absence.

Quand soudain, Terencia détourna son attention de Rufo, elle fit un mouvement de côté et ouvrit la bouche pour laisser échapper ses premiers mots :

— Voilà, c'est ton père.

Elle venait de s'adresser au garçon qui se tenait fièrement à ses côtés. Ce fut ainsi que Rufo découvrit Tomás, son fils, il avait dix ans. Le petit homme qui lui faisait face avait les traits fins, le regard intense et espiègle, un teint de porcelaine et des boucles brunes. À ses pieds, ses espadrilles étaient dévorées par les centaines de kilomètres qu'elles avaient dû avaler. Pourtant, il semblait irradier d'espoir, d'une sorte de joie provoquée par le soulagement d'être arrivé en France plutôt que par la rencontre. Rufo ne sut pas quoi faire, car son fils ne le connaissait pas. Terencia posa alors la main dans le dos de Tomás pour l'inviter à aller vers son père, ce qui l'encouragea à tendre sa main droite pour venir serrer celle de Rufo.

— Bonjour Monsieur.

Rufo eut envie de pleurer, mais il ne le pouvait pas, c'était la première fois que son fils le voyait et il devait rester fort. Mais son cœur et sa main se serrèrent tels deux éléments distincts d'un corps disloqué : son cœur se serra sur lui-même et sa main sur celle de Tomás. Lorsque leurs peaux se touchèrent, ces deux mots prononcés par Tomás résonnèrent de manière terrible en Rufo. Bonjour. Monsieur. On aurait dit que ces syllabes insignifiantes pesaient soudain les dix ans qui les avaient séparés. Rufo ne répondit rien et comprit que, pour son fils, il était un homme, il n'était pas un père. Rufo avait mille histoires à leur raconter. Il avait tant voulu se faire pardonner qu'il voulait leur crier son amour, leur demander pardon de les avoir abandonnés, leur expliquer ce qu'il s'était passé. Mais au lieu de cela, il fut envahi par un accablement profond et un mutisme étourdissant. En silence, il prit la valise de Tomás qui lui adressa une phrase pour lui dire de ne pas se préoccuper, qu'il pouvait s'en charger. Il venait de vouvoyer son père. Sa peine, Rufo ne put même pas pu la murmurer.

Autour d'eux, les familles se bousculaient alors que le train pour la gare de Bordeaux Saint-Jean arrivait à quai. Rufo porta les malles de sa femme et son fils. Elles étaient si légères qu'il était évident qu'ils avaient presque tout laissé derrière eux. Ils montèrent tous les trois dans le train sans parler, s'installant dans le wagon. C'était la première fois que Terencia et Tomás prenaient le train et c'était la première fois que Rufo le prenait en tant qu'homme libre. C'était aussi la première fois qu'il était mal à l'aise en présence de Terencia. Elle semblait préoccupée, l'appréhension transpirant par tous les pores de sa peau.

Terencia et Rufo étaient assis dans ce train qui quittait la gare de Perpignan, l'un en face de l'autre, comme des passagers qui ne se connaissaient pas, deux étrangers partageant seulement un trajet. L'attitude légère de Tomás accentuait le sentiment que Rufo avait d'être un intrus. Le garçon ne posa pas les yeux sur son père du voyage, mais il ne perdait pas une miette des paysages qui défilaient devant lui, de l'autre côté de la vitre à laquelle il collait son visage par instant. De longues minutes s'écoulèrent dans un silence à couper au couteau. Rufo ne savait pas par quoi ni par où commencer. Il observa sa femme, tentant de saisir qui elle était devenue. Il aurait presque pu compter les clignements de ses paupières tant il la regarda attentivement. Ses yeux semblaient regarder une scène invisible pour lui. Entre les époux, c'était le désert dense des Bardenas qui s'était immiscé. Rufo sentit qu'il devait le franchir pour rejoindre les pensées de Terencia. Sa traversée allait mettre à l'épreuve son audace. Soudain, le regard de Terencia s'assombrit :

— Ceux que tu as laissés à Torrecampo sont morts, ou ils en sont partis.

La mère de Rufo, venait de partir rejoindre son père, dans le paradis de son Dieu, le royaume de son Tout-Puissant. Tandis qu'elle lui confiait ces mots, Terencia distingua le chagrin naissant de son mari. Francisca les avait quittés à peine un mois avant le départ de Torrecampo. Elle avait été aux côtés de Terencia et Tomás presque jusqu'à leur départ, vivant avec eux au 8, Calle Góngora, dans la chambre jaune du bas où Rufo aimait lire. Francisca était décédée une nuit, dans son sommeil. Quand le lendemain matin Terencia s'était levée pour la réveiller, la vieille femme était restée endormie. Selon Terencia, elle n'avait pas souffert, car elle avait affiché le visage détendu et calme de ceux qui ont accompli ce qu'ils avaient à faire. Attristé par cette annonce, Rufo laissa Terencia marquer une pause, puis poursuivre. Ana María et Dolores étaient rentrées de Séville dès qu'elles avaient su pour le décès de leur mère. Comme pour leur père, Terencia et les sœurs de Rufo avaient organisé de belles funérailles. Les époux López Romero reposaient ensemble au cimetière de Torrecampo. Rufo adressa un sourire de gratitude à Terencia alors que des larmes tièdes se pressèrent au coin de ses yeux. Il ne les sécha pas. Après plusieurs minutes silencieuses, nécessaires cette fois, il voulut reprendre la conversation que Terencia avait engagée. Lola et Ana María s'étaient installées à Séville avec leurs maris. Dolores s'était mariée la première et elle était partie à Séville avec son époux, Fernando. Puis Ana María n'avait pas voulu rester au village, elle était allée vivre chez Dolores et avait rencontré son mari quelques mois plus tard, un ami de Fernando, prénommé Agustín.

— Tu en parles de manière détachée. Tu aimais mes sœurs pourtant...

— Ta mère n'a pas voulu te dire.

— Terencia, qu'est-ce qu'elle n'a pas voulu me dire ?

— Fernando et Agustín, ce sont des phalangistes.

Pour Rufo, cette phrase fut une sentence. Le fascisme lui avait même pris ses sœurs. Ceux que Rufo avait laissés en Espagne étaient morts ou considérés morts pour lui, mais la dictature de Franco était toujours bien vivante. Ces annonces renforcèrent la volonté de Rufo de se reconstruire en France. Quand le train franchit un viaduc, Rufo regarda distraitement les paysages de plaines dégagées, mais il eut la sensation de s'enfoncer dans une épaisse forêt. Il se sentit perdu, car il n'avait rien anticipé de ce qui les attendait. Quelle famille pouvait-on être après dix ans de séparation ?

CHAPITRE 6

Rufo n'avait pas pensé qu'il serait si difficile de trouver les mots pour décrire l'indicible et l'indécent. Il ne parvint pas à parler à sa femme et à son fils des prisons et des camps de concentration. Face à une culpabilité mutine, Rufo, Terencia et Tomás durent reconstruire le présent et le futur sur des restes calcinés. Les silences des retrouvailles avaient donné le ton.

Depuis son arrivée à Bordeaux, Terencia ne parlait qu'en espagnol, avec un accent que, désormais Rufo trouvait fortement andalou. Vêtue de ses éternelles robes noires, elle était immuable, presque figée dans le temps, rappelant à son époux ce temps qu'il avait justement perdu. Pour Terencia, Rufo était cet homme qui l'avait laissée durant dix épouvantables années sans lui donner la moindre nouvelle. Pourtant, elle ne se livra jamais sur ses ressentiments. Elle ne lui adressa pas un seul reproche, ne le blâma pas de ne pas avoir pris les bonnes décisions au moment des grands dilemmes et ne le sermonna pas de ne pas lui parler de ce qu'il avait vécu dans les prisons et les camps nazis. Mais Terencia lui infligea l'obstination de son silence, une vacance comme une fracture. Il y avait un décalage perpétuel entre son corps fluet et la gravité de ses pensées. Une dissonance qui donnait l'impression qu'elle était enfermée dans une maison sans occupants et sans meubles, où le vide s'engouffrait de part en part. Claquemurée, elle y errait, sans repères, cherchant partout des objets sans jamais les trouver, comme s'ils avaient été perchés au-dessus de la cime d'arbres invisibles, si loin et si haut qu'elle ne pouvait pas les atteindre. Elle semblait vouloir toucher du doigt le manque, saisir l'absence, l'exil peut-être. Mais il demeurait intouchable tellement il était à chaque recoin de leur existence.

Les premiers temps, Bordeaux inspirait une sorte de dégoût à Terencia. Quand elle entendait parler français autour d'elle, ses lèvres se tordaient dans une moue étonnante comme si de la boue lui avait giclé au visage. Quand le crépuscule accaparait le ciel, la brume couvrait la ville de son souffle humide. L'air léchait le visage de Terencia avec sa langue rugueuse, le mouillant de sa salive âcre. Sans un bruit, l'ombre de la haute silhouette de Terencia poursuivait son chemin et se balançait au gré du vent sur les pavés. Sa pâleur et sa maigreur rappelaient à chaque instant ce qu'elle avait enduré avant de rejoindre la France. Quand son regard se chargeait de regret, ses paupières semblaient vouloir se refermer vers le sol pour suivre le cours de larmes imaginaires.

Lorsque l'automne 1947 arriva, il empoigna Terencia. Il lui prit la main, la serrant très fort, pour l'éloigner de ce qu'elle avait toujours connu. L'automne bordelais renforça sa nostalgie de l'air andalou, ce souffle brûlant qui faisait trembler l'horizon. Le premier jour de pluie, Terencia observa par la fenêtre les perspectives brouillées par le passage d'une averse. Rufo s'approcha d'elle et elle se retourna vers lui avec un visage de marbre :

— À ça aussi, je m'habituerai.

Quand le printemps s'installa, Terencia commença à chercher les fêtes de village, les ferias, les processions, leurs couleurs chamarrées. Mais elle ne trouva rien d'autres que des rues grises et policées. Au fil des saisons, Terencia ne laissa plus sa mélancolie se manifester. Elle incarna le caractère de ces femmes descendantes de marranes, cette abnégation, cette force discrète mais inébranlable, cette solidité immuable qui avait été bâtie dans la pierre des Alhambras pour montrer à quiconque oserait les défier que, non, rien n'avait changé.

Au début, ils étaient tous les trois dans l'appartement où Rufo vivait avec Joaquín. Tomás dormait avec sa mère et Rufo sur un matelas au milieu du salon. Il n'y avait pas de place et pas de paix non plus. Joaquín les épiait. Son regard envieux suivait les pas de Terencia, ainsi que les gestes de Tomás. Ils n'avaient presque rien, mais Joaquín était jaloux de ce peu. Les lundis, Terencia allait cueillir des angéliques sur les bords de la Garonne et les déposait dans un vase, sur la table de la cuisine. Elle cuisinait pour quatre et avait pris l'habitude de nettoyer la chambre de Joaquín. Elle se montrait attentive à ses besoins parce qu'il acceptait de partager son toit. Elle ne le remercia jamais, mais tous les jours, elle était reconnaissante à sa façon.

Terencia et Rufo, si différents qu'ils étaient, n'avaient eu que des conversations honnêtes, sans hypocrisie. Désormais, seuls leurs silences étaient sincères. Terencia était prostrée dans ses secrets que Rufo ne pouvait pas décoder. Elle avait décidé de le rejoindre, mais elle lui imposait ses silences qui le torturaient chaque jour davantage. Un jour comme les autres depuis leur installation à Bordeaux, Rufo décida qu'il lui fallait faire parler Terencia. Il voulait qu'elle puisse s'ouvrir à lui.

— Terencia, c'est ici, c'est ici que nous allons vivre. En venant ici, tu l'as accepté.

Terencia l'avait accepté. Elle savait parfaitement qu'elle ne pouvait pas rentrer à Torrecampo avec un ancien soldat de la république. Elle savait encore mieux que Rufo qu'en Espagne, tant qu'il y aurait Franco, il y aurait des traîtres, des délateurs, qui vendaient pour un oui ou pour un non. S'ils rentraient ensemble, Terencia et Rufo seraient fusillés.

— Terencia, on rentrera plus tard... quand on le pourra.

— Quand ?

Le mot fut évacué trop vite de la bouche de Terencia, presque violemment, comme s'il avait été refoulé depuis son arrivée en France, comme si, à peine la frontière franchie, elle avait commencé à compter les jours qui la séparaient de son pays. Elle prit une inspiration qui sembla pénible et dit d'une voix chevrotante :

— Quand Franco sera mort tu veux dire ?

Rufo se tut. Il leur fallait construire leur quotidien ici, faire comme si c'était chez eux, comme si ça l'avait toujours été. Rufo ne dit jamais qu'il avait fui son pays, car ce n'était pas vrai, car il avait tout accepté, jusqu'aux ultimes conséquences de l'abandon de son monde. Ce monde qui s'était disloqué, déchiré. Rufo savait qu'il ne pouvait plus y retourner. Plus jamais il ne pourrait fouler le sol espagnol sous Franco. Et Terencia savait qu'elle devait trouver sa place en France. Ils devaient se réfugier dans leur nouvelle vie.

— C'est terrible de s'inquiéter, de devoir penser à se cacher pour ne pas se faire humilier et persécuter. Ces chiens de franquistes nous ont gâché la vie...

Terencia se plongea dans un accablement profond. Son regard s'obscurcit d'un coup et se remplit d'affliction. Elle était en train de se rappeler de douloureux souvenirs, se remémorant les sombres années qui avaient suivi le départ de son mari de Torrecampo. Elle essuya ses yeux larmoyants du revers de la manche de sa robe, noire, évidemment.

Rufo lui avait déjà dit qu'il la trouvait courageuse. Mais pour Terencia, il n'y avait pas de courage. Elle avait accepté de souffrir, car c'était dans son pays. Elle était chez elle là-bas. Ici, Rufo était avec elle, mais elle savait déjà qu'il ne pourrait pas la défendre ni des Français, ni du passé de leur pays. Elle n'en voulait pas à la France, comme elle n'en avait pas voulu à l'Espagne de lui faire du mal.

— En venant te rejoindre ici, j'avais naïvement pensé que c'en était fini des efforts et des sacrifices. Mais ce n'est que le début, un autre début.

Terencia était bouleversée, écartelée entre des sentiments intenses et opposés, tandis que Rufo éprouva un affreux sentiment d'impuissance. Il était incapable de la consoler comme il aurait aimé pouvoir le faire, il était aussi coupable de lui infliger de nouvelles souffrances. Il aurait voulu lui dire que toutes les douleurs étaient désormais derrière eux, mais les mots de Terencia résonnèrent en écho de manière déchirante. Il les sentit prémonitoires, prophétiques. L'idée de mentir à sa femme le torturant encore plus que le sentiment de ne pas savoir la rassurer, Rufo se tut, parce qu'il n'avait pas les mots justes. Et parce qu'il venait de comprendre qu'il leur faudrait endurer, encore un peu. C'était ça, l'exil. Il colonisait les actes et les pensées.

CHAPITRE 7

En quittant l'Espagne, Tomás avait quitté l'enfance. De sa vie d'enfant, il n'avait pu emmener qu'une poignée d'objets et quelques vêtements qui ne lui iraient bientôt plus. De l'Andalousie, il gardait ses souvenirs, une mémoire d'après-guerre civile et de dictature. Tomás était arrivé en France déjà trop âgé. Rufo aurait aimé que son fils apprivoisât ce pays à l'âge où les enfants rient ou crient pour s'exprimer, lancent des onomatopées comprises seulement des parents comme étant des mots, se trainent par terre avant de se lever maladroitement. Mais non, Tomás était déjà grand, et il était déjà fort surtout.

L'exil aurait pu être un jeu pour Tomás si ce n'était pas si sérieux. Il avalait chaque nouveauté avec avidité parce qu'il voulait se nourrir de France, l'ingurgiter tout entière. Depuis qu'il était à Bordeaux, il apprenait vite. Rufo voyait qu'il était doué, qu'il avait une aisance folle avec les mots de sa nouvelle langue. Il jonglait avec ces petits mots français comme des balles colorées, les faisant danser dans les airs. Il avait dit à son père qu'il avait de très bonnes notes à l'école et Rufo n'avait pas de mal à le croire. Tomás admirait ses camarades de classe français, mais il ne voulait pas leur ressembler. Se sachant différent d'eux, il voulait devenir toujours moins banal et plus remarquable, être un élève comme les autres ne l'intéressait pas. À force d'efforts, il serait meilleur qu'eux.

À l'école, on lui parla des guerres, on apprit ce qu'étaient des camps de concentration, des déportations, des exils. Il appréhenda le mot « réfugié » comme une définition nouvelle alors qu'il n'avait connu que ce statut sans le nommer depuis son arrivée en France. On lui expliqua que, désormais, en Europe, c'était la paix et la démocratie partout. Un jour, il interrogea son père pour savoir si l'Espagne était bien en Europe. Rufo regarda son fils, l'air perplexe, réfléchissant à sa question, ne sachant pas quoi lui répondre immédiatement, puis Terencia leur demanda en espagnol de changer de sujet de conversation. La sollicitude de Terencia était totale au point qu'elle priait son mari et son fils de ne jamais aborder le sujet de l'Espagne. Elle ne voulait pas que Tomás répétât ce qui se disait à la maison et qu'on lui posât des questions à l'école. Jamais il ne devait raconter pourquoi ils avaient quitté leur pays.

Tomás n'avait pas besoin des autres pour se poser des questions. Pris au milieu des silences de ses parents, afin de se trouver ses propres réponses, il avait développé l'imagination que Rufo n'avait jamais eue. Quand il évoquait Torrecampo, sa maison était devenue une cité imprenable, ses grands-parents avaient revêtu les armures des chevaliers de l'ordre de Calatrava, les oliviers s'étaient transformés en arbres aux pouvoirs fantastiques. Son passé avait pris un caractère extraordinaire pour se soustraire à la dure réalité. Tomás s'était créé un monde de toutes pièces pour se délivrer de la souffrance sans se séparer de ses souvenirs.

Un dimanche d'hiver où Terencia avait préparé des tortillas de pommes de terre au chorizo et des poivrons marinés à l'ail et l'huile d'olive, l'air était gorgé d'effluves familiers. Leurs parfums étaient parfaitement restés dans la mémoire de Rufo. À penser à les manger, dans sa bouche, sa salive abondait et sa langue palpitait de plaisir. Terencia avait dressé la table avec une nappe brodée. En son centre, elle avait déposé des bols d'amandes grillées et une grande assiette de pain à la tomate. À côté de la place de Tomás, une panière débordait d'oranges. Après ce déjeuner, Joaquín partit en ville et Terencia s'assit sur le canapé en face de son mari et commença à tricoter une écharpe en laine. Rufo la détaillait du regard. Elle portait un chandail gris anthracite sur sa robe brune, et ses cheveux étaient coiffés en chignon, pour mieux dissimuler ses récents cheveux blancs. Attachés, ils révélaient sa nuque fine et le haut de ses épaules menues. Elle avait de légères rides au coin des yeux et de la bouche, mais les traits de son visage étaient toujours aussi harmonieux. Ses lèvres étaient restées charnues. Ses yeux étaient très discrètement maquillés, mais leur forme n'avait besoin de rien de plus pour exister. Se sentant observée par son époux, Terencia leva la tête vers lui. Elle lui sourit affectueusement, comme elle l'aurait fait quand elle avait vingt ans.

— Tu es belle.

C'était spontané, trivial, trop banal, mais c'était ce que Rufo avait pensé. Dans un élan de coquetterie, Terencia releva son chignon, avant de baisser la tête d'un mouvement las. Son mari avait prononcé ces mots avec entrain alors qu'il s'apercevait tout juste qu'un vide étrange flottait dans son regard. Elle était ailleurs quand elle piqua l'aiguille qui s'enfonça dans la laine.

— Rufo, je pense que la France m'a ternie, je me sens presque flétrie. Mais ce n'est pas la faute de la France, c'est mon deuil de l'Espagne qui m'a asséchée.

Ses mots emplirent Rufo d'un violent sentiment de culpabilité et produisirent en lui l'impression d'être tiraillé par la rancœur qu'elle venait de lui manifester. Il en eut le souffle coupé tellement il venait de recevoir l'exil comme une gifle. Pourtant, c'était la deuxième fois. La première fois, c'était quelques mois auparavant, au retour de l'école, un jour de forte chaleur de fin septembre. Terencia avait l'esprit si préoccupé que son mari avait deviné qu'elle avait le cœur lourd. Il se leva pour ouvrir en grand la fenêtre du salon, puis il s'approcha d'elle. Un vent chaud pénétra dans la pièce quand Rufo posa sa main sur la tête de Terencia en caressant ses cheveux.

— C'est un temps à boire un verre d'horchata bien fraîche.

Elle leva les yeux, interpellée. À Bordeaux, il n'y avait pas de *chufa* pour préparer l'*horchata*. Terencia adressa à son mari un sourire étrange. Sa bouche souriait, mais elle était seule dans ce sourire, son habituel regard éclatant était éteint, et les traits de son visage demeuraient figés. Elle laissa couler quelques secondes.

— Rufo, est-ce que tu crois que les mères espagnoles aiment trop leurs enfants ?

Terencia avait alors expliqué à Rufo que Pierrette, la femme d'Ignacio, lui avait dit que Terencia faisait jaser les autres mères à l'école, car Terencia était toujours la première pour venir chercher Tomás à l'école, car elle lui apportait son goûter chaque jour. Terencia avait déjà parlé à Rufo de ces mères françaises habillées si chic et qui la toisaient d'un air suffisant. Elle avait aussi remarqué qu'elles faisaient des messes basses sur son passage et que leurs regards disaient tout le mépris qu'elles avaient pour elle. La femme d'Ignacio était la seule française qui la saluait et osait venir lui parler. Terencia avait la sensation d'être une pestiférée, impression qui ne lui était pas inconnue. Pendant qu'elle s'était lancée dans son récit, elle eut un air attristé qu'elle ne put contenir. Rufo visualisait très bien ces mères qui ne côtoyaient pas les étrangères. Terencia n'avait rien se reprocher, elle était une mère attentionnée.

— Terencia, on n'aime jamais trop ses enfants, qu'on soit Espagnol ou Français.

— Mais ces mères et leurs enfants, elles ne nous aiment pas, parce qu'on est différents, parce qu'on est des exilés.

C'était la première fois que Terencia partageait son amertume à Rufo, et aussitôt, elle coupa court, achevant ainsi la discussion. Mais ce dimanche d'hiver était la deuxième fois qu'elle laissait échapper ce qu'elle ressentait. Rufo imagina que la faire parler pourrait atténuer la distance qui les séparait. Il ne savait pas, à ce moment-là, que le souvenir de ce qui allait suivre viendrait s'agripper aux parois de son cerveau pour ne plus jamais s'en détacher.

— L'Espagne te manque ?

— Tous les jours, oui. Mais certains, beaucoup plus que de raison. Je ne peux pas ne pas y penser. Au début, je cherchais des choses auxquelles me raccrocher... des paysages, des odeurs, des visages, mais rien, il n'y a rien qui me rappelle l'Espagne ici.

— Je ne vais pas te dire que mon pays ne me manque pas, ce serait faux.

— Je le sais qu'à toi aussi l'Espagne te manque. Mais on ne peut rien y faire, alors n'en parlons plus. D'accord ?

Terencia reprit le point mousse de son tricot. Rufo ne trouva pas les mots justes pour lui répondre, car l'espace de quelques secondes, d'une minute peut-être, il n'appartenait plus au présent, la nostalgie de sa femme l'avait contaminé. Parfois, la lumière à Bordeaux lui semblait si fugace, comme si ce soleil français n'était pas vraiment au-dessus de leurs têtes. Sa patrie andalouse aux couleurs vives, aux cours d'eau tranquilles et aux plaines luxuriantes lui apparaissait désormais pareille à un troublant mirage. Quelque part en sa mémoire existaient ces terres d'abondance et d'éclat. Pourtant, le souvenir de leur maison blanche comme le marbre et aux azulejos turquoise comme le ciel s'altérait peu à peu. C'étaient des vestiges du passé, ils devenaient fades, fanés. Et tandis que les souvenirs de Torrecampo continuaient à défiler dans sa tête, Rufo leva les yeux vers Terencia. Il avait besoin de savoir. Il devait lui poser la question.

— Terencia, tu dois jouer cartes sur table maintenant. On ne peut pas toujours passer à autre chose comme si de rien n'était. Dis-le-moi. Pourquoi est-ce que tu es venue ?

Elle avait été surprise par la question de son époux, incapable de feindre la réserve qu'il lui connaissait. La réponse tarda à arriver. Ils se regardèrent l'un l'autre, troublés. Terencia savait que ce qu'elle allait confier à Rufo devait être ce qu'elle aurait de mieux à dire. Elle ne pourrait pas se reprendre, ni se corriger. Elle était en train de choisir ses mots, comme si aucune autre parole ne pourrait jamais les remplacer. Soudain, une lueur brilla dans ses yeux. Rufo se tint prêt, sachant qu'il y aurait un avant et un après cette phrase.

— Pour Tomás, je suis venue pour notre fils.

Elle avait livré cette réponse dans un filet de voix, mais avec une conviction dans le regard que Rufo n'oublierait jamais. Longtemps après ses mots, il resta abasourdi tant c'était un cataclysme qui l'avait retourné. Le verdict venait de le sanctionner : Tomás. C'était la seule et unique réponse. Ce jour-là, Rufo comprit que Terencia n'était pas venue ni pour elle, ni pour lui. Elle avait compris que le destin de son fils n'était pas de souffrir en Espagne de sorte qu'elle avait rejoint la France pour lui offrir un avenir meilleur. Elle ne pardonnerait pas à son mari, parce qu'elle n'était pas là pour ça.

CHAPITRE 8

Une année s'était écoulée depuis l'arrivée en France de Tomás. C'était l'été, il était avec son père dans le jardin. Les enfants des voisins jouaient bruyamment dehors, riant aux éclats, criant par instant. Le vacarme à côté et le calme chez eux, mais pas la tranquillité. Tomás déambulait de manière étrange, en silence, dans le jardin. Tout dans son visage disait qu'il voulait parler à son père, mais il tâtonnait. D'un geste sec, il passa les mains sur sa chemise pour la rendre plus impeccable encore, et il fixa Rufo droit dans les yeux :

— Je me sens parfois de trop.

Rufo ne saisit pas ce que son fils voulait lui dire. Il l'observa d'un air interrogateur. Tomás se mit alors à bafouiller. Son regard en disait long sur sa gêne. Il prit une profonde inspiration et tint un discours que son père n'oublierait jamais. Tomás se sentait de trop. Entre sa mère, son père, et leurs silences. Il avait l'impression d'être un enfant, au milieu d'autres enfants qui faisaient semblant de dormir, pour qu'on les laissât en paix, dans leur monde où on ne se parlait pas. Tomás s'arrêta à bout de souffle, il avait tout expiré d'un seul coup parce qu'il savait qu'il n'aurait pas le courage de recommencer. Il sembla soulagé.

— Tomás, tu sais, ce n'est pas si simple. Il s'est passé beaucoup de choses pendant ces années. Et on n'est pas chez nous. Alors on fait comme on peut ta mère et moi.

— Pourquoi tu ne nous dis pas où tu étais ? Pourquoi tu ne nous dis pas la vérité ? *Mamita* disait que tu devais être prisonnier si tu ne pouvais pas écrire.

Le mot prisonnier ressurgit brutalement, prenant Rufo par les tripes. Mais il ne pouvait pas en vouloir à son fils, il voulait connaître la vérité.

— Tu attends beaucoup de moi alors qu'il y a des choses qui appartiennent au passé. Ça ne sert à rien de les déterrer. Et ce ne sont pas des histoires à raconter à un enfant.

— Je ne suis pas n'importe quel enfant.

Tomás avait prononcé ces mots avec une détermination étonnante pour son âge. Il devait avoir lui aussi cette force des marranes dans son sang et il était un enfant qui avait souffert de la persécution franquiste, élevé pendant dix ans par une mère seule. Non, il ne pouvait pas être un enfant comme les autres. Le père tendit une main à son fils, fermement, comme à un homme, tel un camarade. Un jour, il lui raconterait.

— Tu promets ?

Une lueur étincela dans le regard de Tomás. Rufo ne savait pas s'il serait capable de raconter. Il ne pouvait pas lui mentir.

— Ce n'est pas la promesse d'un père à un fils. C'est le pacte d'un homme à un autre.

Tomás empoigna la main de son père de toutes ses forces. Ce qu'il serra quand ses doigts saisirent ceux de Rufo, c'était tout l'espoir de toucher un jour la vérité, d'assembler les pièces manquantes du puzzle. Cet espoir ne devait pas lui échapper.

En ces temps, Bordeaux était une ville qui débordait d'Espagnols venus s'y installer pour fuir les premiers heurts dès la proclamation de la république ou pour reconstruire une vie ailleurs après la victoire de Franco. Les Espagnols s'entassaient, pêle-mêle, dans des logements parfois insalubres. Ils travaillaient la vigne, devenaient ouvriers ou travaillaient dans le BTP. Les femmes qui voulaient être indépendantes étaient employées comme bonnes dans les foyers bordelais aisés. Peu importe leur richesse et leur statut d'avant, les Espagnols étaient déclassés en France. Quant à Rufo, il s'était mis en tête de travailler dur, de mettre de l'argent de côté, et de devenir le plus français possible. À l'usine, les ouvriers espagnols avaient fini par parler français même entre eux.

— La France, c'est une ogresse. Elle mange ton identité. C'est une vorace qui dévore tout ce qui te reste d'espagnol. Tu verras que toi, comme nous tous ici, tu voudras coûte que coûte ressembler à ses rejetons d'ogres !

Ignacio lui avait dit ces mots avec un ton qui ne lui ressemblait pas. On aurait dit qu'il voulait préparer son camarade au pire. Le lendemain, pour la fête du 14 juillet, Rufo rejoignit Ignacio, Joaquín et Andrés sur les quais de la Garonne pour assister au feu d'artifice qui devait être tiré près du pont de Pierre. Andrés s'était recouvert d'un drapeau espagnol qu'il portait comme une cape. Les quatre hommes déambulaient entre la place de la Bourse et le quartier Saint-Pierre. Le drapeau ondoyait au souffle léger de la brise d'été. Soudain, un homme arriva derrière Andrés et lui arracha le drapeau. Les quatre Espagnols se retournèrent, surpris. Ils découvrirent un groupe de six ou sept hommes qui leur faisait face. À leur allure puant l'alcool et le mépris,

Rufo devina qu'ils leur voulaient du mal alors que ses compatriotes et lui ne souhaitaient en aucun cas causer du tort. Ils avaient le souffle coupé en l'attente de ce que les Français allaient faire, espérant intérieurement ne pas avoir à répliquer. L'homme qui s'était accaparé le drapeau le prit devant leurs yeux, du bout des doigts, tout en gardant sa cigarette au coin de la bouche. Il tenait le bout de tissu comme si c'était une charogne, un tel air de dégoût sur les lèvres que sa cigarette manqua de tomber. L'homme sortit un briquet tandis que les autres hommes riaient. Tout à coup, il mit le feu au drapeau. Les Espagnols restèrent plantés devant lui. Rufo, Ignacio, Joaquín et Andrés étaient cloués sur place à regarder, pantois, leur drapeau se consumer. L'homme ouvrit une bouche épaisse qui crachait son aigreur :

— Retournez dans votre désordre et votre saleté, vous n'avez rien à faire ici. Rien à faire dans cette fête pour les Français !

Un autre homme renchérit en s'esclaffant et en les fusillant du regard. Il les montra du doigt en hurlant autour de lui aux passants :

— Regardez, ce sont des Espagnols ! Même leur pays ne veut plus d'eux !

Des badauds regardèrent. Joaquín baissa les yeux, car l'humiliation prenait le dessus sur l'atmosphère de joie de ce 14 juillet. Rufo repensa au recensement des étrangers indigents, les années s'étaient écoulées, mais tout n'avait pas changé. Soudain, l'hymne espagnol se mit à tambouriner dans la tête de Rufo, cet hymne sans paroles le galvanisa.

— Vous êtes des indésirables !
— ¡ Calla tu pico !
— À mort les rouges !
— Vive l'URSS ! ¡Viva la República ! ¡Viva España !
— Vive la France sans Espagnols !

Tout s'accéléra très vite sans que personne ne pût maîtriser le cours des événements. La colère infusa l'air, une odeur de baston, la sueur tiède, le tabac froid. La rage venait de voler en éclats et les poings dans les airs. La fureur écrasa la poitrine de Rufo. Il était haletant comme un cheval dont on avait lâché les rênes. Il sentit sur son visage quelque chose de gluant, collant, c'était le sang mêlé à la sueur. Autour de lui, les Français ne riaient plus, ils étaient ensanglantés. Leurs regards cruels étaient passés. Joaquín, Andrés et Rufo se tenaient debout. Ignacio était à terre, nez écrasé, gouttes de sang en giclées sur la chemise, mais il regardait droit devant lui, comme le symbole d'une fierté inviolable. Les Français partirent aussitôt après avoir frappé. Les badauds s'écartèrent pour ne pas s'en mêler. Rufo et ses camarades rentrèrent chez eux, sans faire de vague. Avec Joaquín, ils longèrent les quais en direction de leur maison. Lorsque le feu d'artifice fut tiré, ils ne se retournèrent pas pour regarder.

Quand Rufo arriva chez lui, Terencia était dans le salon et Tomás dans la chambre. Joaquín partit aussitôt dans la salle de bain sans un mot, laissant son camarade seul avec sa femme. Avec son regard surtout. En voyant le visage en sang de Rufo, le regard pur de Terencia se brouilla immédiatement. Elle le fixa alors qu'un voile était en train de se déposer sur ses pupilles habituellement incandescentes. Elle le regarda comme si elle voyait défiler devant elle tout le chemin parcouru, la détresse sur sa route. Ses yeux saisirent son époux, agité de frémissements fautifs. Terencia nettoya les blessures de Rufo avec de gestes fermes et savants. Elle savait ce qu'elle faisait. Elle savait aussi ce qu'elle allait lui dire.

— J'ai perdu mon pays, mais j'ai perdu des êtres chers aussi… les uns après les autres. Franco m'as pris mes frères et sœurs.

Dionisia, Luis, et enfin Rosa et son mari Basilio, Terencia les avait tous perdus. Mais ils étaient morts dans leur pays. Emilio était le seul à avoir survécu, parce qu'il s'était vite rangé du côté des futurs vainqueurs, des oppresseurs. Terencia s'interrompit. Le ton de sa voix que Rufo reconnaissait l'apaisait. D'un signe de tête, il l'invita à poursuivre. Rufo se rappela ces conversations qui appartenaient au passé où Terencia le piquait de ses fines remarques et où elle devinait ses pensées. Sa voix de jadis résonnait désormais en lui comme une incantation, un doux sort qu'elle lui aurait jeté et qui n'était pas rompu. Il n'eut aucune autre envie que celle de continuer à l'écouter.

— Rufo, j'ai beaucoup perdu jusqu'à présent. Et maintenant que je suis ici avec toi, avec Tomás. Je te demande une chose, une seule chose.

— Ce que tu voudras.

À cet instant, Rufo aurait voulu signer de son sang s'il y avait le pardon à la clé.

— Je ne veux plus m'inquiéter, plus jamais.

Aucune violence ni aucune pudeur dans la voix. Ses mots rassuraient comme l'air d'une alcôve. Cette requête, c'était un pas que Terencia faisait vers son mari, c'était un pacte secret entre elle et lui. Terencia ne devait plus jamais souffrir à cause de Rufo.

CHAPITRE 9

Terencia avait encouragé Rufo à se faire soigner des marques, encore profondes, de ses années d'internement. Il passa un an à se faire suivre à l'hôpital à Bordeaux avant d'être complètement guéri des lésions internes des coups de crosse qu'il avait reçues à l'estomac. Rufo travaillait toujours comme ouvrier dans l'usine de métallurgie, mais il s'était rangé, il s'était assagi, il n'avait plus parlé jamais politique. Sa famille était son ultime combat et il faisait tout ce qu'il pouvait pour apaiser sa culpabilité.

Terencia et Rufo avaient fait construire leur maison pour ne plus vivre à quatre avec Joaquín. C'était une maison avec un étage, aux murs couleur crème et aux fenêtres basses dans l'esprit des maisons du quartier de Bordeaux Nord. Dans le jardin, Rufo avait aménagé un potager où il avait planté des tomates, des poivrons, de l'ail, des oignons et des pommes de terre. Les légumes qu'il cultivait servaient aux recettes de Terencia.

Rufo s'efforçait de resserrer les liens. Chacune de ses paroles était une suture. Il voulait réparer autant que se rapprocher de Terencia. Elle avait abdiqué, elle avait arrêté de chercher ses habitudes dans chaque recoin de Bordeaux. Ses repères incombaient à une autre vie, si loin de l'Andalousie. Elle ne se mélangeait pas aux Français. Elle vivait sa vie sans rancune ni ressentiment, mais elle ne voulait pas apprendre le français. Terencia parlait à Tomás en espagnol quand Rufo lui parlait en français. Elle ne se faisait aucun ami. Elle sortait très peu, pour les courses, pour aller emmener et chercher Tomás à l'école. Son monde se résumait à son fils, à son mari, et à son deuil de l'Espagne, ce pays qui l'avait pourtant tellement faite souffrir et dont elle était restée profondément nostalgique. Elle ne voulait pas connaître la paresse, elle ne voulait pas savoir ce qu'était l'oisiveté. Travailler sans relâche, c'était ne pas penser, ne pas se rappeler, ne pas regretter. Pendant que Rufo était à l'usine, elle passait ses journées à se démener à la maison, dévouée corps et âme pour Tomás et lui, accaparée dans les tâches domestiques. Elle ne buvait jamais d'alcool et mangeait peu, semblant se priver pour Tomás et Rufo alors qu'il y avait toujours trop de nourriture. L'austérité de ses tenues avait atteint son alimentation qu'elle jugeait trop abondante, répétant à son mari qu'elle n'avait pas le temps de manger tout ce qu'elle préparait.

— Pendant que je mange, je ne peux pas m'assurer que vous ne manquez de rien.

Rufo l'admirait pour son dévouement, mais surtout pour avoir tout supporté et tout bravé. Elle s'était toujours relevée. Sa femme avait été marquée au fer rouge par la dictature, par le régime de la peur qui avait supprimé à coups de mitrailleuses les avancées et les droits pour lesquels des fous comme lui s'étaient battus. Pour rien. Elle cultivait chaque jour un peu plus son jardin secret, avec les pensées et les histoires qu'elle enfouissait, les ensevelissant à l'abri du monde, de son mari, de son fils, à l'abri d'elle-même.

Rufo avait décidé de redécouvrir innocemment cette manière qu'avait Terencia de le rendre heureux alors qu'il ne savait même pas ce qu'il voulait. Grâce à elle, il se rappelait les saveurs de ses plats succulents aux goûts andalous et se remémorait les parfums de la province de Cordoue en embrassant doucement la peau soyeuse de Terencia. Il retrouva peu à peu les délices de la vie à deux avec sa femme et leur intimité.

Un soir, Rufo alla chercher des sources à Bruges, à quelques kilomètres de Bordeaux. Des maraichers que connaissait Ignacio l'avaient fait venir parce qu'ils voulaient construire des puits sur leurs terrains. Rufo n'avait jamais retouché des bâtons de sourcier depuis son départ de Torrecampo. Alors dès que le bois trembla entre ses mains, il se sentit catapulté en Andalousie. Il ressentit une joie et une légèreté qu'il avait oubliées. Les images des collines entre les vallées de Los Pedroches et d'Alcudia lui revinrent presque intactes. Une chaleur agréable l'enveloppa. Et là, il pensa à Terencia, il voulut lui raconter, se rappeler avec elle. En rentrant chez lui, Rufo était fiévreux et enjoué. En renouant avec ses souvenirs andalous, il parla à Terencia de ses sensations retrouvées. Son habituel air grave s'apaisa un peu plus à chaque instant. Elle lui adressa des regards complices, elle l'écouta, hochant la tête calmement et souriant. Ses gestes tendres mais assurés donnaient de la force à Rufo, une confiance qu'il ne connaissait plus et qui l'étourdissait.

Au creux de la nuit qui suivit, Rufo ouvrit les paupières tandis Terencia le regardait, penchée sur lui. Dans la pénombre, son image était comme un mirage. Baignée d'une lumière vibrante. Pour la première fois depuis des mois, il était radieux. Rufo était dans un état d'émotion extrême. Leurs corps étaient devenus lents, patients, ils pourraient attendre un peu plus longtemps, c'était ce dont Rufo s'était convaincu jusqu'alors. Mais en imaginant la robe de Terencia glisser sur ses hanches, il perçut en lui une pulsion de désir qu'il pensait être incapable d'éprouver à nouveau. Son sang se pressa dans ses membres au point que ce fut presque douloureux. C'est ainsi qu'il s'empara de la main de Terencia, une main qui le guida sur un corps qui se laissa gouverner. Rufo se souvint de sa chaleur qui se mêlait à la sienne et de sa fougue. Dans ces moments, il n'y avait aucune place pour la contemplation. Ce soir-là, leurs gestes exprimèrent avec cadence toute la certitude de l'instant. Terencia et Rufo s'étreignirent comme s'ils s'attachaient à une croyance, en silence, car ce moment devait se passer de mots. Leurs corps se reconnurent comme une vérité immuable. Rufo se déroba au souvenir de la souffrance ténébreuse pour se fondre dans la lumière de sa jeunesse. Il expira pour se délivrer des marques du temps, du mal, à bout de souffle, à bout de force.

CHAPITRE 10

Les années qui suivirent, Rufo les consacra à laisser faire la vie. Il voulut se fondre dans un cocon d'où le bonheur pouvait encore éclore.

Les deux filles de Terencia et Rufo naquirent à Bordeaux, Juana, le 6 mai 1949 et Carmen, le 13 août 1952. Depuis la naissance de leurs filles, la maison se transforma peu à peu. Il n'y eut plus de silences. Le malheur n'était pas subitement devenu audible, la douleur n'avait pas non plus disparu, mais les cris et même les pleurs prirent un goût de légèreté et de joie.

Tomás était un grand frère attentif pour ses deux sœurs, plus proche et plus aimant que Rufo ne l'avait été avec Ana María et Lola. Il était devenu un beau jeune homme, délicat et brillant. Il mesurait sa verve et sa voix. Il aimait soigner ses tenues et ses manières. Quand il entrait dans une pièce, il était impossible de ne pas le remarquer. Il y avait quelque chose de noble et constant dans ses allures. Il cherchait à accrocher les regards, à capturer l'attention, à saisir l'approbation. Il ne les quémandait pas, il les arrachait. Mais ce n'était pas de la vanité, car une fois qu'il avait gagné les égards, il s'effaçait si rapidement, comme s'il avait eu l'impression de ne pas ne mériter entièrement la lumière qu'il faisait pourtant tout pour capter.

Rufo avait appris à être père. Tel un rituel, Terencia avait pris l'habitude de poser sur lui des regards tendres pour guider ses gestes et ses paroles avec les enfants. Ses yeux s'arrêtaient avec bienveillance sur un homme qu'elle avait découvert et qu'elle n'avait pas connu. À force d'attendre, Rufo était devenu patient.

Un soir où Rufo rentra à la maison après sa journée de travail de l'usine, Tomás lisait dans le salon, et dans le canapé, Terencia tenait dans ses bras Carmen, leur fille cadette, qui avait un an.

— Rufo, il y a un courrier français pour toi. Je l'ai posé sur le buffet.

Sous le vase en porcelaine où Terencia lui laissait d'ordinaire le courrier, Rufo découvrit une enveloppe d'un blanc immaculé. En regardant au dos du courrier, il apprit avec surprise l'expéditeur : Ministère des Anciens Combattants et Victimes de Guerre. Rufo décacheta l'enveloppe sans plus attendre et lut le contenu de la lettre d'un trait, sans s'arrêter. L'encre noire était froide. Les mots étaient impersonnels et formels. La lettre donnait l'impression étrange qu'elle aurait très bien pu ne pas être envoyée, ou ne jamais exister. Désincarnée, elle semblait être là sans qu'aucune âme n'ait décidé qu'elle le fût. C'était la carte de Déporté Politique de Rufo, N° 1.106.07989. Des numéros pour imprégner la souffrance.

La première personne à qui Rufo pensa était son camarade Miguel. Quand les deux hommes s'étaient engagés en Résistance, ils ne cherchaient aucune gloire ni à entrer dans l'Histoire, ils n'étaient que des immigrés idéalistes. Depuis l'échec des tracts, Rufo avait définitivement laissé tomber son combat politique dans les oubliettes et avait choisi d'effacer complètement de sa mémoire la résistance, les prisons et les camps. Pourtant, le mot « victime » se répétait désormais dans son esprit. Il produisait en lui la sensation d'être projeté dans les limbes de sa vie, dans un lieu qui n'existait plus. Il fut pris d'un vertige et sa tête se mit à tambouriner brutalement. Il subissait le vacarme des souvenirs enfouis qui se pressaient pour ressurgir des ruines de sa mémoire.

— Qu'est-ce que c'est Rufo ?

Terencia avait deviné son trouble alors que Tomás le scrutait d'un air curieux, impatient. Le jeune homme avait les jambes croisées, mais elles remuaient frénétiquement. Il s'attendait à quelque chose d'exceptionnel. Il avait lu l'expéditeur au dos de la lettre. Rufo se revit à Moulins le jour où ils furent arrêtés. Il y avait ces souvenirs qu'il avait réussi à cacher, maudire, et qu'il aurait voulu laisser tomber au fond d'un puits sans fond pour ne jamais les retrouver. Ainsi, dans un mot, il regarda la carte qui lui avait été attribuée et il la replaça dans l'enveloppe avant de la ranger dans un tiroir.

— C'est un sillage du passé.

Aussi impuissante qu'appesantie par le poids des mots, Terencia ne répliqua pas. Regardant Carmen d'un air distrait, elle savait déjà qu'elle ne pourrait pas le faire parler. Tomás quant à lui, eut l'air ébranlé. Tout tremblant, il sortit de la maison en claquant la porte d'entrée. Rufo le suivit dans le jardin, mais Tomás lui fit comprendre d'un signe qu'il devait rester là où il se trouvait. Le fils se dirigea vers la maison. Quelques minutes plus tard, quand il revint, il tendit à son père un bout de papier.

Sale race d'Espagnole, retourne dans ton pays !
Tu viens manger le pain des Français !

Ces mots avaient été écrits sur un morceau de papier par des gamins français, bien plus âgés que Juana. Ce papier avait été posé en classe, sur son bureau. La joyeuse Juana l'avait reçu sans pouvoir le lire et l'avait donné à son grand frère et à sa mère. Ils ne les oublieraient jamais. Ils ne pouvaient pas choisir de les effacer de leur mémoire, ils ne pouvaient pas les ranger dans un tiroir. Après avoir lu ces mots, le souffle de Rufo devint court et ses narines se dilatèrent, le bousculant plus encore que les vils souvenirs que sa carte de déporté avait ravivés. Ils revenaient en boucle, le hantant comme une litanie douloureuse.

Sale race d'Espagnole, retourne dans ton pays !
Tu viens manger le pain des Français !

Rufo était enragé. Et face à lui, Tomás était timoré. L'espace d'un bref instant, Rufo se rappela ses confrontations passées avec son père, quand il déversait toute sa fureur sur le corps massif de Matavacas. Son fils, lui, ne laissait presque rien paraître de ce qu'il ressentait. Seuls ses membres tremblotants trahissaient son émotion. Il reprit avec une forme de contenance qui dépassait totalement Rufo :

— Dans le monde des adultes, les enfants sont mignons, gentils et intelligents. Dans leur monde, les enfants sont capricieux, cruels et stupides. Ce sont là des paroles d'enfants. On aurait pu ignorer ces mots, simplement guérir les maux qu'ils ont provoqués, mais ces phrases d'enfants ne peuvent être que celles de leurs parents. Retourne dans ton pays ! Ce n'est pas une attaque contre le rouge que tu étais, mais contre les Espagnols que nous sommes. Quand Juana nous a montré, ce que j'ai ressenti, ce n'était pas de la rancune, c'était de la tristesse. Car quand j'ai lu le papier à voix haute, elle a baissé les yeux comme si c'était sa faute.

Une colère inouïe s'empara de Rufo, si grande qu'elle le paralysa. Furieux et terriblement désemparé, il fut incapable de bouger.

— La vie, parfois, ça ne se joue pas à grand-chose.

Surpris, Rufo leva les yeux vers son fils. Tomás reprenait ses paroles à défaut de pouvoir reprendre sa colère. Il continua avec une éloquence insupportable pour Rufo parce qu'elle était subitement portée par une forme de férocité :

— La vie ça se joue à des mots violents envoyés comme un missile à une enfant. Ça se joue à des sanglots en rentrant de l'école. À l'expression d'angoisse sur le visage de maman qui avait compris et qui n'a pas voulu pleurer devant Juana. À la honte qui m'est montée au visage. À la rage qui m'a rongé comme jamais.

Tomás avait seize ans, il n'était pas tout-à-fait un homme, il n'était plus du tout un enfant. Il était immobile, mais son regard s'agitait pour lui. C'était la première fois que Rufo voyait la haine dans son regard, dans ses sourcils froncés, dans sa bouche crispée, dans ses poings serrés. Dedans. Dehors. Tout son corps crachait sa rancœur comme un ressac d'aigreur. Ça ne lui ressemblait pas. Ça ne ressemblait pas à son père non plus. À son âge, Rufo aurait déjà expulsé son courroux dans un accès de violence et de coups, écumant, fou, mais soulagé. Des décennies plus tard, le soldat était battu et le père était abattu. Rejetés par l'Espagne, rejetés par la France, ils étaient des renégats des deux côtés des Pyrénées. On collait à Rufo le statut de victime. On s'attaquait à ses racines. D'accablement, Rufo retrouva son calme, mais Tomás ne s'arrêta pas, le regard noir :

— Tu m'as abandonné.

Rufo n'avait pas abandonné son fils. Ce fils qui, confronté à l'absence de son père, avait dû chercher par lui-même les réponses aux questions. Tomás avait dû imaginer tant de choses. Mais il estimait qu'à ses sœurs, il faudrait leur expliquer. Quand elles seraient en âge, elles auraient droit à la vérité. Parfois, Tomás les enviait, parce qu'il se disait qu'un jour, Rufo cèderait, et qu'un jour, comme il le lui avait dit à lui, il raconterait. La vérité, c'était la seule chose qui aiderait ses sœurs à se protéger, cette vérité à laquelle Tomás n'avait pas eu droit.

— Tu m'as condamné au manque dans lequel tu te complais. Tu crois que tu peux vivre heureux, parce que tu vis ? Parce que tu as été, maintes et maintes fois, épargné ?

L'amnésie systématique de Rufo était devenue son obsession. Bien qu'elle fût aussi la source de ses derniers tourments, rien à ce moment-là n'aurait pu lui permettre de se délivrer, pas le silence de Terencia, pas la peine de Juana, pas la haine de Tomás.

— Où étais-tu passé pendant tout ce temps ?

— Tomás, je ne peux pas te le dire. Mon âme de soldat a décidé de déserter ses souvenirs. Le combattant a rendu ses armes. Et pour de bon.

Après ces mots, ce fut le vide.

CHAPITRE 11

Il fallut attendre novembre 1975 pour que l'encre remplaçât la douleur. Jusqu'alors, Rufo ne pouvait pas raconter à sa femme et à ses enfants à quel point il avait souffert et à quel point il s'était trompé. La souffrance avait celé les souvenirs, laissant des cadenas de fer et des jambes qui se dérobaient sous lui. Terencia et Tomás ne lui avaient pas pardonné, mais Tomás fut l'élément déclencheur de la délivrance. Comme un ressentiment filial, il voulut à tout prix reconquérir la vérité. Il était devenu un homme très dépendant de ses souvenirs, rêvant beaucoup de ce qu'il n'avait pas. C'est lui qui poussa Rufo à parler de son histoire.

Pour Juana, Carmen et Tomás, tout ne s'était pas réglé facilement à force de concessions et d'efforts pour s'intégrer. Des années durant, les enfants de Terencia et Rufo subirent les moqueries et les persécutions des autres élèves. Mais les affronts s'atténuèrent au fil des années, jusqu'à s'effacer enfin. Rufo ne leur laissa pas le choix, Juana et Carmen furent naturalisées et devinrent Françaises. Tomás, qui était alors majeur, souhaita rester Espagnol. Au moment où ses sœurs entrèrent au collège, et encore plus au lycée, elles connurent des camarades de classe dont les parents étaient aussi des étrangers. Elles purent vivre des heureuses et insouciantes années. Pour Rufo, c'était tout ce qui comptait.

Le 20 novembre 1975, Francisco Franco Bahamonde, le Caudillo, mourut de plusieurs maladies. Le vieillard chétif que l'ancien légionnaire était devenu avait agonisé dans son dernier combat. En Espagne, le jour de la mort de Franco, s'éteignit avec lui la plus grande des peurs, la peur d'avoir peur. Le douloureux travail de reconstruction de tout un peuple pouvait alors démarrer. Après des décennies d'oubli et de déni, un peuple écorché allait faire surgir la vérité et panser ses profondes blessures. Des rouges exilés pourraient fouler à nouveau le sol de l'Espagne.

Le dimanche qui suivit la mort de Franco était le jour qui allait tout changer pour Rufo. C'était un dimanche de fête chez les López Delgado. Mais la famille ne célébrait pas la mort du dictateur, puisqu'à la maison, on ne parlait jamais de lui. Terencia et Rufo recevaient pour l'anniversaire de leur petite-fille, Carmen, la fille aînée de Tomás. Elle avait dix ans, l'âge de son père quand était arrivé en France. Rufo suivait lentement de ses yeux fatigués la pluie de novembre qui tombait sur les carreaux des fenêtres de la maison tandis que Terencia s'agitait dans tous les sens comme à son habitude. Elle n'avait pas arrêté de cuisiner depuis le matin, ayant comme toujours, peur de manquer, de ne pas avoir assez à manger, trait commun remarquable chez tous ceux qui ont connu une guerre ou qui ont été pauvres un jour.

Dans le salon, Rufo regardait la scène qui se jouait face à lui comme s'il eut assisté à une pièce de théâtre captivante. Il était le spectateur attentif qui observait chaque détail d'un acte renversant, assis sur son siège de velours capitonné. Tous les acteurs parlaient un français impeccable, discutant poliment des actualités économiques et politiques sans élever la voix. L'atmosphère était douce et plaisante. Les enfants de Terencia et Rufo étaient là, Tomás, Juana et Carmen. Leurs conjointe et maris aussi, tous des Français, de pères et mères français, depuis plusieurs générations. Tomás ne s'était jamais marié avec la mère de ses quatre enfants pour conserver la nationalité espagnole. Ses enfants étaient tous présents également : Thomas, José, Carmen, et Violette. Tous les protagonistes se fondaient parfaitement dans un décor méticuleux de foyer presque trop français où les photos de famille des vacances à la Baule s'accordaient avec les huîtres et le beurre salé servis dans la vaisselle en porcelaine de Limoges, où les plus jeunes étaient lovés sur le canapé dans les coussins en toile de Jouy, où l'horloge comtoise en chêne massif paraissait être un legs familial.

Rufo était paradoxalement détaché de l'instant présent. Immigré, émigré, il était en même temps dedans et dehors. Il le savait, cette scène était une comédie. Car il y avait ce refus de s'épancher dans ce *castellano* chantant qui émergeait parfois par erreur dans une conversation, plus par atavisme que par volonté, ces prénoms et noms espagnols qui ruisselaient çà et là comme l'indice frappant d'une anomalie, cette éviction coulante de la religion, cette superstition bouillonnante, et toutes ces questions qui pleuvaient et qui étaient laissées sans réponse, depuis des décennies désormais. L'histoire du soldat rouge exilé et du déporté, c'était celle que l'on taisait, pour ne pas avoir à se justifier.

Soudain, Tomás s'assit sur le fauteuil en face de son père, de l'autre côté de la table basse avec un air étrange, proche de la provocation. Surpris, Rufo se redressa sur son siège en interrogeant son fils du regard. Tomás jeta sur la table basse une photographie qui représentait une femme se tenant devant une étroite maison blanche aux balcons de fer forgé.

— 8, *Calle Góngora.*

Rufo fut assommé. En état de choc, il demeura incapable de prendre la parole.

— C'est Veredas, la fille de Dolores, elle a hérité de la maison. Nous allons lui rendre visite, à Torrecampo. Je veux y aller et y emmener les enfants. Plus rien ni personne ne peut m'en empêcher maintenant.

Tomás s'était préparé à cette confrontation, mais il baissa les yeux, les laissant vagabonder sur le sol. Pendant ce temps, son père se revit au numéro 8, calle Góngora, le 29 avril 1937. Terencia était là, elle était enceinte. Qu'est-ce qu'il se serait passé si jamais il n'était pas parti ce jour-là ? Tomás s'était posé cent fois cette question à laquelle il n'eut jamais la réponse. Rufo se l'était tant posée aussi. Le vieil homme aurait voulu enfouir sa tête entre ses mains, mais son regard resta rivé sur l'image de sa maison comme s'il avait vu un fantôme. Il était à la fois raidi et effervescent. Son corps éprouvé ressentit toute la puissance d'une culpabilité qu'il avait pourtant finie par accepter. La prise de conscience venait de fulminer en lui pareille à un volcan ardent, se déversant comme une coulée de lave. Rufo réalisa plus que jamais le mal qu'il avait fait à son fils. Il avait cherché à savoir pendant toutes ces années, il n'avait plus voulu le questionner, il savait qu'il ne trouverait pas de réponses venant de son père. Ainsi, il avait fouillé partout ce qu'il ne pouvait pas trouver ici, en France, et avait secrètement recréé les liens avec l'Espagne.

Rufo ne pourrait pas partir en paix. Sans la vérité, Terencia et Tomás ne pouvaient pas lui pardonner. Les mots de son fils continuaient à ricocher dans sa tête quand Rufo comprit que quelque chose venait de changer. Franco était mort, c'était comme si les barrières qui l'avaient empêché de se livrer n'étaient plus de ce monde non plus. Les républicains exilés étaient presque tous morts et les derniers rouges allaient mourir bientôt, ultimes vestiges d'une

République déchue. Les Pyrénées ne pouvaient plus être la muraille de la mémoire. Ce fut ce jour-là que Rufo décida de raconter. Plus jamais les chemins ne devaient s'étioler.

Pour raconter, Rufo devait écrire et laisser une trace indélébile. Mais quand il se mit à écrire, il pensa à toutes les lettres qu'il avait voulu envoyer à Terencia. Il se rappela aussi sa rencontre avec la journaliste au camp d'Argelès-sur-Mer. Il savait qu'il serait dur de raconter, que les mots le renverraient à ses souvenirs, qu'ils lui infligeraient à nouveau les maux des prisons et des camps nazis et qu'ils le torturaient à revivre le passé. Il n'était pas certain que son vieux corps le supporterait, il avait déjà tant enduré. Rufo se savait malade et ne pouvait ignorer que comme le temps lui était compté, il devait affronter cette dernière épreuve. Quand il commença à écrire, chaque mot fut un combat, la véritable lutte pour la liberté. Un vieillard funambule se risquait une dernière fois au gré du mince fil de sa vie.

Un jour où Rufo griffonnait ses premières lignes sur du papier, installé sur la table du salon, presque immobile depuis des heures, affaibli, assis, le dos calé par des coussins pour soulager son dos, Terencia s'approcha de son époux à pas de louve. Dans un râle de voix, elle lui demanda ce qu'il était en train de faire.

— J'écris.
— Une lettre ?
— Une vie.

Terencia haussa les épaules sans émettre le moindre son. Terencia voulait répondre, mais elle sembla dépassée : ce que son mari entreprenait était immense.

— J'écris ma vie. Ou plutôt j'écris comment j'ai échappé à la mort.

Terencia regarda Rufo, mais se tut. Puis il lui demanda :

— Est-ce que tu crois qu'il y a une raison pour que j'aie été épargné ?

Après la libération du camp de Buchenwald-Dora, Rufo s'était autorisé à croire au destin. Lui qui n'avait qui n'avait pas de foi, mais des idéaux, lui qui avait tout misé sur ses choix et sur sa force à résister. Mais au fond de lui, il sentait de plus en plus fort qu'il y avait autre chose : le sort, la fatalité. Il avait commencé à croire que les choses n'arrivaient pas sans raison. Tandis qu'il voyait sa fin arriver, Rufo ruminait sa culpabilité jusqu'au délire. Ce n'était pas la première fois qu'il en parlait à Terencia. Il lui avait déjà confié sa nouvelle croyance. Il avait survécu à toutes les épreuves, il avait connu toutes les nuances de la douleur et il pensait que les souffrances qu'il avait endurées étaient son châtiment, une punition pour tous ses choix. Il était resté vivant pour être conscient de ce qu'il avait infligé.

Des secondes de silence s'écoulèrent, nécessaires pour intégrer la force de la culpabilité qui pesait dans la pièce. Aucun des deux époux n'avait l'âge de lutter contre ce poids. Alors que Terencia réfugiait ses yeux partout où elle pouvait pour ne pas regarder Rufo, il reprit :

— Après avoir fait trois guerres, c'est presque une erreur d'être toujours là. Ces guerres, je leur ai toutes survécues, et maintenant, je meurs bientôt. C'est une question de semaines, de mois tout au plus. Tu le sais aussi bien que moi...

Terencia ne tressaillit pas à ces paroles. Au contraire, elle se redressa, faisant un effort pour se tenir droite, pour rappeler à Rufo qu'elle aussi, elle avait tout supporté. Sa silhouette fine parut soudain solide. Le regard intense de Terencia se posa dans celui de Rufo. Elle ne dit rien, mais c'était comme si elle avait tout dit. Rufo prit la main de sa femme et se mit à lui lire en espagnol les premières pages qu'il avait écrites.

Pour moi, la vie d'un homme, c'était une vie de soldat.

« L'implacable vertu du soldat c'est de ne pas craindre de perdre ou de se tromper. Votre monde, c'est le champ de bataille, et ce n'est pas un monde d'hésitation. Il n'y a aucune place pour la désertion. » C'est ce que nous avait dit le capitaine Alfaro de la Riva pour nous encourager avant notre tout premier assaut dans la baie d'Alhucemas.

Mais j'ai perdu et je me suis trompé. Une terrifiante pensée m'a hanté jusqu'à aujourd'hui : je ne me suis jamais pardonné. J'ai passé toutes ces années à me sentir prisonnier du poids de mes actes. Moi qui pensais lutter pour la liberté, je suis resté l'otage de mes propres choix. La culpabilité m'a séquestré dans une insidieuse réclusion.

Tuer n'est pas ce dont j'ai été le plus coupable. J'ai dû abandonner, j'ai dû oublier, j'ai dû omettre la vérité. Mais je n'ai jamais menti, jamais trahi. Je suis resté fidèle. Ma vie n'était pas un mensonge, c'était un leurre.

Souvent, je me suis demandé ce que l'on attendait de moi alors que je ne savais même plus qui j'étais. Moi, Rufo López Romero, le rouge, le soldat espagnol pendant la guerre du Rif au Maroc, le soldat républicain pendant la guerre civile espagnole, le rouge exilé, le combattant résistant pendant l'occupation en France, le rouge déporté, le rouge réfugié, j'ai été tout ça à la fois et je ne serai bientôt plus qu'une ombre.

La route est tourmentée pour les bannis et les déracinés. Oui, le chemin est sinueux. Il m'a éloigné à chaque pas de plus de qui j'étais vraiment : un jeune andalou. Comme on dit dans la région de Cordoue, la vie est une orange. On l'aime acidulée. On la veut juteuse. Elle peut être amère. La vérité, c'est qu'elle est souvent sanguine. Mais pour moi, la vie est surtout le fruit de ma nostalgie, aux parfums enivrants et aux saveurs d'Orient de mon Andalousie natale. Cette terre perdue, où les couleurs chatoyantes se marient aux arabesques merveilleuses sous un soleil ardent. Cette terre manquée, où je me suis laissé envouter par la plus fascinante des frénésies et par les regards incandescents de Terencia. Ses yeux, ce sont mes paysages de l'Andalousie. Sa voix, c'est le bruit de l'amour indomptable qui vient troubler la quiétude des villages assoupis. J'y ai connu ces moments où l'on rit, on se sourit, on susurre, on chante, alors que les bouches se dévorent, que leurs langues se mêlent et que les corps s'emmêlent.

Dans ma course aux tourments, je n'ai pas pris le temps de cueillir les instants de bonheur. Puis le temps s'est arrêté. Je suis devenu un fantôme errant parmi les ruines de mon passé enseveli, poussiéreux et douloureux, peuplé de créatures aussi fantastiques que maléfiques. Je le pensais mort et enterré. C'est ainsi, je ne pouvais pas me retourner. Les Pyrénées étaient la frontière de mes peines.

Je sais ce que j'ai infligé, non pas à mes ennemis, mais à ceux que j'ai aimés. Terencia était devenue mon obsession, mais une puissance encore plus forte m'avait déjà emporté. Je pensais simplement faire ce qu'il fallait. Je n'ai fait qu'écouter la voix qui me dictait mon devoir. Elle s'adressait à moi avec des incantations mystérieuses. Elle m'invoquait des ordres dans un refrain hypnotique. Elle ne me laissait aucun répit, presque hystérique. C'était la voix du destin et la voie du combattant.

Je savais que je serais un jour jugé pour ce que j'ai fait, mais je n'ai jamais cherché l'absolution. Après tout, qu'est-ce que ça peut vouloir dire ? Ce n'est donc pas là une ultime confession, c'est une intime confidence. Une concession. Je consens à ouvrir mon âme et ma mémoire, enfin, c'est une tendre reddition.

CHAPITRE 12

Des instants de mon enfance dont je me souviens, certains sont vifs. Quand j'étais petite fille, avec mes cousins, nous nous amusions à chercher les sources magiques dans le jardin de Juana. Les branches de noisetier avaient remplacé le bois de mandarinier. Je faisais toujours croire à mes cousins que je sentais vibrer une source, voulant à tout prix détenir le pouvoir de mon arrière-grand-père. Je n'avais pas son don, mais j'avais hérité de légendes villageoises qui me semblaient venir de contrées lointaines. Je n'avais encore rien connu de l'Espagne et je n'avais de ce pays que le prénom que je portais : Terencia.

Nos parents, à tous les cousins López, avaient passé les étés de leur jeunesse à Argelès-sur-Mer et à Pratz-de-Mollo où ils ne manquaient jamais la visite des églises. Leur père, Tomás, voulait y conduire ses enfants, chaque année, tel un pèlerinage sacré.

Quand Tomás parlait à ses enfants de son père, il leur disait que Rufo était un combattant sourcier qui avait puisé son invincibilité dans les forces telluriques.

À la source du mal, l'oubli. Je l'ai su quand Juana et Carmen m'ont confié les carnets inachevés de Rufo. J'avais trente et un ans et la culpa pour héritage.

— Pourquoi moi ?

— Parce que tu aimes l'Espagne autant que la France. Et tu aimes l'Espagne sans même la connaître vraiment.

Juana avait répondu dans le prolongement de sa respiration comme s'il été agi d'une évidence. Je n'ai pas pu m'empêcher de me demander pourquoi maintenant. Mais je savais qu'en Espagne, les actions d'information se multipliaient. Deux films récemment diffusés par une association andalouse retraçaient les destinées de républicains espagnols de la province de Cordoue.

— La vérité n'a pas traversé les frontières.

Carmen a masqué son émotion en me livrant ses recherches, ce qu'elle savait sur son père, comme ce qu'elle n'a jamais su. Juana a ajouté qu'elle n'avait plus la force de porter son combat pour la vérité, mais elle savait que je le poursuivrais et que, mon grand-père Tomás aurait aimé que je le continue. C'est ainsi qu'elle me l'a confié, non pas comme un fardeau, mais telle une mission.

À travers les carnets de mon arrière-grand-père, j'ai passé des jours à découvrir un monde jusqu'alors enseveli. Dans chaque mot, j'ai perçu les spectres de la mémoire au point que j'ai vibré en espagnol à l'évocation des fugitives années andalouses que je revivais avec Rufo, elles étaient ressuscitées par des mots magiques. Les langues se sont déliées et se sont mélangées. Les abîmes ont laissé place aux marques vives de l'ivresse de sa jeunesse. Les cœurs battant la chamade, les regards voluptueux et complices, les eaux des terres chaudes, les délices des ardents après-midis d'été, les oliveraies majestueuses, les parfums d'orange et de cannelle, les corps timides et humides s'effleurant et s'emmêlant, la lumière sur la peau soyeuse de Terencia au petit matin, les fragrances et les désirs des amours fiévreuses. Terencia, c'était l'Andalousie de Rufo.

Entre rêve et réalité, j'ai entendu le chant doux et rassurant des fontaines des patios andalous. Rhapsodiques, elles se sont adressées à moi avec une cadence soutenue et linéaire. Elles m'ont apaisée, m'enveloppant d'une torpeur chaude. L'Andalousie, je l'ai sentie inonder en moi. Devenue un fleuve, elle a ruisselé dans chacune de mes veines telle une source infinie.

Rufo n'avait jamais fait le deuil de son village, parce qu'il n'avait pas imaginé ne jamais y revenir. Ainsi, il était parti en exil et avait caché les clés de sa cité millénaire à sa propre descendance. Les clés de ce pays où jamais aucun cours d'eau ne s'est tari, où la chaleur écrasante donne paradoxalement naissance à un sol fertile, où la léthargie des terres endormies nourrit curieusement les plus violents battements de cœurs. Cette terre andalouse, c'est l'espoir. L'eau devra continuer de couler dans les fontaines des Alcazars.

Rufo ne s'est jamais pardonné d'avoir choisi, d'avoir sacrifié, d'avoir poursuivi ses chimères, d'avoir oublié, d'avoir tu, d'avoir abandonné. Il a obéi à la voix de ses obsessions, suivant son chemin, sans jamais vaciller, en restant fidèle. Mais une sombre idée m'a hantée jusqu'à aujourd'hui : Rufo ne leur a jamais demandé pardon.

CHAPITRE 13

Mon arrière-grand-père a choisi de vivre, jamais il n'a voulu mourir. Le jour de sa mort, Terencia était à ses côtés, forte comme toujours. La tiédeur de sa peau apaisait Rufo. Il sentait ses mouvements, inconscients et insaisissables tels des battements de cils. Terencia avait toujours eu la tête sur les épaules. En ce jour, son regard franc et vibrant assurait à son mari qu'elle poursuivrait avec constance et abnégation le combat de mère, c'était la plus noble des causes. Elle s'habillerait de noir, encore et toujours, et serait en deuil de son mari après l'avoir été pendant trente ans de son pays.

Rufo s'était préparé à périr comme un soldat, jeune et impatient. Il allait s'éteindre comme un père de famille, vieux et reconnaissant.

— Je ne sais pas où je vais, ni qui je vais retrouver à présent.

Rufo avait confié ces mots à Terencia, se demandant s'il allait rejoindre sa mère, son père, Ramón, Miguel et ses autres camarades résistants de Moulins. Lui qui s'était tant battu pour la liberté et l'égalité, il s'interrogeait sur ses combats passés. Il s'était demandé si on était vraiment tous égaux dans la vie, car on ne l'était pas devant la mort.

— Est-ce que c'est Dieu qui m'a protégé ? Ce Dieu de l'Espagne de Franco auquel je ne croyais pas ? Ou le Dieu de tes ancêtres, Terencia ?

Rufo ignorait pourquoi il avait été épargné alors qu'il ne s'était même pas pardonné. À tant essayer de lutter contre ses démons, les lignes de ses certitudes s'étaient elles aussi estompées.

Le 28 avril 1977, Rufo López Romero est mort à l'âge de soixante-et-onze ans. Il n'est jamais retourné en Espagne et est décédé à Bordeaux, dans la maison qu'il avait construite pour sa famille, c'est le seul véritable édifice qu'il a laissé. Il n'a jamais fini de raconter son histoire. La vie d'un soldat exilé n'est pas un roman.

Rufo avait partagé son combat avec tous ces républicains espagnols rejetés, détestés, maltraités, tués pour leur couleur politique, ces rouges méprisés, ces rouges étiolés. Ils avaient sombré dans l'oubli de l'autre côté de leurs frontières. Leur destin s'était mêlé à celui de la France, leur nouvelle nation, cette terre d'élection qui les avait perdus. Des âmes s'y étaient égarées et des êtres étaient morts dans le dédain et l'ignorance. Rufo ne pouvait pas savoir qu'un jour, les Espagnols n'auraient plus besoin de se justifier parce que plus personne ne saurait que l'Espagne fut un pays en guerre civile pendant trois ans et qu'elle connut une dictature pendant trente-six années. Les séquelles du passé, on les aurait effacées. L'oubli serait partout.

Pays d'amnésiques, c'est ce que Rufo disait de son pays. L'Espagne s'est reconstruite après l'ère franquiste, en sortant du silence et en acceptant enfin de dire la vérité. De manière étrange, comme une absurdité historique, quand Franco est mort, ceux qui étaient des parias sont passés du côté des héros. D'un coup, ils avaient combattu du bon côté de l'Histoire.

La guerre civile espagnole est une histoire qui finit mal, une tragédie grecque, mais sans acteurs, le sang n'a rien eu de théâtral. La guerre d'Espagne a fait plus d'un million de victimes sur les 24 millions d'habitants de l'époque. Parmi elles, 145 000 Espagnols sont morts, 134 000 républicains et nationalistes ont été fusillés, victimes des représailles, et 630 000 sont morts de maladie. On a estimé qu'environ 400 000 Espagnols ont exilé.

Si longtemps après, en 2007, l'Espagne a proclamé la *Ley de memoria historica*. Cette loi de mémoire historique œuvre en faveur d'une réparation aux victimes de la guerre civile espagnole et de la dictature.

Verdad, Justicia, Reparación, Garantías de no repetición
Vérité. Justice. Réparation. Garanties de non-répétition.

Grâce à cette loi, les descendants d'exilés espagnols peuvent récupérer la nationalité espagnole. Encore faut-il savoir ce qu'il s'est passé.